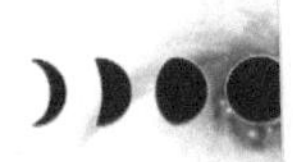

— Não tenha pena de mim — gritei para ele, minha voz um som áspero.

— Não tenho.

Foi a minha vez de arquear uma sobrancelha, porque ouvi a mentira em sua mente.

— Nunca mais faça isso comigo.

— Não faço falsas promessas — ele respondeu. — Mas não vou te machucar sem justa causa.

Bufei.

— Sem justa causa. — Alfa típico. — E me deixe adivinhar: recusar o nó seria uma causa justificada, certo?

— O que te faz pensar que eu lhe ofereceria meu nó? — ele rebateu.

— Estamos acasalados. Não é seu direito, *Alfa*?

Ele inclinou a cabeça para o lado.

— Este é um acasalamento de conveniência, Kyra. Fizemos o que tínhamos que fazer para proteger nossos melhores amigos.

Um acasalamento de conveniência, repeti para mim mesma com um suspiro mental. *Isso realmente existe?*

Embora eu supusesse que a maioria dos Alfas acharia bastante conveniente ter acesso constante a uma Ômega para fins de dar o nó.

Ele fez um som que sugeria ter ouvido minha análise. Mas isso não tornou tudo menos verdadeiro.

Eu conhecia Alfas. Entendia seus desejos. Não importava de que espécie eram, todos tinham um objetivo em mente: procriar.

Era por isso que tinham companheiras Ômegas.

E embora nossas circunstâncias pudessem ser diferentes hoje, Lorcan acabaria cedendo aos seus instintos lupinos. Não era uma questão de *se* ele faria, mas de *quando* o faria.

A série V-Clan

Território de Sangue

Território Noturno

Território Eclipse

A série X-Clan

A origem

Território Andorra

O experimento

A flecha de Winter

Território Bariloche

Território Noturno

Autora Bestseller do USA Today

Lexi C. Foss

Território Noturno

Lexi C. Foss

Revisão: Luizyana Poletto

Capa: Jay R. Villalobos with Covers by Juan

Cover Photography: CJC Photography

Cover Models: Marcel Pospiech & Jenna Pospiech

Texto revisado segundo o novo Acordo Ortográfico da Língua Portuguesa.

eBook ISBN: 978-1-68530-311-2

Paperback ISBN: 978-1-68530-317-4

TERRITÓRIO NOTURNO

TERRITÓRIO NOTURNO

Nunca quis uma companheira.
Especialmente ela, a assassina conhecida por matar Alfas.
Mas, como o destino quis, ela se tornou minha.

Felizmente, temos um acordo onde raramente tenho que vê-la, e ela finge que não existo.

Está tudo bem.
Até que ela é sequestrada por um Vampiro Alfa sádico determinado a transformá-la em sua bolsa de sangue Ômega.

Agora, sou o único que consegue ouvir seus gritos.
E estou muito irritado.

Posso não querê-la como companheira. Mas ela é minha.

Minha para proteger.
Minha para vingar.
Minha para *caçar*.

Não se preocupe, pequena assassina.
Vou atrás de você.
E quando eu te encontrar,
Vou te entregar a lâmina de prata,
E te ver matar.

Nota da autora: Este é um romance independente de metamorfo sombrio, com temas do Ômegaverso, com dinâmica A, B, O com nó, ninho e mordida. Verifique os avisos de gatilho na introdução para saber mais detalhes.

NOTA DA LEXI

Território Noturno é um romance independente do universo V-Clan. Nenhum outro livro precisa ser lido antes deste para seguir o enredo.

Este é um romance de metamorfo com temas fortes do Ômegaverso. Existem dinâmicas Alfa/Ômega, ninhos, ronronar, ciclos estrais e, claro, *nó*. Se você não estiver familiarizado com esses termos, não se preocupe: eles serão explicados ao longo do livro. ;)

Aqueles que estão familiarizados com minha série X-Clan irão notar essas semelhanças.

No entanto, vocês vão perceber que o Lorcan é um pouco diferente dos Alfas do mundo X-Clan. Ele é um macho Alfa que entende a importância do respeito e do consentimento.

Infelizmente, o inimigo desta história não é tão gentil. Ele é um Alfa que acredita em pegar o que quer porque pode. **Como tal, existem tons mais sombrios e temas de não consentimento que podem deixar o leitor desconfortável.**

Dito isto, Kyra é uma sobrevivente. E Lorcan pretende apoiar sua Ômega em sua recuperação e em seus planos de vingança.

Esta é uma história cheia de paixão, cura e vingança. Lorcan e Kyra podem começar a relação deles como um acasalamento de conveniência, mas vão se transformar em muito mais...

Divirtam-se! <3

INTRODUÇÃO

Há quase um século, um vírus semelhante a um zumbi se espalhou pelo mundo, destruindo mais de noventa por cento da raça humana. Muitas das espécies sobrenaturais do mundo eram imunes à praga. Outros, não.

Aqueles que sobreviveram, tanto humanos quanto sobrenaturais, agora governam os próprios territórios.

Você está prestes a entrar no mundo V-Clan, uma raça de lobos metamorfos com características vampíricas. Esses seres preferem a noite. Eles prosperam com magia. E, talvez, o mais importante de tudo, os Alfas deste tipo valorizam suas companheiras Ômegas.

KYRA

Droga de Alfas e suas porcarias de nós.

O pensamento resmungão passou pela minha cabeça enquanto eu enfiava uma faca na bota. Eu queria matar qualquer entidade sobrenatural que tivesse decidido que seria uma boa ideia fazer com que Ômegas dependessem dos Alfas durante os ciclos de calor.

Infelizmente, eu não poderia aniquilar o criador desconhecido, então teria que me contentar com alguns Alfas do V-Clan.

Especificamente, o Príncipe Alfa do Território de Sangue, também conhecido como o futuro companheiro da minha melhor amiga. E o homem por quem ela gritou a manhã toda.

— O que quer que esteja pensando em fazer, não faça. — A voz profunda de Fritz flutuou no ar desde a entrada do meu quarto.

Arqueei uma sobrancelha enquanto olhava por cima do ombro para o Ômega. Ele ergueu uma sobrancelha para mim enquanto se encostava no batente da porta e cruzava os braços grossos diante do peito esculpido. Seu suéter escuro se esticou, revelando ainda mais sua forma atlética.

Se eu fosse uma mulher Alfa, poderia ter ficado tentada a seguir em frente. Mas a única coisa Alfa em mim era meu espírito.

Fisicamente, eu era toda Ômega.

Um metro e meio de altura.

Pequena.

Aparência frágil.

No entanto, as aparências podiam enganar. E eu gostava muito quando me subestimavam com base na minha estatura.

Mas Fritz nunca me subestimou. Ele sabia que não devia fazer isso.

Como provou ao dizer *Kyra*. Meu nome em sua língua ecoou com advertência.

— Você está prestes a entrar no Território de Sangue. Não pode fazer isso cheia de armas.

— Tenho certeza de que posso, Fritz — retruquei enquanto me concentrava em meu armário de brinquedos violentos. — Afinal, já fiz isso muitas vezes.

— Sim, enquanto roubava sangue do suprimento deles — ressaltou. — Isso fazia sentido para fins defensivos, caso você fosse pega. Desta vez, você pretende ser capturada por um Príncipe Alfa. E ele não vai estar muito disposto a conversar se aparecer cheia de facas.

— Ou... — Curvei os lábios para o lado, semicerrando os olhos para uma de minhas lâminas favoritas. — Hum.

— Você não pode matá-lo.

— Bem, eu poderia — mencionei. — Seria divertido.

Claro, Quinn não ficaria muito feliz com isso. E eu não queria irritar minha melhor amiga. Mesmo que eu achasse que ela estava louca por escolher *Kieran O'Callaghan* como companheiro.

— Você não pode — Fritz corrigiu, seu tom combinando com o meu. Então assumiu um tom mais sério quando acrescentou: — A Quinn tentou trazê-lo aqui. Você sentiu tão bem quanto eu. Isso significa que ela o escolheu.

— A menos que ele tenha encontrado uma maneira de convencê-la. — Essa tinha sido minha principal preocupação desde a chegada inesperada de Quinn no outro dia: ela tentou levá-lo até o Santuário de boa vontade? Ou ele de alguma forma a manipulou para fazer isso?

— Tenho certeza de que houve muita persuasão — Fritz disse atrás de mim. — Alfas são bons nisso. Mas a única maneira de o Príncipe Kieran saber sobre este lugar seria se Quinn contasse a verdade.

Sim, eu chegaria à mesma conclusão. Além disso, Quinn me disse que o queria aqui. Só que ela não sabia como fazê-lo passar pelo escudo mágico que cercava esta ilha, e agora ela estava muito debilitada pelo calor para voltar para ele.

Também havia algo estranho acontecendo com o feitiço de barreira que escondia este lugar do resto do mundo. Eu não tinha certeza, mas parecia enfraquecer Quinn também. O que era estranho, visto que era sua linhagem que alimentava e mantinha o encantamento protetor.

Independentemente disso, parecia que eu não tinha escolha a não ser ir até o Território de Sangue e conversar com o Príncipe Alfa.

Parecia extremamente errado fazer isso armada só com uma pequena lâmina enfiada na bota.

Apertando os lábios novamente, avaliei o suéter e jeans, me perguntando se conseguiria esconder alguns objetos pontiagudos nos bolsos.

Talvez algumas estrelas ninja ou...

— Talvez você devesse tentar ligar primeiro — Fritz sugeriu, interrompendo meu pensamento. — Solicitar uma reunião para falar sobre a Quinn e apresentar o frasco.

Olhei para o frasco em questão, contorcendo o nariz enquanto minha metade vampírica sentia o cheiro do sangue familiar dentro dele. *O sangue de Quinn.* Ela me deu na esperança de que isso fornecesse a Kieran a proteção que ele precisava para atravessar a barreira mágica.

O feitiço só permitia que Ômegas entrassem na ilha. Não importava o tipo: lobas do X-Clan, do V-Clan, vampiras, lobas Shadow, do W-Clan, do Z-Clan e várias outras espécies raras, toda e qualquer Ômega poderia passar pelo encantamento.

Mas nada de Alfas ou Betas.

A menos que...

A menos que o Alfa seja companheiro de uma habitante Ômega.

Quinn já havia mordido Kieran, marcando-o como pretendido. Tudo o que ele precisava fazer era mordê-la de volta, mas ainda não tinha feito isso. O que significava que o acasalamento estava parcialmente completo.

No entanto, beber o sangue era o componente chave do ritual de acasalamento. Então, esperávamos que dar a Kieran um frasco da essência de Quinn seria o suficiente para enganar o encantamento protetor e fazê-lo passar.

Se não, eu não tinha certeza do que faríamos.

Porque todo o plano dependia de eu levar o presente de Quinn para o Príncipe Alfa e convencê-lo a fazer o que fosse necessário para ajudá-la.

A maioria dos Ômegas poderia sobreviver a um cio sem seu Alfa. Mas algo no cio de Quinn parecia... diferente. *E com risco de vida.*

Mordi o lábio inferior. O que quer que estivesse

acontecendo com a minha melhor amiga não era normal. Deduzi por seu estado pálido e trêmulo esta manhã.

Daí a razão pela qual me ofereci para me aventurar no Território de Sangue para enfrentar um dos Alfas do V-Clan mais letais que existem.

Certamente não ajudou o fato de ele estar sempre flanqueado por outros dois renomados Príncipes Alfa: Lorcan e Cillian. Também conhecidos como os infames Elites de Kieran.

— Tudo bem. — Encarei Fritz. Ele disse algo sobre ligar para solicitar uma reunião. Mas eu não ia fazer isso. Estávamos com pouco tempo. Também não via sentido. Se Kieran realmente amasse Quinn do jeito que deveria, ele não se importaria com minha chegada inesperada. — Vou entrar apenas com a lâmina.

Eu já conhecia o Território de Sangue, graças às minhas visitas furtivas. Havia cofres de armas por todo o quartel-general de Kieran. Eu poderia entrar em uma dessas salas se precisasse.

Ou poderia voltar para cá através das sombras.

Não era como se os Alfas pudessem me seguir. Não apenas por causa da magia que protegia a ilha, mas porque as coordenadas do Santuário eram desconhecidas por todos fora da barreira.

Prendi o cabelo preto azulado em um rabo de cavalo e considerei minha jaqueta de couro na parede.

Tantos lugares para esconder facas, pensei com um suspiro mental. *Infelizmente, Fritz tem razão.* Eu precisava abordar Kieran com pelo menos um toque de diplomacia.

Talvez tudo isso fosse em vão.

Mas para Quinn, eu tinha que pelo menos tentar.

Guardei o frasco e assenti para Fritz.

— O Santuário está em suas mãos capazes. Volto em

breve. — Ativei minha habilidade de me esconder nas sombras antes que ele pudesse responder.

A rigor, Quinn era nossa rainha e, portanto, a responsável. Mas ela não vivia ali há mais de um século, o que me deixou como a principal líder do Santuário. Eu não saberia dizer quando essa designação caiu sobre mim, isso meio que aconteceu naturalmente. Então escolhi Fritz como meu segundo em comando, tornando-o o supervisor sempre que eu saía.

Embora Quinn estivesse tecnicamente dentro de nossas fronteiras agora, ela estava perdida em seu cio.

Assim, Fritz tinha que manter o controle.

A familiar paisagem da Islândia apareceu ao meu redor quando entrei ilegalmente no Território de Sangue. Eu sempre aparecia através das sombras na mesma área arborizada perto de uma cachoeira famosa por suas formações rochosas negras.

As pontas dos meus dedos tocaram a terra gelada enquanto eu ativava minha audição aprimorada.

Como híbrida, herdei as melhores características dos meus pais. Desaparecer nas sombras, magia e minha loba, descendente da minha mãe V-Clan. Tinha uma velocidade desumana, visão aguçada, habilidades furtivas e instintos de caça do meu pai vampiro.

A única desvantagem da minha composição genética única é que eu ansiava por sangue. Muito.

Daí a razão pela qual muitas vezes me aventurei de forma ilegal no Território de Sangue para explorar seus suprimentos.

Os lobos do V-Clan só precisavam de sangue a cada poucas semanas, a essência era o combustível para nossos elementos mágicos. Ou esse era o meu entendimento.

No entanto, como Vampira Ômega, eu precisava de

sangue com muito mais frequência. Principalmente porque eu não tinha um Alfa para sustentar minhas necessidades.

Bem, tecnicamente, isso era mentira. Eu costumava ter um Alfa. Mas eu o matei.

E agora ele assombra meus pesadelos. O pensamento provocou um arrepio indesejável na minha espinha. *Não é hora ou lugar para pensar* nele.

Engolindo em seco, me levantei devagar e ouvi qualquer sinal de lobo ou mortal se aproximando.

Os dois eram igualmente prováveis neste território, uma vez que a Islândia salvou a maioria dos seus humanos de serem infectados.

Essa era uma das qualidades redentoras de Kieran O'Callaghan: sua capacidade de proteger todos em seu território, não apenas seus lobos.

O que ele pedia em troca de sua proteção? Um imposto de sangue.

Brilhante, pensei a contragosto.

Não que eu fosse admitir isso para ele. Preferia esculpir aquele lindo rosto com uma lâmina do que elogiá-lo.

Suspirando, comecei minha jornada rotineira pela ilha, seguindo vários esconderijos que estabeleci ao longo dos anos e ouvindo qualquer sinal de ser detectada ou seguida.

Como sempre, passei despercebida.

Infelizmente, isso não duraria muito.

Curvei os lábios quando me teletransportei para uma esquina familiar em Reykjavík, a apenas dois quarteirões da propriedade de Kieran.

Tecnicamente, aquela residência pertencia a Quinn. Caramba, todo o território era dela como a única MacNamara que restava. Ela era da realeza. Uma verdadeira princesa. *A futura rainha.*

Mas Kieran manteve o status de Príncipe Alfa em sua

ausência, depois que ela o enganou, prendendo-o em um noivado e fugiu.

Supus que sua permanência na liderança também deveria contar a seu favor.

Exceto que Alfa não aproveitaria a chance de assumir o Território de Sangue, a capital inequívoca de todos os tipos de V-Clan?

Havia muito poder e riqueza aqui, ele teria sido um idiota se recusasse a oportunidade.

Certo. Chega de enrolação, disse a mim mesma enquanto começava a seguir pela calçada. *Vou entrar lá e exigir uma reunião.*

Fiz uma pausa.

Na verdade, não. Vou entrar e surpreendê-lo.

Quanto menos pessoas soubessem que eu estava aqui, melhor.

Uma entrada e saída rápidas. Assim como o sangue corre.

Mas isso seria um pouco mais complicado que roubar alguns litros de sangue humano.

Pare de enrolar, Kyra, disse a mim mesma. *Apenas faça.*

Visualizei a suíte de Kieran: um quarto onde só estive uma vez enquanto bisbilhotava seu palácio e apareci na área de estar.

Uma rápida olhada ao redor me disse que ele não tinha decorado muita coisa desde a minha última visita. Ainda mantinha os tons masculinos e detalhes amadeirados.

Mas nenhum macho Alfa.

— É claro que você não está aqui — murmurei, verificando o quarto e a área do banheiro. — Por que você seria encontrado com facilidade? Não é como se a sua futura companheira precisasse de você ou algo assim.

A menos que ele a tenha expulsado.

Eu ainda não estava totalmente convencida de que Quinn o tivesse escolhido, mesmo com todas as evidências óbvias.

Afinal, qual Ômega em sã consciência aceitaria um Alfa? Tudo o que sempre quiseram era alguém para dar nó.

— E procriar — resmunguei em voz alta.

Embora Alfa Fare nunca tenha desejado isso de mim. Ele só desejava um brinquedo que pudesse compartilhar com todos os seus amigos.

Engoli em seco. Minha mente instintivamente empurrou as lembranças dele em uma caixa fortificada, uma que parecia se abrir nos momentos mais inoportunos.

Como agora, enquanto eu andava pelos aposentos de um Príncipe Alfa.

Mais de um século se passou desde que matei Alfa Fare, e ainda assim ele conseguiu me torturar.

— Idiota — sibilei.

— Olá para você também — uma voz profunda falou em resposta, me fazendo girar em direção à entrada da suíte de Kieran.

Um homem musculoso se encostou no batente da porta, sua cabeça a apenas alguns centímetros do topo. Definitivamente Alfa. Furtivo também. Com um toque de aura letal.

Mas este não é Kieran.

Não, meu nome é Cillian, o homem respondeu, seu tom masculino entrou em minha mente com facilidade enquanto ele arqueava uma sobrancelha perfeitamente esculpida. *E você é?*

Semicerrei os olhos.

— Saia da minha cabeça. — As palavras saíram em um grunhido baixo, meus dedos flexionando com um alcance intrínseco para minha lâmina.

Nunca conheci um lobo do V-Clan com habilidades telepáticas, mas conhecia vários vampiros que podiam entrar na mente de outras pessoas. Alfas como Fare.

— Esse é um nome bastante longo — Cillian murmurou enquanto se afastava da porta para entrar. — Se importa de fornecer um apelido?

Meu queixo tremeu. Passei o último século me esforçando para evitar Kieran e seus dois *Elites*. Os três Príncipes Alfa eram notoriamente letais. Eles também eram conhecidos por sua falta de piedade, algo que a expressão impaciente de Cillian só parecia acentuar.

— Vou fornecer meu nome ao Príncipe Kieran — eu o informei categoricamente. — Onde ele está?

Cillian parou no meio do caminho, as íris escuras passaram por mim e permaneceram na minha bota por tempo suficiente para sugerir que ele sabia que eu tinha uma arma escondida ali. Então ele encontrou meu olhar mais uma vez.

— O Príncipe Kieran está indisposto. Mas terei prazer em te mostrar uma cela onde você poderá esperar pelo retorno dele, se quiser.

Curvei os lábios.

— Acho que vou esperar aqui.

— Não acredito que tenha oferecido essa opção.

— Não acredito que tenha solicitado opções — retruquei. — Apenas uma audiência com o líder da sua alcateia.

Ele contraiu os lábios.

— Não tenho certeza se o futuro Rei do Território de Sangue gostaria de ser chamado de *líder da alcateia*.

— Então como você o chama? Sire? Senhor? Mestre?

— Primo — uma nova voz se inseriu logo atrás de mim.

Me virei em resposta e encontrei meu quadril preso

com firmeza enquanto um Alfa com olhos incrivelmente negros olhava para mim de uma altura muito alta. Seu cabelo escuro caía sobre a testa bronzeada, o comprimento despenteado fazia cócegas em suas orelhas enquanto ele inclinava a cabeça de leve para o lado.

— Humm — ele murmurou, me avaliando.

Esperei que dissesse mais alguma coisa, mas ele não disse. Em vez disso, o homem apenas me observou em silêncio, sua aura me deixando desconfortável de uma forma que eu não conseguia definir.

Não foi opressivo ou sufocante e, ainda assim, me senti presa. Enredada. Incapaz de me movimentar.

Tentei dar um passo para trás, mas meus pés estavam colados ao chão, quase como se estivessem envoltos em cimento.

Poder alfa, percebi, com meus olhos brilhando.

— O que você está fazendo comigo?

— Por que você está aqui? — o homem questionou, ignorando minha pergunta.

— Para ver o Príncipe Kieran.

Seu aperto aumentou, apenas o suficiente para aludir ao seu domínio percebido nesta situação.

— A respeito de...?

— Não é da sua conta.

— Pelo contrário, é da *nossa* conta, sim — ele respondeu, mantendo um tom rouco, quase como se ele não falasse com frequência. — Se quiser acesso a Kieran, precisa passar por nós. Agora, nos diga quem você é e por que está aqui.

LORCAN

Ômega.

Híbrida.

Perigosa.

Minha mente permaneceu naquela última descrição enquanto eu envolvia meu poder ao redor da mulher diante de mim.

O aviso de intrusão de Cillian me trouxe direto para cá. Meu instinto de proteger Kieran e o Território de Sangue era uma reação imediata. No entanto, eu não esperava que nosso intruso fosse uma vampira-loba com cabelo preto azulado e olhos verdes de gato.

Linda mal começava a descrever sua aparência deslumbrante. E ela tinha um cheiro divino também. Como laranjas de sangue polvilhadas com canela.

Uma pequena armadilha atraente com aura antiga.

Foi assim que deduzi em uma fração de segundo que essa mulher era uma ameaça. Ela podia ser pequena, afinal a maioria das Ômegas eram, mas essa possuía uma composição genética única que fazia meu lobo rosnar por dentro.

Perigo. Perigo. Perigo.

E, de alguma forma, ela entrou direto na suíte do meu primo.

A fêmea tensionou a mandíbula, me dando outra qualificação para minha lista: *teimosa.*

Tudo bem. Se ela queria jogar dessa maneira, podíamos.

— Não pense nem por um segundo que seu status Ômega irá protegê-la. Não aceitamos intrusos aqui.

Não estou certo do que me mais fascina: sua capacidade de mentir ou o fato de você ter pronunciado mais frases nos últimos minutos do que nos últimos seis meses.

O tom sarcástico de Cillian era uma invasão indesejável em minha mente, mas há muito tempo eu estava acostumado com suas tendências telepáticas.

Vou levá-la para minha toca, disse a ele, meu poder de desaparecer nas sombras já envolvendo a mim e à Ômega.

As pupilas dela dilataram meio segundo antes que a sala se dissolvesse ao nosso redor. Então ela dilatou as narinas quando meus aposentos pessoais apareceram.

— Me solte — a fêmea exigiu enquanto tentava se livrar do meu aperto invisível.

— Não. — Me aproximei ainda mais, fazendo com que seu queixo batesse em meu peito antes de entrelaçar meu dom telecinético em seu cabelo para inclinar de leve sua cabeça para trás.

Seus lábios carnudos se abriram em surpresa e sua expressão confirmou que ela estava começando a entender toda a extensão do meu poder. Eu não o usava dessa maneira com frequência, mas algo me dizia que essa pequena Ômega representava um risco de fuga. E eu não iria deixá-la desaparecer até que ela respondesse algumas perguntas.

— Me dê seu nome — rosnei quando Cillian apareceu atrás dela.

De repente, fiquei sem saber o que fazer. Normalmente, você desempenha o papel silencioso e mortal enquanto eu conduzo o interrogatório.

Ignorei seu comentário inútil e me concentrei em encarar o olhar da Ômega.

— Não estou aqui para causar problemas. Só quero falar com Kieran.

Arqueei a sobrancelha.

— Entrar ilegalmente no Território de Sangue e entrar de forma furtiva nos aposentos de Kieran são ações que sugerem o contrário. Talvez você devesse tentar marcar uma reunião pelos canais normais da próxima vez.

Seus olhos verdes se ergueram em um movimento irritado.

— Porcaria de Fritz.

Arqueei mais a sobrancelha com sua declaração sem sentido.

Como ela se recusou a falar mais, comecei uma varredura mental em seu corpo em busca de armas e outros itens. Minhas habilidades telecinéticas eram excepcionalmente úteis em situações como esta.

Ela tem uma faca na bota, eu disse a Cillian.

Estou ciente.

Claro que estava. Nós dois podíamos sentir o cheiro do metal nela. Assim como podíamos sentir o cheiro do sangue no bolso dela. *O sangue de Quinnlynn?*, perguntei, reconhecendo o cheiro.

Assim parece. Cillian circulou a fêmea para ficar ao meu lado. *Será que foi assim que ela conseguiu invadir nossas terras sem ser detectada?*

Respondi com um grunhido mental, minha aparência entediada enquanto mantinha o foco na Ômega perigosa.

— Por que você está com o sangue da Princesa Quinnlynn? — Cillian perguntou a ela.

Ela olhou para Cillian, mas sua expressão não revelou nada.

— Só vou me explicar para Kieran.

— Então sugiro que você nos dê um nome para transmitirmos a ele — Cillian murmurou com um tom enganosamente encantador.

Eu não disse nada, apenas observei enquanto a fêmea parecia considerar suas palavras. Um músculo pulsou em sua mandíbula, a única indicação de que ela estava perdendo a paciência com a situação. Apertei meu controle telecinético nela, ciente de que ela poderia tentar desaparecer a qualquer momento.

Mas isso seria impossível com o meu poder segurando-a diante de mim.

— Kyra. — O nome saiu em um grunhido baixo, seu aborrecimento era palpável. — Diga a ele que Kyra está aqui para vê-lo sobre Quinn. O sangue é para ele. E informe-o de que minha oferta para conversar tem um limite de tempo.

Kyra, repeti para Cillian, muito familiarizado com o nome.

A assassina de Alfa, ele conjecturou, sua voz mental monótona. *Meio vampira, meio loba do V-Clan. Não dá a mínima para cruzar ilegalmente nossas fronteiras. Não parece ter medo de nós. Tudo parece contribuir para sua reputação.*

Humm, murmurei em resposta. Eu já tinha decidido que essa mulher era perigosa. Agora eu a considerava uma verdadeira ameaça. Ela poderia ter vindo aqui para matar Kieran. Eu sugeriria que a prendêssemos com correntes, mas duvidava que isso fosse detê-la.

Mas agora eu não tinha certeza de que minha telecinesia iria mantê-la presa a longo prazo também.

Essa Ômega derrubou um Vampiro Alfa milenar. Seu *companheiro*. Bem como alguns outros Alfas não identificados. Ela era a viúva negra de sua espécie, aquela que os Alfas temiam porque poderia ser facilmente subestimada.

Um pequeno pacote bonito e mortal.

Vou entrar em contato com o Kieran, Cillian avisou. *Ver como ele deseja proceder.*

Quase grunhi. Dado o humor atual de Kieran, ele provavelmente iria querer matar a Ômega. Ele tinha acabado de ser traído da pior maneira por sua futura companheira, tornando-o quase imprevisível.

Se Kyra quisesse sobreviver à sua ira, precisaria parecer tão indefesa quanto possível. Seu tamanho ajudava nisso, mas seus olhos revelaram o poder interior.

Ancestral. Zangado. Antagonista.

Soltei seu quadril.

— Me siga. — Recuei minha magia apenas o suficiente para permitir que ela andasse enquanto eu seguia pelo corredor em direção ao escritório.

— Eu o ouviria — Cillian aconselhou. — Ele é primo do Kieran. Se alguém consegue convencer o futuro rei do Território de Sangue a falar com você, é ele.

Senti vontade de bufar. As palavras de Cillian eram ridículas. *Ele ouve você mais do que eu.*

Só porque eu falo *com ele.*

Desta vez, eu bufei. Porque ele não estava errado.

— Se o seu *futuro rei* demorar muito para concordar, vou me certificar de que ele nunca mais veja Quinn — Kyra retrucou, me fazendo parar no meio do caminho.

— Você está ameaçando Quinnlynn MacNamara? — Cillian perguntou, com um tom letal que rivalizava com a resposta acalorada que vibrava em minhas veias.

Kyra zombou.

— Como se eu fosse machucar a minha melhor amiga. Mas vou protegê-la contra um Alfa inadequado, que é exatamente como interpretarei o desinteresse de Kieran se ele continuar a deixar seus Elites falarem por si.

— Então você sabe onde ela está? — Cillian pressionou.

— É óbvio — ela falou com sarcasmo.

Cillian levantou uma sobrancelha.

— E você está disposta a contar a Kieran?

Ela cruzou os braços delgados, sua postura desafiadora.

— Depende da resposta dele ao meu *pedido de reunião*. — Essas últimas palavras ecoaram com irritação, algo que não entendi muito bem. — Mas se ele me fizer esperar muito, vou embora e vou me certificar de que ele nunca mais a encontre.

Bem, isso não era verdade. Com meu poder preso ao seu ser, ela não iria a lugar nenhum facilmente. Mas não me preocupei em corrigir sua suposição.

Em vez disso, estudei o perfil dela, curioso sobre sua suposta amizade com Quinnlynn. Ela parecia protetora. No entanto, isso não garantia que qualquer uma de suas afirmações fosse verdadeira.

Pergunte a Kieran se ele sabe sobre Kyra, eu disse a Cillian. *E conte a ele sobre o sangue.*

— Você pode esperar por Kieran em meu escritório — acrescentei em voz alta para Kyra.

Não esperei que ela obedecesse, nem previ uma resposta de Cillian.

Em vez disso, entrei no escritório e fui em direção à mesa vazia. Havia armas escondidas por toda sala, tornando este o lugar ideal para manter Kyra. Principalmente porque eu seria capaz de me defender.

Claro, isso mudaria se ela encontrasse algum dos meus brinquedos escondidos. Mas esse era um risco que eu estava disposto a correr.

Alguns segundos se passaram, deixando meu lobo

interior em expectativa. Esta mulher parecia interessá-lo e não apenas porque era uma Ômega.

A intriga dele aumentou quando o perfume cítrico invadiu minha sala, e seu olhar felino absorveu cada centímetro do meu espaço pessoal.

Puxei a cadeira da escrivaninha – o único assento disponível na sala – como uma oferta silenciosa de paz temporária.

Kyra considerou por um momento, depois deu de ombros e se sentou na cadeira como se fosse o seu próprio trono.

Os cabelos da minha nuca se arrepiaram quando ela levou a mão ao bolso, e meu poder reacendeu em preparação para segurar seu pulso. Mas tudo o que ela fez foi pegar um frasco de sangue, *o sangue de Quinn*, e o colocou na mesa como uma espécie de oferenda.

Olhei para aquilo antes de encontrar seu olhar mais uma vez.

Ela não disse nada.

Eu também permaneci em silêncio.

Depois de vários minutos, ela inclinou a cabeça, com uma pergunta persistente em seu olhar.

Não me incomodei em questionar o que ela queria saber. Eu provavelmente não responderia. Também duvidava que fosse algo que eu quisesse saber.

Suas íris tremeluziam com magia oculta, e sua aura parecia pulsar com energia antiga.

Sedutor, pensei, avaliando-a mais uma vez.

Se essas vibrações mortais estivessem presentes em qualquer outra Ômega, eu ficaria tentado a jogar. Sempre gostei de um pouco de luta. Mas essa Ômega em particular podia ser um pouco demais para mim.

Eu praticamente podia ouvi-la planejando minha

morte, o que explicaria aquela leve contração de seus lábios.

Esta fêmea gostava de infligir dor.

Embora isso pudesse ser intrigante em alguns níveis, eu não fiquei vivo por tanto tempo para ser seduzido pela perspectiva de uma morte sensual.

Ele está vindo, Cillian me informou enquanto se juntava a nós no escritório.

O cheiro de Kieran fez cócegas em meu nariz no instante seguinte, a fonte vindo do meu quarto. Dado que éramos do mesmo tamanho e estatura, presumi que isso significava que meu primo tinha ido até lá para pegar uma calça emprestada. Ele provavelmente tinha saído para correr com seu lobo, para ajudar a colocar para fora parte de sua agressividade.

Fui em direção à porta do escritório, sentindo uma necessidade repentina de avaliar o estado emocional dele. Não faria bem a nenhum de nós se ele abordasse a Ômega em meu escritório com agressividade. Ela era uma ameaça desconhecida. Uma Ômega antiga com poderes incalculáveis.

Uma assassina de Alfas.

E eu não queria irritá-la. Não quando não tinha certeza se poderia mantê-la contida.

Kieran me encontrou na entrada da sala, seus olhos escuros encontraram os meus.

A maioria dos lobos se encolheria, o desejo de se submeter era inerente à sua presença. Mas minha idade e poder rivalizavam com os dele, assim como os de Cillian, tornando quase impossível desviar o olhar.

Cillian e eu seguíamos Kieran porque queríamos, não porque precisávamos.

Meu primo me deu um olhar penetrante enquanto eu avaliava rapidamente seu humor. Ele não fez nenhuma pergunta, nem exigiu que eu me movesse, apenas me olhou com curiosidade.

Bom o suficiente para mim, decidi, saindo do seu caminho e revelando a Ômega sentada em minha mesa.

Ele entrou com uma graça fluida que sugeria que seu lobo ainda estava muito próximo da superfície. Sua atenção se voltou primeiro para o frasco, dilatando as narinas antes de examinar Kyra da cabeça aos pés.

— Onde ela está? — ele questionou, sem se preocupar com quaisquer gentilezas.

Felizmente, Kyra parecia partilhar da sua impaciência.

— No Santuário — ela respondeu sem hesitar.

Me aproximei de Kieran com o foco inteiramente na Ômega letal sentada diante de nós. Sua menção ao *Santuário* sugeria que ela estava dizendo a verdade sobre sua amizade, já que Quinnlynn também mencionou o termo anteriormente para Kieran.

E ele compartilhou os detalhes comigo e Cillian.

Esse foi o local para onde Quinnlynn prometeu levar Kieran no início desta semana. Infelizmente, ela o traiu e escapou.

— Me diga onde fica. Agora mesmo. — O tom de Kieran não permitia discussão, seu status de Alfa era claro.

— Não posso. Você precisa tomar isso primeiro. — Ela apontou uma unha afiada para o frasco sobre a mesa. — Mas devo avisá-lo: não tenho certeza se vai funcionar.

Kieran franziu a testa.

— Funcionar para quê?

— Para romper a barreira mágica da ilha. Requer que você esteja totalmente acasalado, mas espero que possamos enganar a magia, colocando o sangue dela em seu organismo. — Ela se afastou da mesa e se levantou. — Então beba. Em seguida, vou te levar até ela.

Ah, merda. Dei um passo à frente, apoiando a mão no ombro de Kieran. Claro que não. Isso não ia acontecer.

— Por que eu iria a algum lugar com você? — ele questionou. — Sei tudo sobre a sua propensão para matar Alfas, Kyra. E não vou a me tornar sua próxima vítima.

Presumo que isso signifique que ele confirmou que Quinnlynn a conhece?, perguntei a Cillian.

Ele não ficou surpreso com a presença dela, então interpretei isso como um reconhecimento.

Hum.

Os lábios de Kyra se curvaram em um sorriso felino que combinava com seus olhos.

— Eu só mato Alfas que merecem, Kieran. Você fez algo para ganhar minha ira?

— Não sei — Kieran respondeu. — Fiz?

— Está começando a fazer. — Ela caminhou em direção a ele, seus movimentos elegantes, demonstrando a reputação como uma pequena assassina sedutora. — Sua futura companheira está ferida e entrando no cio. Se você continuar optando por não ajudá-la, sim, você vai ganhar minha ira.

Kieran apenas a olhou, mas eu sabia que ele não iria subestimá-la. Nós três sobrevivemos por muito tempo neste mundo para permitir que nossos egos ofuscassem a lógica clara e óbvia.

— Ela é a minha melhor amiga, Kieran — Kyra continuou. — E eu a deixei gritando em seu ninho. Então, se você não vai me ajudar, diga agora. Porque alguém precisa confortá-la, e mesmo que ela queira você, não posso deixá-la sofrer sozinha.

Kieran semicerrou os olhos escuros.

— Ela me rejeitou de maneira bastante espetacular. Então me perdoe por não acreditar em nada que você disse sobre ela me *querer*.

— Ele perdeu a audição quando a barreira empurrou a alma dele de volta para cá? — ela perguntou de forma casual, olhando para mim e depois para Cillian. — Porque eu juro que já expliquei isso.

— Que tal você tentar de novo? — Cillian sugeriu, seu tom sem emoção.

Ela revirou os olhos e olhou para Kieran novamente.

— A *barreira* te rejeitou. Não a Quinnlynn. E esse feitiço quase a matou também.

— O feitiço que ela usou para desaparecer nas sombras sem mim?

Ela abriu as íris em um olhar furioso.

— Não, idiota. O feitiço de barreira que protege a ilha.

Rosnei com seu tom e o apelido insultuoso que ela escolheu para meu primo. Ele era o futuro Rei do Território de Sangue. Isso exigia algum respeito.

Mas Kyra me ignorou por completo e continuou dizendo:

— Ele a nocauteou ao entrar e a fez bater em um bloco de gelo, o que a fez rolar na água. Então ela acordou e entrou no cio não muito tempo depois. E agora, estou aqui, porque ela precisa de você.

— O que esse feitiço de barreira está protegendo?

— O Santuário.

Não brinca, pensei.

— O que é o Santuário? — Kieran perguntou, com impaciência em seu tom, o que aumentou o sotaque irlandês. — Me diga o que é e vou considerar ir com você.

— Kieran. — Deixei seu nome escapar em um grunhido, sua aquiescência potencial não era aceitável.

Ele ergueu a mão em um gesto de pausa, o que me fez arrepiar por dentro. *Ele não pode estar pensando nisso*, pensei para Cillian. *Ele sabe do que a Kyra é capaz.*

Ele está cego pela necessidade de encontrar sua companheira.

Então precisamos acordá-lo.

Verdade, Cillian concordou.

— Quinnlynn disse que tinha que me mostrar para que eu pudesse entender — Kieran continuou, seu tom um pouco menos severo que antes, mas igualmente bravo. — Não confio nela ou em você para fazer isso, dado tudo o que aconteceu. Então me diga o que é.

— Ela não te contou? — Uma pontada de desconforto apareceu nas feições e no tom de Kyra, e seus olhos vagaram por Kieran com cautela.

— É óbvio que não.

— Mas ela... ela disse que quer acasalar com você — Kyra falou e sua expressão se transformou em confusão. — Eu... estou aqui para ajudá-la. Eu pensei. A menos que... talvez seja o cio?

Kyra deu um passo instável para trás, sua habilidade de se esconder nas sombras ganhou vida contra minhas amarras telecinéticas. Instintivamente a segui, levando a mão ao seu quadril para reforçar meu controle mágico sobre seu ser.

Ela estremeceu e seu coração disparou.

Seu poder acendeu mais uma vez, fazendo com que o meu explodisse.

Não tão rápido, pequena assassina, pensei para ela, ciente de que ela não conseguia me ouvir. Mas transmiti as palavras aumentando meu aperto. *Você entrou de forma furtiva em nosso território e exigiu uma reunião com nosso futuro rei. Agora vai ficar aqui até ele dizer que você pode ir embora.*

As íris escuras de Kieran encontraram as minhas, seu olhar conhecedor. *Você a amarrou*, ele parecia estar dizendo.

Sim, confirmei quando Kyra tentou fugir pela terceira vez.

O pulso dela acelerou quando sua habilidade falhou, e

a Ômega demonstrou os primeiros sinais de incerteza em sua situação.

Então você pode ser subjugada, pensei. *Agora você pode cooperar? Ou serei forçado a te apresentar algumas das minhas características mais mortais?*

Kieran podia ser paciente. Mas ele faria o que fosse necessário para encontrar sua futura companheira. Assim como eu faria tudo o que ele me pedisse para ajudar na busca.

Incluindo interrogar a pequena assassina na minha frente.

Comece a falar, tentei dizer a ela com meu toque. *Ou vou te forçar a isso.*

KYRA

Kieran não sabe o que é o Santuário...

Eu...?

Eu deveria ter trazido mais facas...

E se...?

Os pensamentos circulavam na minha cabeça, me deixando tonta. As palavras pareciam se misturar.

Controle-se, Kyra, disse a mim mesma. *Você não pode se dar ao luxo de baixar a guarda agora.*

Especialmente com Lorcan controlando minha capacidade de me esconder nas sombras. Ele podia não ter me dito seu nome, mas deduzi através de nossa interação. Havia apenas um outro Alfa na Islândia que tinha tanto poder, e como eu já conhecia Cillian, isso deixou Lorcan como o culpado óbvio.

Quase rosnei de frustração e minha loba andando dentro de mim com agitação crescente. Em todos os meus preparativos, não havia previsto a capacidade de um Alfa me firmar. Isto era novo e nada apreciado.

— Nos conte sobre o Santuário — Kieran exigiu.

Engoli em seco.

— Eu... eu pensei que você soubesse... Ela... ela estava tentando te levar até lá. Por que ela iria...?

Entendi tudo errado? A Quinn estava tentando escapar dele novamente?

— Já se passaram muitos anos desde a última vez que a vi — acrescentei em voz baixa, minha voz quase um sussurro. — Talvez eu tenha entendido mal?

O que significava que eu me coloquei em perigo significativo ao vir aqui e tornar minha presença conhecida.

Porque agora eu estava cercada por três Alfas letais. Um dos quais, de alguma forma, frustrou minha capacidade de desaparecer nas sombras.

Isso não vai...

— Ela me disse que era um lugar que eu precisava conhecer. — O sotaque irlandês de Kieran interrompeu meus pensamentos, seu tom era neutro. — Então ela disse que só ela poderia nos conduzir pelas sombras até lá, e foi quando decidi confiar e ela me traiu com seu feitiço de rejeição.

— Por que ela tentaria levá-lo se não planejasse contar a verdade? — Cillian interrompeu enquanto se movia para ficar ao lado de Kieran.

— Ou foi tudo um estratagema — o Alfa atrás de mim murmurou, apertando meu quadril mais uma vez. Ele parecia estar tentando me dizer algo com seu toque, mas eu não tinha ideia do que poderia ser.

Um aviso, talvez? Uma maneira de me lembrar que ele fundamentou meu poder?

Ou é um pedido sutil para que eu fale? Que defenda minha amiga?

— Não foi um estratagema — respondi, minhas palavras para Lorcan mais do que para os outros. — Eu a senti tentando trazer Kieran com ela. Então Fritz a encontrou flutuando na costa gelada. Ele me ajudou a trazê-la para dentro.

— Fritz? — Kieran repetiu. — Quem é Fritz?

Merda. Eu não deveria ter dito isso.

Mas não consegui evitar de responder. Era como se o toque de Lorcan comandasse minhas verdades, mesmo aquelas que eu queria esconder bem no fundo.

— Um Protetor. — A admissão escapou em um sussurro. — O Santuário... — parei, voltando minha atenção para Kieran. — É um santuário para Ômegas. A magia MacNamara protege a ilha. E essa magia serve de barreira. Somente Ômegas podem passar. Ou seus companheiros.

As sobrancelhas dos três se ergueram.

— Uma ilha de Ômegas V-Clan?

Balancei a cabeça.

— Ômegas de todos os tipos. — E acabei de traí-las da pior maneira.

A menos que Quinn realmente quisesse que Kieran soubesse. Por que outro motivo ela teria tentado fazê-lo passar pela barreira?

Ele não mostrou nenhum sinal de tentar coagi-la a fazer isso. Na verdade, a história dele fazia parecer que ela queria mostrar a verdade como um artifício para alcançar sua própria liberdade.

Mas Quinn nunca teria mencionado o Santuário para ele naquela situação. Ela teria encontrado outra maneira de escapar dele.

Então ela queria que ele soubesse.

Foi a única explicação para ela ter tentado levá-lo. E eu estava aqui agora para ajudá-la. Para levar seu companheiro para ela. Para garantir que minha melhor amiga sobrevivesse.

No entanto, aqui está ele, permitindo que seu Elite me maltrate.

Uma onda de aborrecimento me ajudou a me fixar no

momento, me lembrando da minha força. Meu propósito. *Minha existência.*

Eu não era uma Ômega que permitia que Alfas me pressionassem. Eu os matava por tentarem.

Algo nesse trio me fez esquecer meu lugar. Talvez fosse o seu poder combinado... eles eram três dos Alfas do V-Clan mais fortes que existiam.

E não pareciam estar me subestimando como a maioria dos Alfas faria, percebi, sentindo minha testa ameaçar franzir. *Eles estão me tratando como se fossem iguais, restringindo meus poderes e me forçando a falar.*

Não de forma violenta, apenas... assertiva.

— Foi por isso que um Alfa assassinou os pais dela — Kieran murmurou, suas palavras me tirando dos meus pensamentos. — Mas como matá-los forneceu respostas? Enfraqueceu a barreira mágica?

Franzi a testa.

— Não. A magia foi mantida por causa da Quinnlynn.

— Então no que o assassinato deles resultou?

— Ele não os matou exatamente — eu disse, pensando na minha resposta antes de elaborar.

No entanto, Quinn obviamente contou a Kieran nossas suspeitas sobre um Príncipe Alfa ter matado seus pais, porque os outros acreditavam que o jato teve um mal funcionamento e explodiu. Poucas pessoas sabiam a verdade.

E esse grupo seleto agora incluía Kieran e seus Elites.

Portanto, não faria mal nenhum fornecer uma explicação mais profunda.

— Ele colocou um feitiço de rastreamento no jato, e a única maneira de impedir isso era pousar em outro lugar — eu disse a eles. — Mas não havia lugar seguro para pousar... não onde estavam. Não sem revelar muito. Então eles... escolheram morrer no mar.

— Foi isso o que a Quinnlynn quis dizer — Kieran respondeu. — Ela disse que o culpado enfeitiçou o avião, e eles tiveram que derrubá-lo. Mas não detalhou o porquê. — Ele fez uma pausa antes de acrescentar: — É por isso que ela ficou no Território Bariloche. Porque precisava dos meus poderes de cura. Porque ela fugiu.

— Ela não podia confiar em ninguém — admiti. — Especialmente em um Príncipe Alfa.

Ele assentiu, com uma expressão de compreensão e uma pontada de remorso.

Bom. Você deveria se sentir mal por duvidar dela, pensei antes de dizer em voz alta:

— Mas ela tentou te levar para o Santuário. E agora, ela precisa de você mais do que nunca. Ela não apenas entrou no cio, mas sua cura também está mais lenta do que deveria, provavelmente porque todo o excesso de energia é usado para alimentar o escudo.

Ele continuou a me observar, o remorso parecendo se aprofundar.

O que significava que eu precisava arriscar e contar tudo a ele. Fazê-lo entender. Fazê-lo *concordar*.

Porque Quinn não tinha muito tempo antes de cair em pleno cio, e eu não tinha certeza do que aconteceria com ela e com o Santuário quando isso acontecesse.

— Não sei se beber o sangue dela vai te fazer passar pela barreira, mas precisamos tentar — informei a ele, meu tom contendo uma nota de urgência. — O Santuário precisa dela. Caramba, o Santuário também precisa do Alfa dela. Nunca a vi tão fraca. É como se ela estivesse usando toda a sua energia vital para manter a magia prosperando.

Kieran me observou por um longo momento, sua expressão não revelando nada.

Agora era o momento em que ele corresponderia às

minhas expectativas ou provaria que meus preconceitos estavam errados.

O que vai ser, Alfa? Você realmente se importa com minha amiga? Ou é igual a todos os outros?

— Não vamos deixar o Kieran ir a lugar algum sozinho com você — Cillian disse, me fazendo piscar. Quase me esqueci de sua presença, apesar de ele estar ao lado do outro homem.

Lorcan aproveitou aquele momento para me lembrar de sua existência também, com um movimento sutil de seus dedos contra meu quadril.

Como eu tinha me esquecido de que ele estava lá? E por que ainda não tentei lutar com ele?

Eu *odiava* ser tocada por Alfas. Principalmente porque minha loba interior parecia desejar isso. Mesmo agora, ela estava enrolada em uma bola e ronronando em resposta à sua proximidade, o que era a reação errada a se ter diante de um homem tão mortal.

Felizmente, minha vampira interior era bastante lógica.

Porque, se esses dois Elites não deixassem Kieran ir para o Santuário comigo...

— Então você não pode me ajudar.

O que significava que eu perdi minutos preciosos aqui e era hora de ir.

Tentei me desvencilhar do aperto de Lorcan, mas ele apertou mais uma vez e pressionou a boca no meu ouvido.

— Ele não está dizendo que o Kieran não pode ir — ele me disse em voz baixa, com um tom de aviso que combinava com seu toque. — Ele está dizendo que não vamos deixá-lo ir sozinho com você.

Kieran olhou boquiaberto para seu primo, com uma expressão que eu teria compartilhado se Lorcan tivesse me permitido virar e encará-lo.

— Um de nós vai com vocês — ele acrescentou em meu ouvido.

Cillian concordou.

— Sim. Um de nós vai se juntar a vocês para a proteção de Kieran.

Esses dois não podem estar falando sério.

— Nenhum de vocês está me ouvindo? — questionei. — A barreira só permite Ômegas e seus companheiros.

— E você não tem um — Cillian respondeu, sem perder o ritmo. — Desde que você matou seu companheiro vampiro.

Sim, quase afirmei em voz alta.

Mas então... suas palavras começaram a ser absorvidas em minha cabeça. Ou melhor, a implicação subjacente às suas declarações.

Ele não pode querer dizer...

— Acasale com um de nós para que possamos ir com vocês — ele afirmou de forma categórica, validando a trajetória dos meus pensamentos. — Dessa forma, se o Kieran ainda não conseguir passar, um de nós pode trazer a Quinnlynn de volta para ele.

— Você acha que não tentei trazê-la? Porque, acredite em mim, foi o que fiz. Tentei ontem à noite, pois unir Quinn e Kieran foi meu primeiro instinto. — Mas a barreira reagiu, e Quinnlynn gritou tão alto que acordou todo o Santuário.

— Acreditar em você? — Cillian perguntou. — Eu acredito...

— Você não nos deu um único motivo para confiar em você — Lorcan interrompeu. — Te encontramos escondida nos aposentos de Kieran com uma faca.

Revirei os olhos. Eu nem peguei a faca, que ainda estava na minha bota. Além disso, era...

— Para minha proteção. — Cerrei os dentes. — Não

estou aqui para machucar ninguém. Estou tentando ajudar a Quinn.

— E além de fornecer algumas explicações, que podem ou não ser verdade, não nos deu nenhum motivo real para confiar em você — Lorcan rebateu, com o sotaque irlandês muito mais moderado do que o de Kieran e Cillian.

Não que eu desse a mínima para isso agora. Não com esses idiotas questionando cada palavra minha.

— Então você está me dando um ultimato — concluí, minhas palavras pontuadas por uma crescente irritação.

— Não, estamos te dando uma oportunidade de provar sua lealdade — Cillian rebateu.

— Me forçando a acasalar com um de vocês. — Dei uma risada sem humor. — Que cavalheiresco.

— Você acha que queremos ter uma companheira? Ainda mais alguém conhecida por matar seu último companheiro Alfa? — Cillian perguntou.

Semicerrei os olhos. Ele não sabia nada sobre Alfa Fare ou porque eu o matei, mas fez parecer que eu era a vilã. *Idiota.*

Infelizmente, ele não terminou de falar.

— Nós dois temos mais de mil anos, Ômega. Se quiséssemos uma companheira, já teríamos arranjado. Nosso dever é apenas com Kieran. Se isso significa tomar uma pirralha errante como companheira para que possamos garantir sua segurança, que assim seja.

— Isso é a verdadeira lealdade — Lorcan acrescentou. — Morreríamos por ele. Você faria o mesmo pela sua suposta melhor amiga?

Não consegui suprimir o grunhido que crescia dentro de mim.

— Vocês dois não sabem nada sobre mim. — Ou o que eu passei. Ou o que eu faria para ajudar Quinn.

— Sabemos o suficiente para não confiar em você,

pequena assassina — Lorcan respondeu, seu tom, proximidade e palavras fizeram meu sangue ferver.

Cansei de brincar com essa besteira.

Agarrei o pulso de Lorcan e enfiei as unhas em sua pele. Ele sibilou, me liberando momentaneamente, o que me permitiu girar em sua direção.

— Você não confia em mim, mas quer acasalar comigo?

— Não quero acasalar com você de jeito nenhum — ele rebateu. — Mas é a melhor maneira de proteger Kieran. E isso força você a provar suas intenções.

— Eu não deveria ter que provar nada. A Quinn precisa de seu futuro companheiro. Ou ele quer ir até ela ou não. Fim de discussão.

— A questão não é se o Kieran quer ou não ir até ela. A questão é se você fará ou não o que for preciso para ajudar sua amiga. — Ele arqueou uma sobrancelha arrogante. — Faríamos qualquer coisa por Kieran, incluindo acasalar com uma renomada assassina de Alfas. Até onde você irá para proteger Quinnlynn, Kyra? Ou isso é só conversa fiada?

Cillian murmurou algo atrás de mim, mas não consegui ouvi-lo por causa do sangue correndo em meus ouvidos.

Esses Alfas tiveram a audácia de questionar minha lealdade a Quinn depois que eu arrisquei minha vida para vir aqui em busca da ajuda de Kieran.

— Não tenho tempo para isso — rebati. — Mas pode acreditar que vou te dar uma surra quando voltar, *Alfa*. — A volta do meu sotaque inglês, que eu havia perdido séculos atrás, apenas confirmou ainda mais quanto eu estava chateada com esta situação e com esses Alfas arrogantes.

Que se foda tudo isso, pensei enquanto ativava minha habilidade de desaparecer nas sombras.

Apenas para que aparecer. De novo.

A expressão de Lorcan era fria e calculista quando perguntou:

— Problemas, *Ômega*?

Rosnei para ele.

— Tudo bem. Você quer uma demonstração de lealdade? Vou te mostrar lealdade. — Agarrei seu cabelo e o puxei para mim.

Então afundei as presas em seu pescoço.

— Puta merda! — Kieran gritou atrás de mim.

Puta merda mesmo, pensei, com a intenção de rasgar a garganta de Lorcan.

Mas então o idiota *rosnou*.

Um som de aviso.

Uma baixa vibração de poder.

Um sussurro de intenção do lobo dele para a minha.

Minhas pernas ficaram fracas instantaneamente, meu interior se derreteu apenas com aquele som. Ele me pegou quando meus joelhos dobraram, seus braços fortes me levantaram enquanto sua boca se fechava em volta da minha garganta.

Merda. Merda. Merda.

Seus dentes perfuraram minha pele, provocando um gemido profundo.

Meu lado lobo ronronou.

Meu lado vampiro se encolheu.

E eu... eu simplesmente... fiquei mole.

— Você perdeu a porra da cabeça? — Kieran retrucou.

— Somos seus Elites — Cillian respondeu. — Nossa responsabilidade é proteger sua vida.

— Não às custas das de vocês — o futuro Rei do Território de Sangue falou.

— Pronto — Lorcan disse, com a voz profunda e hipnótica para meus sentidos. Isso fez minha cabeça girar. Em um minuto, eu queria matá-lo, e agora...

Agora eu quero... quero algo totalmente diferente.

Isso nunca vai acontecer, pequena assassina, ele disse em minha mente enquanto me soltava.

Eu pisquei. *O quê?* Meus cílios tremularam, suas feições severas entraram e saíram de foco diante de mim. Então senti sua presença em minha cabeça. No meu coração. Em minha alma.

Assim como ele.

Assim como Alfa Fare.

Meu coração parou de bater, minha respiração parou no peito.

Somos companheiros.

Lorcan e eu somos companheiros.

Isso é o que acontece quando uma Ômega morde um Alfa, e ele a morde de volta. A declaração inexpressiva de Lorcan ecoou em meus pensamentos enquanto ele brincava dentro da minha cabeça.

Pare, exigi.

Mas ele não o fez.

Ele estava procurando por algo, explorando as profundezas da minha mente enquanto deixava a sua igualmente aberta para que eu retribuísse o favor.

Então eu o fiz.

Se ele quisesse vasculhar meus pensamentos, eu brincaria com os dele.

Mas o primeiro que encontrei me fez pensar. Porque imediatamente confirmou que ele não estava mentindo sobre não querer uma companheira. A própria ideia de amarrar sua alma a outra pessoa era abominável para ele. No entanto, ele fez isso.

Por Kieran.

Seu primo.

Eles eram tão próximos quanto irmãos, tendo sobrevivido juntos por mais de um milênio. Lorcan jurou lealdade a Kieran desde sempre e faria qualquer coisa para garantir a segurança do outro homem.

Incluindo acasalar comigo.

Algo que ele lamentava profundamente ter feito, mas que enfrentaria as consequências conforme necessário.

Fiquei boquiaberta, chocada com a verdade. Não porque me aborreceu ou mesmo feriu meus sentimentos, mas porque parecia anormal.

A maioria dos Alfas tomava companheiros para satisfazer sua necessidade de cio e procriar.

Não Lorcan. Ele não tinha vontade de fazer tal coisa.

Ele não era inocente. Eu podia ver vislumbres da história em sua mente, de Ômegas anteriores que ele levou para a cama. Mas nenhuma delas significava algo para ele. Não no sentido de acasalamento. Ele dormia com Ômegas por obrigação, para ajudá-las no cio.

Embora sempre tomasse uma forma de controle que impedia a ocorrência de descendentes.

Que... diferente, pensei. *Um Alfa que não quer uma progênie.*

Lorcan bufou na minha cabeça. Então ele olhou por cima do meu ombro para Kieran e disse:

— Ela está dizendo a verdade.

— Não brinca — murmurei enquanto cutucava a marca de mordida em minha garganta e olhava para Cillian. — Pelo menos, sei que seu amigo falou sério quando disse que você não queria companheira.

— Precisamos ir — Lorcan disse, me ignorando. —

Beba o sangue. Se não funcionar, trarei Quinnlynn de volta para cá.

Os olhos quase negros de Kieran brilharam com fogo de obsidiana enquanto ele olhava carrancudo para meu novo companheiro.

— Ainda não terminamos essa discussão. — Ele se aproximou da mesa para pegar o frasco, seus movimentos mantendo um tom letal.

— Você pode me agradecer mais tarde — Lorcan brincou.

O olhar de Kieran se estreitou ainda mais, mas desta vez ele olhou de Lorcan para mim, com a mandíbula cerrada.

— É melhor você não nos enganar, Ômega — ele avisou enquanto abria o frasco.

Depois de tudo isso e ele ainda não acredita em mim?

Bem, ele que se foda. Que se foda tudo isso.

Além do mais, eu não tinha medo dele. O que mais ele poderia fazer comigo, mesmo que eu os estivesse enganando?

— Tenho certeza de que não há punição pior que você poderia me dar agora, Alfa — disse a ele entre dentes.

Eu já fui acasalada contra a minha vontade uma vez. Embora eu pudesse ter instigado o acasalamento com Lorcan hoje, certamente não foi minha *escolha.*

Lorcan olhou para mim com os olhos brilhando. *Acasalar comigo não era para ser um castigo, Ômega. Você me mordeu primeiro.*

Você pode não ter me obrigado a acasalar, mas me forçou a tomar um companheiro hoje, retruquei. *Era isso ou deixar minha amiga sofrer. Portanto, não houve escolha. E por definição, isso implica forçado.*

Se ele se sentiu mal, ele não demonstrou. Ele também não se incomodou em responder. Em vez disso, observou

Kieran beber o frasco de sangue de Quinn, sua expressão e mente não revelando nada.

Por que ele se sentiria mal? Lorcan era um Alfa, e os Alfas pegavam o que queriam. Sempre.

— Me leve para Quinnlynn — Kieran ordenou quando terminou.

— A nós — Lorcan interrompeu, estendendo a mão para mim. — Leve-*nos* para Quinnlynn.

— Claro — murmurei baixinho. — Pelo menos, terei mais facas lá. — Segurei sua mão e estendi outra para Kieran antes de acrescentar em voz alta: — Espero que isso doa. *Bastante.*

LORCAN

MEU LOBO ANDAVA DENTRO de mim, ansioso para provar sua nova companheira.

Ele não se importava que ela não fosse realmente nossa. Que nada disso tenha sido planejado ou por escolha, mas sim por *necessidade*. Ele simplesmente a queria. Sua Ômega. A pequena assassina de Alfas com olhos raivosos e curvas atraentes.

Afastei seu desejo, me concentrando na paisagem gelada que aparecia ao meu redor. Os pensamentos de Kyra soavam altos em minha mente, sua fúria por esta situação era palpável.

Merda de Alfas, ela não parava de pensar. *Idiotas arrogantes.*

Ela não estava errada. *Éramos* arrogantes. Normalmente.

Mas quando ouvi seus pensamentos sobre não ter escolha, sobre ser forçada a esse acasalamento, tive um momento de pausa.

Vi isso como uma decisão respeitosa, destinada a proteger meu primo e melhor amigo. Esperava que ela sentisse o mesmo. No entanto, meros segundos dentro de sua mente complexa me disseram que suas escolhas eram muito mais complicadas que as minhas.

Ela era leal a Quinnlynn, isso eu sabia com certeza.

Mas Kyra tinha um passado sombrio, algo que eu estava tentando não explorar. Porque não era da minha conta ou problema meu. Esse acordo entre nós era estritamente profissional. Um acasalamento arranjado com recompensas mútuas. Ajudei meu melhor amigo e ela ajudou a dela. Nada mais e nada menos.

— Kyra? — uma voz profunda ecoou na névoa gelada.

— Está tudo bem — ela respondeu ao meu lado. — Ele está aqui pela Quinn.

— E o outro? — o homem pressionou, escondido atrás de algum tipo de cortina mágica. Porque tudo que eu conseguia ver ao nosso redor eram águas geladas e calotas polares.

— É alguém com quem lidarei sozinha — afirmou, seca.

Olhei para ela, com a sobrancelha arqueada. *E como pretende lidar comigo, pequena assassina?*, pensei. *Com aquela faca na bota?*

Ela grunhiu, sem dizer mais nada. No entanto, sua mente mostrava uma infinidade de maneiras com as quais ela gostaria de *lidar* comigo, e nenhuma delas era agradável.

O que só fez meu lobo ronronar de expectativa, porque o animal dentro de mim gostava de uma boa briga. Especialmente quando o oponente era uma linda Ômega com tendência à violência.

Ela não é nossa, informei minha fera interior. *Pare de salivar.*

— Ela costuma ficar inconsciente quando a visita? —

Kieran perguntou, seu olhar observando o que nos rodeava e o véu encantado diante de nós.

— Não, mas já faz muito tempo desde a última vez que veio — Kyra respondeu, seu tom cauteloso. — Ela veio aqui depois do seu noivado. Então saiu em busca de uma pista e nunca mais voltou.

Kieran assentiu.

— A ilha exige que ela recupere o tempo perdido. Me leve até ela.

Kyra engoliu em seco e deu um passo à frente, mantendo o foco naquela cortina brilhante.

Essa é a barreira? perguntei a ela.

A ilha inteira é uma barreira, ela respondeu, sua mente elaborando o que suas palavras não o fizeram.

Parecia que já havíamos passado pela cúpula inicial que pairava sobre essas terras enfeitiçadas, deixando apenas a nuvem gelada diante de nós. No entanto, essa nuvem não era um escudo. Na verdade, era um feitiço criado pelo homem que perguntou sobre minha presença.

Fritz, percebi, o nome soou alto nos pensamentos de Kyra. *O Protetor que ela mencionou para Kieran.*

Mas ele era um Ômega, não um Alfa.

Um Ômega do *V-Clã*.

E ele ficou dentro da névoa enquanto passávamos, sua musculatura era surpreendentemente robusta para um Ômega. Ele não era páreo para mim ou para Kieran, mas pude ver como seu tamanho lhe rendeu o título de Protetor na ilha.

— Precisamos caminhar — Kyra disse, mantendo o foco em Kieran enquanto nos movíamos em direção à névoa. — Estou preocupada que o escudo reaja e você desapareça nas sombras.

Kieran assentiu em resposta, seguindo com facilidade

ao lado dela enquanto me mantinha um pouco atrás, procurando na paisagem qualquer ameaça em potencial.

A barreira permitirá que ele permaneça na ilha desde que não despareça nas sombras?, pensei para Kyra. *Ou ainda poderia rejeitá-lo?*

Ela me ignorou, mas sua mente forneceu a resposta que eu precisava: ela não sabia. E estava em conflito sobre como se sentia sobre isso. Parte dela queria que isso desse certo, enquanto uma parte mais sombria gostaria de ver o feitiço despedaçá-lo.

É melhor você torcer para que não seja a última opção, eu disse a ela.

Não é fã de gelo sangrento? ela retrucou, o olhar felino brilhando sob o luar enquanto ela me olhava por cima do ombro esguio.

— Esse encantamento é diferente de tudo que já senti. Quantos anos tem isso? — Kieran perguntou.

Como Kyra não respondeu de pronto, tirei a resposta dos seus pensamentos.

— Mais antigo que nós.

Ela deu outro olhar em minha direção.

— Pare de bisbilhotar na minha cabeça.

— Não. Não até ter certeza de que estamos seguros aqui.

— Você não está seguro aqui — ela rebateu.

— Exato — respondi.

Ela cerrou a mandíbula e se virou, os passos hábeis, apesar da terra gelada debaixo das botas.

— Eu disse que está tudo bem, Fritz — ela falou enquanto se dirigia para a parede brilhante. — Abra a porta.

A magia brilhou à nossa frente, revelando a *porta* que ela acabou de mencionar. Exceto que não era realmente uma porta, mas sim uma grande entrada de fogo.

Impressionante, pensei, admirando a forma como o fogo brilhava contra a neve ao seu redor. Nada disso estava derretendo, apenas brilhando com a luz ardente.

Kyra saltou através das chamas, seu cabelo preto azulado acenou para que seguíssemos em seu rastro.

Fui na frente de Kieran, minha maneira silenciosa de dizer a ele que passaria por aquelas chamas primeiro. A mente de Kyra não indicava quaisquer ameaças potenciais, mas isso não significava que eu confiasse nela.

Porque se alguém conseguia esconder pensamentos perigosos de um companheiro, era ela.

Um pátio cristalizado apareceu quando passei pela entrada inflamada, a imagem me fez lembrar de partes da Islândia no auge do inverno.

Dado a distância que estávamos do norte, eu suspeitava que era assim o ano todo. Este lugar não seria habitável para humanos. Caramba, só era habitável para seres sobrenaturais por causa dos elementos mágicos no ar.

— É seguro — gritei para Kieran enquanto observava as várias sentinelas por todo o campo. Seguro podia não ser a palavra certa, mas eu tinha uma boa ideia do que estávamos enfrentando agora. Em parte por causa do meu acesso à mente de Kyra, mas também por causa do que meu lobo podia ver e cheirar.

As maiores ameaças eram arqueiras escondidas em torres de gelo ao redor do pátio. Todas as armas estavam apontadas para mim.

Não era um problema.

Agarrei as flechas com meus fios telecinéticos, garantindo que elas não pudessem ser liberadas.

As arqueiras não saberiam até que tentassem atirar em mim e, então, seria tarde demais. Porque eu entraria em suas torres e desmontaria seus arcos com as mãos.

Havia mais arqueiras atrás de mim na parede que acabei

de atravessar. Sem chamas, no entanto. Aquela decoração ornamentada era apenas para a entrada principal.

Kieran se juntou a mim quando um trio de Ômegas entrou no pátio à frente, com expressões cautelosas.

— Está tudo bem — Kyra repetiu. — Não estou sendo coagida. E esse é o futuro Rei do Território de Sangue, Jas! — Ela gritou as palavras para uma das sentinelas na parede de gelo. Presumi que fosse para a que tinha uma flecha apontada para a cabeça de Kieran.

Não me incomodei em dizer a Kyra que já tinha resolvido o problema. Se ela estava tão sintonizada com meus pensamentos quanto eu com os dela, ela já sabia.

— A que distância Quinnlynn está? — Kieran perguntou.

Kyra apontou para um palácio de gelo brilhante do outro lado do pátio.

— Ela está segura em seus aposentos lá. Talvez a quinze minutos a pé daqui.

— E se corrermos? — ele perguntou a ela.

Apertei os lábios. Dado o que li na mente de Kyra...

— Não recomendo — eu disse. — As Ômegas têm um exército e parece que estamos quebrando os protocolos habituais de convidados. É por isso que temos tantas armas apontadas para nós neste momento.

Claro, todas estavam enroladas em fios invisíveis que eu controlava, mas seria melhor não testar a força dos meus poderes telecinéticos no momento. Não quando os limites da barreira do encantamento eram tão desconhecidos.

— Obrigada por roubar informações da minha mente, companheiro — Kyra disse em um tom sarcástico e doce.

De nada, pequena assassina, pensei para ela.

Ela me lançou mais um olhar, com uma expressão que ela parecia preferir.

— Vamos caminhar depressa — Kieran sugeriu, ignorando nosso comentário. Provavelmente porque seu foco estava em encontrar sua companheira.

Kyra se moveu ao lado de Kieran enquanto eu assumia a retaguarda mais uma vez, com a atenção nos pensamentos dela e em nosso entorno.

Exército era um termo generoso. Milícia parecia mais apropriada. Elas foram treinadas para usar seus dons naturais contra intrusos. Uma tática inteligente, principalmente quando aplicada a um grupo de números significativos.

No entanto, no final das contas, todas eram Ômegas.

Um Alfa do meu calibre poderia exterminar um quarto da sua população, talvez mais, se desejasse. Felizmente para o Santuário, não existiam muitos Alfas que correspondessem às minhas habilidades. Mas isso não significava que as Ômegas daqui estivessem totalmente seguras.

Acariciei os arcos e flechas com meu poder antes de passar para as outras armas posicionadas ao redor do pátio. A maioria era antiquada, não nova. Talvez porque a maioria das Ômegas aqui parecessem ser lobas e muitas vezes lutávamos com nossos dentes e garras, não com armas ou outra tecnologia.

Mas ao enfrentar um inimigo mais forte, como Alfas que pretendiam pilhar e tomar Ômegas contra sua vontade, seria aconselhável armamento atualizado.

Continuei examinando o pátio enquanto passávamos por esculturas de gelo que lembravam fontes congeladas e outras decorações brilhantes. Era realmente uma bela paisagem, cuja natureza delicada era apropriada para seus habitantes.

Duas pequenas sentinelas nos encontraram nos portões

quando nos aproximamos, seus cheiros indicavam que eram metamorfos, mas não como lobas do V-Clan.

W-Clan, percebi da mente de Kyra.

Elas inclinaram a cabeça de leve em sua direção, indicando que a viam como uma líder. Confirmei o título em seus pensamentos. Aparentemente, ela era a rainha durante a ausência de Quinn. Mas agora que Quinn e Kieran estavam aqui, Kyra seria a segunda em comando, semelhante ao papel que Cillian e eu compartilhávamos no Território de Sangue.

Embora, com Quinn no cio, eu supusesse que isso significava que Kyra ainda estava no comando.

Ela olhou para mim enquanto passávamos pelos portões, o olhar ainda semicerrado em desdém. Provavelmente porque ela podia me ouvir analisar tudo sobre o Santuário, inclusive seu papel aqui.

Eu não pediria desculpas. Ela admitiu que Kieran e eu não estávamos seguros aqui, algo que seus pensamentos continuaram a confirmar enquanto ela refletia sobre as várias maneiras pelas quais gostaria de me matar.

Só concordei em ter uma companheiro, não em manter um, ela disse a si mesma. *Até que a morte nos separe e tudo mais.*

Contraí os lábios quando ela se virou para focar em Kieran. Suas promessas de morte intrigaram meu lobo mais do que o assustaram. Não duvidei de sua capacidade de cumprir sua missão, afinal, ela já matou Alfas antes. Mas eu pretendia revidar.

A maioria dos Alfas adorava Ômegas e as tratava como bonequinhas frágeis.

Infelizmente para Kyra, eu não era a maioria dos Alfas.

Eu respeitava as Ômegas, as protegia e até apreciei algumas delas no passado, mas sabia que não devia subestimar suas intenções.

Kieran assumiu a liderança, com passos longos e determinados, enquanto se dirigia para o palácio e subia um lance de escadas sem a orientação de Kyra. Meu nariz me disse o porquê: o cheiro de Quinnlynn. Seu doce perfume Ômega encheu o ar, implorando ao seu Alfa para encontrá-la, dar-lhe o nó, ajudá-la durante o cio.

Diminuí o passo para dar espaço a Kieran, ciente de que se seguisse muito de perto, corria o risco de ser atacado. Os Alfas se tornavam notoriamente agressivos com as Ômegas no cio, especialmente quando a Ômega era uma companheira desejado. A última coisa que eu queria fazer era irritá-lo.

A cada passo, eu recuava um pouco mais. Permaneci perto o suficiente para protegê-lo caso fosse necessário, mas me mantive longe o suficiente para não acionar seu lobo caçador.

Eu não tinha vontade de dar o nó em Quinnlynn. Ela era muito dele. Mas no meio da proximidade do cio, seu lobo pode se esquecer do nosso milênio de amizade e se sentir diferente.

No topo da grande escadaria, seguimos por um corredor adornado com cristais nas paredes e no teto. Era feito de forma elaborada, as águas-fortes de natureza artística e combinando com a delicadeza do pátio externo.

Os padrões mudavam à medida que nos movíamos, o corredor se prolongava por minutos em vez de segundos.

Esta parte do palácio era muito menos povoada do que o exterior e o interior inicial, ajudando meu lobo a recuar ainda mais. Estes eram os aposentos privados de Quinnlynn, o que significava que eu não seria bem-vindo aqui por muito tempo.

Kieran empurrou portas grossas, e o movimento fez com que o cheiro de Quinnlynn atingisse meus sentidos. *Ela está perto. Muito perto.*

Kyra olhou para mim com uma expressão de negativa no rosto.

Eu a ignorei, mantendo o foco nos movimentos acelerados de Kieran. Ele parecia estar consciente de si mesmo o suficiente para não se apressar muito, mas estava se movendo mais rápido agora.

Outro lance de escadas apareceu diante de nós, os degraus que Kieran subia dois de cada vez.

Esperei até que ele chegasse ao topo antes de subir em seu rastro. O vidro desapareceu, revelando apenas portas que imaginei que se abriam para os quartos.

Kieran foi direto para aquela no final, com Kyra logo atrás dele enquanto eu permanecia no corredor perto do topo da escada.

Seu ronronar ecoou de volta para mim enquanto ele desaparecia no cômodo no final do corredor, e o miado de resposta de Quinnlynn ecoou logo em seguida.

A energia zumbia no ar quando Kyra parou na soleira, com a coluna rígida enquanto observava Kieran e Quinnlynn. Não ousei chegar mais perto, ciente de que um passo errado poderia irritar meu primo.

— O que você está fazendo? — Kyra questionou.

Ele está dando o que ela precisa, eu disse a ela.

Fazendo o quê? Pairando e forçando o poder sobre ela?

Ele a está curando, Kyra.

— Kieran — Quinnlynn choramingou. — Me desculpe.

— Shh — ele a silenciou. — Estou aqui, pequenina.

— Você me odeia — ela respondeu, com a voz baixa e triste. — Este é um sonho febril.

— Não é um sonho. — Seu ronronar se aprofundou com as palavras, sua aura curativa se intensificou. Reconheci porque possuía uma habilidade semelhante, mas não tão robusta quanto a de Kieran. — E eu nunca poderia te odiar, princesa.

Devemos deixá-los agora, informei à Kyra. *Eles precisam ficar sozinhos*.

Kyra não se mexeu. Seus músculos pareceram travar quando Quinnlynn começou a soluçar.

Juro que ele não a está machucando. Pontuei as palavras roçando sua coluna com um toque da minha essência curativa, só para que ela pudesse sentir. *Ele a está fortalecendo*.

Kyra se encolheu, e aqueles olhos felinos se voltaram para mim. *Não me toque*.

Segurei seu olhar a mais de seis metros de distância e arqueei uma sobrancelha. Porque era óbvio que eu não estava tocando nela. Eu estava tentando deixar claro. *Procure em minha mente a verdade*.

Eu já vi.

Então por que ainda estamos aqui?, perguntei.

Quando ela não respondeu ou se moveu, balancei a cabeça e comecei a descer as escadas. Eu precisava encontrar um quarto para ficar enquanto Kieran e Quinnlynn acasalavam. Porque eu não os deixaria sozinhos nesta terra estranha durante um estado tão vulnerável.

No entanto, também não podia ficar muito perto. Eu precisava encontrar alojamentos próximos o suficiente para protegê-los sem incomodar o lobo de Kieran.

Ficar nos alojamentos seria ideal para proteção, mas a proximidade não funcionaria.

Procurei na mente de Kyra uma compreensão de quem morava e onde dentro do palácio e descobri que seu quarto nesta ala, mas eram acessados através de uma escada diferente que existia um pouco mais abaixo, no segundo andar.

Fui naquela direção, e a mulher em questão apareceu na minha frente com os braços cruzados.

— De jeito nenhum. Você o acompanhou até aqui. Você viu que fui sincera em cada palavra que eu disse. Agora, pode voltar ao Território de Sangue e aguardar a ligação dele.

Arqueei a sobrancelha novamente. Aparentemente, esse era o olhar que eu pretendia sempre dar a Kyra, assim como ela sempre olhava para mim.

— Não vou deixar Kieran e Quinnlynn aqui desprotegidos.

— Eles estão perfeitamente seguros aqui.

— Estão? — retruquei. — Por causa da barreira mágica ou por causa do seu exército Ômega?

Aí está aquele brilho de novo, pensei enquanto seus olhos verdes cintilavam com fúria revelada.

— O que você acha que vai acontecer com eles aqui, Alfa?

— Não sei — admiti. — E esse é o problema. Esta ilha está cheia de incógnitas. E você mesma disse que não é segura para os Alfas.

— Se ele acasalar com Quinn, ficará bem.

— E devo acreditar na sua palavra?

— Não me importo se confia em mim ou não. Mas você não vai ficar aqui.

Meus lábios ameaçaram se curvar, sua confiança era ao mesmo tempo atraente e irritante.

— Não estou pedindo permissão, Ômega — eu a informei baixinho. — Você pode aceitar minha presença aqui e me acomodar, ou posso me sentir em casa. Porque não me importo se você me quer aqui ou não. Vou ficar.

Seus olhos praticamente me fuzilaram quando joguei suas próprias palavras de volta para ela.

Mas então a expressão desapareceu em um piscar de

olhos, e sua mente assumiu uma nova linha de pensamento. Uma envolvendo minha morte iminente.

Não me preocupei em comentar sobre aquela pequena faixa mortal. Se ela pensava que minha estadia aqui tornaria mais fácil me matar, então ela teria um rude despertar.

— Tudo bem — ela disse, em um tom de voz doentiamente doce. — Me siga.

KYRA

Ele quer um quarto? Tudo bem. Vou dar um quarto a ele. Na porra da masmorra.

Comecei a andar, mas meus pés ficaram subitamente presos no chão enquanto o poder de Lorcan me envolvia em cordas invisíveis.

Telecinese. Descobri isso logo depois de chegar ao Santuário, quando ele inutilizou todas as minhas defesas.

Sua habilidade era vasta. Imprevisível. *Ameaçadora*.

E agora, ele me tornou objeto de seu poder, me mantendo como refém em minha própria casa.

Ele se moveu devagar para ficar diante de mim, sua expressão não revelando nada. No entanto, pude ouvir a diversão em seus pensamentos.

Você pode tentar me prender, pequena assassina. Mas juro que isso não vai me segurar. Seu controle mental apertou meu abdômen, garantindo que eu pudesse sentir cada centímetro dele sobre mim. *O mesmo não pode ser dito de você, pode?*

Cerrei os dentes. Você não quer jogar este jogo aqui, Alfa. Uma palavra minha e um exército de Ômegas estará respirando em seu pescoço.

Isso exige que você seja capaz de falar, ele respondeu, com aquela porcaria de sobrancelha arqueada para cima.

Meus lábios formigaram, fazendo meu coração disparar. Porque a sensação vinha dele, não de mim. Abri a boca para falar, mas... não consegui. Eu não conseguia mexer a mandíbula de jeito nenhum. Lorcan...

Kyra, ele respondeu, inclinando a cabeça. *Gostaria de me mostrar um quarto de hóspedes apropriado ou devo continuar esta lição?*

Um grunhido ecoou em meu peito, mas o ar entre nós permaneceu silencioso. Sem vibrações. Sem sons. Nem uma única contração.

Porque ele estava me controlando.

Assim como Alfa Fare.

O gelo escorreu pelas minhas veias ao perceber isso, e dezenas de memórias me atingiram com força suficiente para roubar o ar dos meus pulmões.

As presas de Alfa Fare no meu pescoço.

Seus amigos se revezando com os nós.

Os comentários provocativos.

A compulsão.

Você vai gostar, eu prometo. Agora abra essas lindas coxas e...

Kyra. A voz profunda reverberou em minha mente, confundindo meus sentidos. Porque não parecia certa. — Olhe para mim.

Eu pisquei. *O quê? Não é assim que nós...*

Agora, o homem exigiu.

Minha loba choramingou em resposta. Mas minha metade vampira... sibilou.

Isso não faz sentido.

Pisquei de novo, assustada pelo repentino brilho das luzes ao meu redor. *Janelas. A lua. Gelo.*

Não é uma caverna escura. Não há cheiro de sangue fresco. *Não estou no cio.*

Meu núcleo se apertou, não por necessidade, mas por medo. E suspirei quando não senti nada de errado. Sem dor. Nenhuma queimadura. Sem sensações de agonia.

Porque tudo estava no passado.

Aconteceu há mais de um século. Na era pré-infectada. Pouco antes da epidemia.

Estremeci. *Puta merda. O que desencadeou isso?* Minha garganta parecia uma lixa, meu interior estava gelado por estar momentaneamente paralisado pelos meus pesadelos.

Exceto que não... não, não foi isso que me paralisou.

Arregalei os olhos quando finalmente segui o comando *para olhar...*

Lorcan.

Seu nome surgiu em minha mente em um grunhido enquanto eu desviava o olhar de seu peito e subia para seu rosto. Perdi momentaneamente a visão, consumida demais pelo passado para ver o presente.

Ele olhou para mim com aqueles olhos negros insondáveis, a expressão ainda ilegível. Mas percebi uma pontada de arrependimento em sua mente.

— Não tenha pena de mim — gritei para ele, minha voz um som áspero.

— Não tenho.

Foi a minha vez de arquear uma sobrancelha, porque ouvi a mentira em sua mente.

— Nunca mais faça isso comigo.

— Não faço falsas promessas — ele respondeu. — Mas não vou te machucar sem justa causa.

Bufei.

— Sem justa causa. — Alfa típico. — E me deixe adivinhar: recusar o nó seria uma causa justificada, certo?

— O que te faz pensar que eu lhe ofereceria meu nó? — ele rebateu.

— Estamos acasalados. Não é seu direito, *Alfa*?

Ele inclinou a cabeça para o lado.

— Este é um acasalamento de conveniência, Kyra. Fizemos o que tínhamos que fazer para proteger nossos melhores amigos.

Um acasalamento de conveniência, repeti para mim mesma com um suspiro mental. *Isso realmente existe?*

Embora eu supusesse que a maioria dos Alfas acharia bastante conveniente ter acesso constante a uma Ômega para fins de dar o nó.

Ele fez um som que sugeria ter ouvido minha análise. Mas isso não tornou tudo menos verdadeiro.

Eu conhecia Alfas. Entendia seus desejos. Não importava de que espécie eram, todos tinham um objetivo em mente: procriar.

Era por isso que tinham companheiras Ômegas.

E embora nossas circunstâncias pudessem ser diferentes hoje, Lorcan acabaria cedendo aos seus instintos lupinos. Não era uma questão de *se* ele faria, mas de *quando* o faria.

— Olha, Kyra, tudo que quero é um quarto onde eu possa ficar enquanto protejo Kieran e Quinnlynn durante este período vulnerável — ele me disse, sua voz soando mais cansada do que antes. — E, se você estiver se sentindo receptiva, eu não me importaria de dar uma volta pelo Santuário para poder entender melhor as limitações de segurança.

Esperei que ele dissesse mais alguma coisa, mas não disse. Ele apenas olhou para mim enquanto seus pensamentos confirmavam que sua única intenção ao ficar aqui era proteger seu primo e Quinn.

No entanto, por baixo de tudo, senti seu lobo faminto. Ele poderia estar domesticado no momento, mas eu duvidava de que permaneceria assim por muito tempo.

O que significava que eu precisava me preparar para o

inevitável. Embora eu não pudesse fazer isso com Lorcan respirando em meu pescoço.

Acho que não tenho escolha a não ser me comportar. Por enquanto.

Lorcan suspirou e passou os dedos pelos cabelos.

— Não nos conhecemos, Kyra. Suposições poderiam ser feitas de ambos os lados. Em vez disso, vamos descobrir como seguir em frente. De forma cordial, de preferência.

Dei de ombros.

— Tudo bem. — Não estava nada bem. Mas eu não poderia ficar aqui e pensar nisso. — Não há quartos disponíveis perto do meu ninho. Então você terá que dormir no chão do quarto de Fritz se quiser permanecer nesta ala. — Fritz era o único que tinha camas vazias por perto, principalmente porque preferia ter o próprio espaço.

Tecnicamente, Quinn também tinha, mas eu já sabia, pelos pensamentos de Lorcan, que esses quartos não serviriam para ele.

Por mais que eu fosse gostar de ver Kieran e Lorcan tentando destruir um ao outro, eu não gostaria de assistir isso *aqui*, em um lugar onde havia muitos inocentes vulneráveis que poderiam ser feridos por Alfas briguentos.

Me virei e comecei a descer o corredor, passando pela escada que levava ao meu ninho. Lorcan seguiu em silêncio atrás de mim, seus passos impossíveis de ouvir. Mas eu o senti ali, rondando como um predador perigoso esperando para atacar.

Exceto que sua mente entrou em conflito com essa sensação. Ele estava ocupado demais catalogando cada detalhe do palácio para se concentrar em mim.

Fritz estava perto do fim da escada quando chegamos, com uma expressão cautelosa.

— Lorcan precisa de um quarto para ficar — eu disse

a ele como forma de cumprimento. — Qual você recomenda?

Ele cerrou a mandíbula e seus olhos azuis diziam: *nenhum deles.*

Entendi sua hesitação. Todos os painéis de controles de segurança ficavam neste andar. Mas Lorcan teria encontrado esta área com ou sem a minha ajuda. Porque ele estava vasculhando meus pensamentos de forma tão livre quanto eu, o que lhe permitia conhecer todos os segredos que esta ilha possuía, para meu desgosto.

Infelizmente, não havia nada que eu pudesse fazer sobre isso agora.

— Ele também quer dar uma volta pelo Santuário — continuei. — Para conhecer nossas práticas de segurança.

Eu praticamente podia ouvir os dentes de Fritz rangendo.

— Pelo que entendi, a magia MacNamara é o que mantém esta ilha unida — Lorcan comentou enquanto se apoiava na parede do corredor. — Meu primo está curando essa magia e prestes a se tornar o companheiro oficial de Quinnlynn. Como seu Elite, tenho o direito de compreender a segurança do território que ele está prestes a herdar.

— Herdar — Fritz repetiu. — Essa palavra por si só me diz que você não entende o Santuário. Um Alfa não pode *herdar* esta terra. É propriedade dos Ômegas.

— E protegido pelo Rei e pela Rainha do Território de Sangue — Lorcan rebateu antes que eu pudesse falar.

Não que eu tivesse muito mais a dizer. Fritz resumiu muito bem.

— Como Elite de Kieran, farei parte da equipe de proteção desta ilha — Lorcan continuou. — Portanto, quero ser informado sobre a segurança do Santuário para que possa compreender melhor quaisquer potenciais fraquezas que possam precisar ser fortificadas no futuro.

Fritz e eu bufamos ao mesmo tempo.

— É claro que você presumiria que temos pontos fracos — murmurei.

— Alfa típico — Fritz acrescentou baixinho.

Lorcan permaneceu em silêncio, sua presença se tornou cada vez mais imponente. Principalmente porque pude ouvir a irritação em seus pensamentos. Ele não gostou do nosso desrespeito à sua posição e poder, mas por milagre, conseguiu conter seu desejo de nos ensinar uma lição.

Quase me fez admirar seu autocontrole. *Quase.* Mas eu sabia muito sobre sua espécie para confiar naquela demonstração de moderação.

Uma porta se abriu à nossa esquerda, o que me fez franzir a testa. Apenas Fritz tinha as chaves dos cômodos daquele andar, e eu sabia por experiência própria que ele deixava todos trancados.

Lorcan deu um passo à frente, mas Fritz o interceptou.

— Ali, não — o Ômega disse entre dentes. — Esse é o meu ninho.

O Alfa deu de ombros. Então outra porta se abriu.

A compreensão me atingiu, o que fez meu peito se apertar. Lorcan estava usando sua telecinesia não apenas para abrir as portas, mas também para destrancá-las. Serviu como uma declaração silenciosa sobre seu poder. Ou talvez eu devesse ter traduzido isso como uma ameaça.

Não seríamos capazes de esconder nada dele aqui.

A única defesa que tínhamos contra ele era a barreira, mas por causa do nosso acasalamento, ele teria acesso infinito a cada centímetro da nossa ilha.

Ou trabalhávamos com ele ou ele trabalhava contra

nós. E agora, ele estava optando por trabalhar contra nós, porque recusamos suas ofertas de colaboração.

Xinguei baixinho, odiando-o por sua existência e por ter traduzido suas ações por causa da minha ligação com sua mente.

Isso me fez sentir presa. Amarrada. *Acasalada*.

Argh.

Eu ainda podia sentir os vínculos persistentes com o primeiro Alfa com quem acasalei, e ele estava morto. Eu não queria de forma alguma experimentar tudo isso de novo.

Esperava que matar Lorcan rapidamente limitaria o impacto residual do nosso vínculo. Fare estava ligado a mim há séculos, e era por isso que sua presença parecia persistir.

Bem, isso e os pesadelos.

Lorcan desapareceu, fazendo com que Fritz e eu entrássemos em ação. Mas então ouvi seus pensamentos no outro cômodo. *Isto servirá*, eu o ouvi dizer.

Revirando os olhos, apontei para a porta aberta para indicar para onde ele estava seguindo.

Fritz me lançou outro olhar, que provavelmente rivalizava com a minha expressão irritada, e foi até a entrada.

— Não espere que eu traga lençóis ou toalhas — ele resmungou para o Alfa.

— Não espero nada de nenhum de vocês — Lorcan respondeu de forma categórica. Sua mente me disse que ele falava sério.

Quase bufei com a mentira, mas então ouvi o que ele planejava fazer a seguir.

— Espere — interrompi depressa, com a intenção de impedi-lo de desaparecer novamente. — Vou te mostrar o lugar para não assustar as Ômegas. — Porque eu só podia imaginar como elas se sentiriam se encontrassem sua forma corpulenta vagando pelo perímetro.

Embora a notícia de sua presença e de Kieran certamente já havia se espalhado para todas as Ômegas da ilha, não queria arriscar que alguém se sentisse desconfortável.

Ou que qualquer um o atacasse e de repente se tornasse alvo de suas restrições telecinéticas.

Lorcan atravessou a porta e entrou no corredor, com aquela porcaria de sobrancelha já levantada.

Tanto faz, pensei, me virando novamente.

— Me siga.

Não me preocupei em esperar pela resposta dele ou pela sua concordância. Ele poderia estar acostumado a dar ordens em casa, mas este era o meu território. Se ele quisesse alguma coisa, teria que seguir minhas regras.

Lorcan se aproximou de mim quando chegamos ao andar de baixo, com as mãos nas costas enquanto se movia com uma graça predatória.

Minha loba interior ronronou ao ver um macho tão forte, sua confiança era uma droga que ela desejava tomar.

Felizmente, eu era apenas metade loba. Meu lado vampira me manteve com os pés no chão, me lembrando do que aconteceu quando um Alfa entrou na minha cabeça.

Se concentre apenas na volta, disse a mim mesma.

— Todas as Ômegas fazem ninhos no palácio — expliquei, mas meu tom soou forçado. Ser educada na presença de um Alfa não era algo natural para mim. Não mais, de qualquer maneira.

No passado, eu me curvava aos pés deles. Beijava o chão em que pisavam. Reverenciava toda vez que exigiam isso. Tomava seus nós da maneira que exigiam. Bebia em suas veias. Permitia que me mordessem. Entregava minha alma em uma bandeja.

Estremeci. As lembranças eram potentes e indesejáveis. E inteiramente culpa de Lorcan.

Porcaria de acasalamento forçado.

Foi pelos nossos amigos? Sim. Eu faria isso de novo para salvar Quinn? Sim também. Mas isso não significava que eu tivesse que ficar feliz com nada disso.

Principalmente porque era permanente.

Cerrei os dentes quando comecei a listar os detalhes para Lorcan sobre o palácio em meus pensamentos, achando mais fácil formar as palavras ali do que em voz alta. Ele já estava vasculhando minha mente. Poderia muito bem dar-lhe algo para ouvir.

Tudo isso leva a ninhos Ômegas, eu disse a ele, apontando para as várias escadas ao longo do segundo andar enquanto caminhávamos. *Por favor, não os perturbe.*

Eu me encolhi com o quanto esse apelo parecia lamentável, mas tinha que ser dito. Este era literalmente o nosso santuário. Nosso espaço seguro. Alfas não pertenciam a um ninho de Ômegas, a menos que fossem convidados.

Não vou incomodar nem os delas nem os seus, Kyra.

Meu bufo de resposta não pôde ser evitado. Eu sabia que não devia acreditar nisso. Especialmente porque pude sentir o cheiro do interesse de seu lobo.

Alfas não conseguiam evitar.

Eles eram programados para desejar Ômegas, assim como nós éramos programadas para desejá-los. Quando acontecesse meu primeiro cio, ele estaria lá, pronto e disposto. E eu o aceitaria, porque meu corpo não seria capaz de dizer não.

O refeitório fica no primeiro andar, resmunguei, precisando de uma distração. *Basta virar à direita na parte inferior da grande escadaria e seguir seu nariz. As refeições são servidas durante toda a noite. Os lanches diários são limitados.*

Ele não disse nada, apenas ouviu.

Provavelmente porque não era isso que ele queria saber, mas parecia apropriado dar uma volta completa com ele no caminho até lá fora.

Tem academia, piscina coberta aquecida por magia e diversas outras comodidades no primeiro andar do palácio. Existem também numerosos pátios, alguns dos quais são mais amenos, também devido à magia.

Comecei a detalhar também as estufas que tínhamos, a variedade de alimentos que ali cultivávamos e como tudo isso era possível por meio de uma infinidade de encantamentos.

Cada Ômega no Santuário tem um trabalho ou função. Proteção, agricultura, preparação e culinária, limpeza, parteiras para nossos ciclos de calor e muitos outros ofícios. Muitas de nós realizam as tarefas usando traços sobrenaturais, mas há aquelas que fazem as coisas à moda antiga.

Nem todas as Ômegas tinham habilidades especiais. As Ômegas do X-Clan, por exemplo, não tinham acesso à magia. Como Lorcan já sabia de tudo isso, não entrei em detalhes.

Em vez disso, levei-o para fora e passei por um grupo de Ômegas boquiabertas.

Ele as ignorou, me seguindo enquanto eu explicava as posições de sentinela que ele notou quando chegamos.

Então eu o levei ao perímetro para mostrar os limites do feitiço de barreira.

Nenhum de nós falou em voz alta, os detalhes fluíam da minha mente para a dele enquanto ele ouvia e analisava tudo ao seu redor.

Foi quase enervante ouvi-lo destruir todas as camadas da nossa segurança, mas parte disso também provou ser esclarecedor. Cada item que ele anotava mentalmente como uma fraqueza potencial, eu arquivava para discutir com Fritz mais tarde.

Precisávamos estar um passo à frente de Lorcan. Porque eu não confiava nele.

Sua mente poderia sugerir que ele queria proteger o Santuário, não prejudicá-lo, mas aprendi há muito tempo que pensamentos podem enganar.

Especialmente quando eles pertenciam a um Alfa poderoso.

Lorcan fez uma pausa e olhou para mim com uma expressão sombria.

— Acho que já vi e ouvi o suficiente — ele me disse. — Eu voltarei.

Com essas palavras sinistras, ele desapareceu mais uma vez, me deixando boquiaberta com o lugar vazio no gelo. *Onde é que você foi?*, questionei, olhando em volta.

Ele não respondeu, me forçando a investigar seus pensamentos em busca da resposta.

Território de Sangue, percebi, erguendo as sobrancelhas. *Isso significa que você não vai ficar?*

Silêncio.

Mas seus pensamentos pareciam ecoar suas últimas palavras para mim: *eu voltarei.*

Talvez como uma provocação.

Balancei a cabeça e murmurei:

— Tudo bem.

— Não está nada bem — Fritz retrucou ao aparecer à vista. Ele devia estar nos observando nas câmeras de segurança, testemunhando o desaparecimento de Lorcan. — Ele vai ser um problema, Kyra.

— Não brinca — resmunguei. — Mas o problema é meu. Vou cuidar disso.

Ou melhor, eu cuidaria *dele*.

Concordei em acasalar com ele e trazê-lo aqui. Eu não tinha concordado em permanecer acasalada.

Até que a morte nos separe, pensei.

Se Lorcan me ouviu, não respondeu.

Talvez isso significasse que ele fez uma pausa nos meus pensamentos.

Bom. Vou usar isso a meu favor.

— Hora de brincar com algumas facas — eu disse a Fritz.

Sua expressão cautelosa se transformou em um sorriso.

— Essa é minha garota. Vou ajudar a afiá-las.

— Combinado — murmurei, voltando ao meu ninho para selecionar meus brinquedos favoritos. — Está na hora de outro episódio de *Como matar um Alfa*.

Fritz apareceu ao meu lado com uma risada.

— Seu programa favorito.

— Com certeza — respondi. — Agora vamos criar um roteiro decente.

LORCAN

ALGUNS DIAS DEPOIS

A ÔMEGA MALCRIADA JÁ TENTOU te matar?

Olhei para a mensagem de Cillian e respondi com um simples *não*.

Suas habilidades telepáticas não poderiam se estender por todo o mundo, exigindo assim que usássemos a tecnologia para nos comunicarmos. Eu esperava que a mesma limitação se aplicasse à minha conexão com Kyra, mas descobri rapidamente que a distância não fazia nada para acalmar a ligação entre nossas mentes.

O que significava que eu ouvi cada palavra de seus planos mortais para mim.

Junto com todos os seus preconceitos arraigados sobre os Alfas.

Não mergulhei muito em suas memórias, mas as poucas que ouvi forneceram uma base muito boa para eles.

No entanto, eu não era um Vampiro Alfa.

Também não era nada parecido com *Fare*.

Suas pobres expectativas em relação a mim me

irritaram, me expulsando de volta ao Território de Sangue para uma pausa muito necessária de seus castigos mentais. No entanto, eles me seguiram até em casa, atacando meu espírito com todas as noções concebidas erroneamente.

E esses pensamentos hediondos também estavam lá quando voltei para a ilha. Na verdade, meu retorno inspirou comentários ainda mais odiosos, porque Kyra percebeu que eu poderia ir e vir à vontade, agora que tinha uma trava mental na localização do Santuário.

Assim, passei a maior parte dos últimos dias evitando-a e me concentrei em proteger o Santuário.

As Ômegas podiam não me ver como protetor, mas foi exatamente isso que eu me tornei quando Kieran concordou em acasalar com Quinn. Eu não tinha percebido que a tarefa existia até recentemente. E agora que isso aconteceu, estava recuperando o tempo perdido.

Minha rotina consistia principalmente em rondar o perímetro, comer, conversar com Cillian e dormir. Embora eu não tivesse feito muito dessa última. Não porque temesse o que Kyra pudesse fazer enquanto eu dormia, mas porque seus pesadelos me acordavam.

Eles eram muito reais, me dizendo que derivavam de suas memórias.

Cada um deles me fez desejar que Fare não estivesse morto para que eu mesmo pudesse matá-lo.

Passei a mão pelo rosto e olhei para a lua. Eu já estava aqui há várias horas, inspecionando as linhas de fronteira e garantindo que não houvesse ameaças persistentes.

A barreira foi projetada para manter intrusos afastados, e o feitiço era poderoso. Mas meu lobo permaneceu inquieto. Ou talvez a melhor palavra fosse desconfiado.

Algo simplesmente... não parecia certo.

Talvez fosse a energia estranha que agitou os cabelos

do meu pescoço. No entanto, não sobrevivi tanto tempo simplesmente aceitando explicações plausíveis.

Até que eu me sentisse confiante no feitiço de perímetro, não seria capaz de ter fé nele.

Olhei para a praia gelada, observando algumas focas cochilando na costa.

Os animais prosperavam neste novo mundo, e a falta de interferência humana permitiu que muitos dos seus habitats começassem lentamente a voltar ao normal. Ainda tinham um longo caminho a percorrer, e a destruição do ambiente global foi catastrófica, graças ao descuido geral.

Vários setores da Era Pós-Infectada tinham programas em vigor para ajudá-los.

Outros eram pobres demais para tentar.

Eu supunha que realmente vivíamos em um mundo distópico agora. Mas as focas pareciam bastante satisfeitas com isso.

Um grito ecoou pela minha mente, me fazendo estremecer e xingar em voz alta. *Kyra*, pensei, minha habilidade de desaparecer nas sombras se ativou em um instante.

Apenas para que meus sentidos racionais me puxassem de volta para a praia.

Apenas mais um pesadelo, disse a mim mesmo com uma careta. *Merda.*

Minha resposta inata de correr até ela estava realmente começando a ferrar minha cabeça. Eu não estava acostumado com esse impulso avassalador de proteger uma *companheira*.

Proteger Kieran vinha naturalmente para mim depois de mais de mil anos servindo ao seu lado. Ajudar a cuidar de um território cheio de lobos e humanos também era algo natural para mim, porque era meu dever como Alfa de alto escalão.

Mas isto... esta necessidade de garantir que Kyra estava segura...

— Puta merda — murmurei, passando a mão pelo rosto novamente.

Meu pulso vibrou naquele momento, indicando uma nova mensagem. Resmunguei outro xingamento antes de olhar, plenamente consciente de que seria uma resposta de Cillian.

Parece que ela gosta de gratificação atrasada. Pode ser sua alma gêmea, no fim das contas.

Resmunguei diante de sua idiotice, mas decidi que dois poderiam jogar esse jogo. *Falando em almas gêmeas, como está Ivana?*, digitei de volta.

Sua resposta veio em alguns segundos. *Vá se foder, Lor.*

Curvei os lábios quando descartei a mensagem. Ivana era uma Ômega decidida a acasalar com Cillian, mas ele a rejeitou. Sua lealdade, como a minha, era para com Kieran. Nenhum de nós tinha tempo ou desejo de ter uma companheira.

Algo que eu realmente queria que Kyra entendesse.

Ela parecia pensar que eu pretendia forçar meu nó nela.

Como se eu fosse transar com uma mulher relutante. Caramba, eu nem tinha certeza se poderia confiar em Kyra em relação ao meu nó. Ela provavelmente tentaria cortá-lo com uma de suas lâminas sofisticadas.

Uma imagem dela dançando ao meu redor com facas povoou meus pensamentos, me fazendo dar uma pausa momentânea. Principalmente porque eu a imaginei fazendo isso usando nada além de um par de bainhas nas coxas.

Sim, isso seria divertido.

Pena que nunca iria acontecer.

Soltando um suspiro, comecei minha jornada de volta

ao palácio. A mensagem de Cillian me lembrou que estava quase na hora de comer.

Normalmente, eu tomava o café da manhã à meia-noite e depois fazia outra verificação de segurança antes de ir ao Território de Sangue para entregar meu relatório diário. Cillian estava atuando como Alfa do Território na ausência de Kieran, um papel que realmente combinava muito bem com ele.

Da próxima vez que Cillian me insultasse sobre Kyra, eu iria mencionar suas profundas habilidades de liderança. Ele odiaria isso quase tanto quanto eu comentar sobre sua compatibilidade com Ivana.

No entanto, ela não era uma má escolha para companheira. Eu disse isso a ele mais de uma vez.

Ivana era uma linda Ômega com longos cabelos loiros, olhos azuis cor de gelo e uma confiança que envergonhava os outros. Essa confiança também era bem-merecida. Kieran frequentemente dependia dela para tarefas importantes relacionadas ao território, para grande aborrecimento de Cillian.

Ou talvez tenha sido por causa do aborrecimento de Cillian que Kieran lhe deu esses projetos. Provavelmente alguma combinação dos dois motivos: sua competência e o fato de irritar Cillian.

Vaguei pelo caminho de pedra no pátio congelado, passei pelos portões e entrei no palácio. Algumas Ômegas pararam para me encarar no caminho, mas a maioria das sentinelas nas torres e muralhas não se preocuparam em erguer as armas dessa vez.

Considerei isso uma vitória.

Nos meus primeiros dois dias aqui, as Protetoras do Santuário apontavam suas flechas e outros instrumentos para mim toda vez que me viam.

No terceiro dia, algumas delas baixaram a guarda.

Ontem, mais delas simplesmente me observaram me mover.

E hoje, apenas dois membros da patrulha me tinham em vista. Uma delas era Jas, uma Ômega que parecia odiar os Alfas tanto quanto Kyra.

Meu lobo rosnou ao sentir o cheiro do café da manhã, minha ronda pelos limites esta noite aumentou minha fome.

Entrei no refeitório e parei perto da soleira ao ver todas as Ômegas se movimentando ao redor da grande sala de jantar. Parecia que cada uma delas que residia no Santuário estava aqui esta noite, me fazendo franzir a testa.

Eu tomava café da manhã à meia-noite, no mesmo horário todos os dias desde a minha chegada, estabelecendo assim uma espécie de rotina. E parecia que o refeitório ficava mais lotado cada vez que eu visitava, quase como se todas as Ômegas estivessem propositalmente tentando alinhar seus horários com os meus.

A própria noção disso parecia vaidosa em minha cabeça. No entanto, eu não tinha certeza de como explicar a mudança óbvia nas rotinas.

A menos que algo único esteja acontecendo hoje, pensei enquanto me dirigia à fila de alimentos. *Existe algum tipo de evento na programação, talvez?*

Me virei para perguntar a uma das Ômegas que me observava abertamente de uma mesa próxima. Mas quando tentei fazer contato visual, o grupo de mulheres baixou a cabeça e corou.

Suspirando, voltei a me concentrar no bufê e peguei um prato.

As Ômegas eram notoriamente submissas, o que em parte tornava Kyra tão atraente. Ela não era do tipo que se curvava facilmente. Caramba, ela com certeza forçaria meu lobo a persegui-la. Ele adoraria isso também.

Isso nunca vai acontecer, lembrei a mim mesmo enquanto empilhava um monte de comida no prato. Eram principalmente legumes, grãos e frutos do mar, o que fazia sentido dada a nossa localização no Ártico.

Na minha opinião, estávamos em algum lugar entre Svalbard e a Groenlândia, em uma ilha que nunca foi documentada em nenhum mapa. A pecuária não existia porque os animais não sobreviveriam, mas as estufas permitiam que as Ômegas colhessem grãos, frutas e legumes.

No entanto, elas comeram carne de porco outra noite, o que me dizia que tinham uma fonte para isso em algum lugar.

Peguei café para acompanhar minha comida e me acomodei na mesa habitual no canto, o assento me dava uma visão aberta de todo o refeitório.

Sério, praticamente todas as Ômegas do Santuário estão aqui agora, exceto a minha Ômega, pensei, examinando todos os rostos. *Até Fritz está aqui.*

Suas íris azuis queimavam enquanto ele olhava para mim do outro lado da sala, e sua antipatia era palpável. Apesar de dividirmos o mesmo andar, não havíamos conversado direito. Ele estava tentando esconder de mim os painéis de segurança, mas eu já havia entrado e revisado sua configuração impressionante. Ele claramente sabia o que estava fazendo.

Se ao menos eu pudesse identificar a sensação incômoda de erro que continuava afetando meus instintos. Tudo parecia seguro aqui, mas *algo* irritou meu lobo. Algo que eu realmente precisava definir.

Não eram as constantes ameaças mentais de Kyra sobre querer me matar, ou a abundância de armas que senti apontadas para minhas costas desde que cheguei. Também não foi o ódio óbvio que algumas das Ômegas lançaram em minha direção.

Apenas... algo sombrio. Uma presença irritante de algum tipo.

Seja o que for, eu descobriria o que era. Eu só tinha que continuar procurando a fonte.

Meu pulso vibrou com outra mensagem de Cillian, essa toda profissional. *Juntei todas as roupas de cama e roupas usadas de Kieran. Estão em uma cesta na suíte dele.*

Obrigado, respondi de volta para ele. *Estarei aí em uma hora para buscar.*

A maioria das necessidades de Kieran e Quinn já foram atendidas, as parteiras Ômegas lhes forneceram comida, água e outros itens essenciais. No entanto, Quinn estaria ansiosa para fortalecer seu ninho com os pertences de Kieran. Todas as Ômegas faziam isso durante os cios, especialmente as recém-acasaladas.

Eu teria pegado os itens mais cedo, se pudesse, mas não queria arriscar interromper os instintos de acasalamento de Kieran. No entanto, agora que ele mordeu Quinn, eu esperava que ele estaria calmo o suficiente para me deixar entregar os itens na porta deles.

Dito isto, eu não ficaria por aqui por muito tempo. Acasalado ou não, ele provavelmente ainda tentaria me matar se eu chegasse muito perto.

— Hum — uma voz suave murmurou ao meu lado, chamando minha atenção para uma Ômega pequena, de cabelos claros e grandes olhos azuis.

Em vez de continuar falando, ela colocou a bandeja sobre a mesa e se sentou ao meu lado.

Contraí o nariz e meu lobo absorveu seu cheiro único.

Uma Ômega do Z-Clan, percebi com um sobressalto. *Que... raro.*

A maioria de sua espécie foi extinta, graças ao descuido e à brutalidade geral de seus líderes de alcateia. Os Alfas do Z-Clan tratavam suas Ômegas como brinquedos, não como tesouros.

— Seu espírito é... complicado — ela murmurou depois de vários momentos silenciosos. — Estou lutando para ler suas intenções. Mas a sua natureza é proteger, não prejudicar.

Ah, isso explicava por que essa pequena loba do Ártico ainda está viva, pensei. Os metamorfos do Z-Clan eram notoriamente intuitivos, as habilidades de ler auras eram uma característica renomada. E parecia que essa tinha aprendido como aproveitar essa habilidade para fins de sobrevivência.

Tomei um gole do café enquanto pensava em como responder a ela. Mas acabei decidindo que a verdade seria suficiente.

— Não desejo prejudicar ninguém aqui — confidenciei. — Este é um espaço seguro.

Ela baixou um pouco o queixo élfico, sua expressão mudando para uma de confiança.

— Sim. Eu acredito em você.

Humm, se ao menos Kyra fosse tão facilmente convencida, pensei.

Jurei ouvir um bufo mental, mas quando entrei na mente de Kyra, encontrei-a ocupada tomando banho e imediatamente recuei. Não era nisso que eu precisava pensar agora, em uma sala cheia de Ômegas.

— Muitas das outras acham que poderiam derrubá-lo se você decidisse atacar, mas continuo dizendo a elas que você não vai nos machucar — a loba do Ártico me informou. — Embora eu suspeite que se você fizesse isso, não haveria muito que pudéssemos fazer para impedi-lo.

— Isso é verdade. Vocês não seriam capazes de me

impedir — concordei. *Não com facilidade, de qualquer maneira.* — Mas vou compartilhar um segredo com você.

Seus olhos azuis brilharam quando ela se inclinou um pouco para frente, a ansiedade estampada em suas feições inocentes.

— Aqueles com força superior devem nutrir e proteger os que precisam. Alfas mais fracos não entendem isso. Mas não sou fraco. Nem Alfa Kieran. Compreendemos nosso dever para com o Santuário. Compreendemos nosso dever para com vocês. — Mantive a voz baixa, esperando que ela entendesse o que eu estava tentando dizer: *Alfas falharam com você, mas isso não significa que serei como eles.*

Ela me considerou por um longo momento, depois baixou o queixo mais uma vez.

— Você está dizendo a verdade.

— Estou. — A palavra não era necessária, pois sua habilidade intuitiva lhe permitia decifrar a verdade da ficção. Mas senti a necessidade de confirmar a sua avaliação, para aqueles que nos escutavam.

Ou talvez para a Ômega que está ouvindo meus pensamentos agora, acrescentei para o benefício de Kyra.

Ela não respondeu nem me reconheceu, mantendo o status quo dos últimos dias.

A loba do ártico sorriu.

— Acho que vou gostar muito de você — ela decidiu em voz alta antes de colocar um pedaço de fruta na boca. — Você deveria ajudar com nosso treinamento.

Arqueei as sobrancelhas.

— Treinamento?

Ela assentiu, mas outra voz falou:

— Treinamento defensivo. — Uma bandeja pousou na mesa enquanto outra Ômega ocupava o assento do meu lado oposto.

Essa parecia ser metamorfo do X-Clan.

— Kyra tem nos ensinado como nos defender dos Alfas — a nova Ômega explicou. — Ela é uma boa professora, mas é pequena. Precisamos de um Alfa de verdade para praticar.

— Duvido que ele esteja disposto a isso — uma terceira Ômega comentou ao se juntar à mesa. Essa parecia ser vampira. — E Kyra pode não gostar que ele descubra nossos segredos.

— Mas ele está aqui para nos proteger — a loba do Ártico argumentou. — Nos ensinar a lutar é uma boa maneira de ajudar.

Não há luta quando se trata de um Alfa e um Ômega, pensei, franzindo a testa com a conversa delas.

— A melhor maneira de se defenderem é com uma arma — eu disse em voz alta. Ômegas nunca venceriam fisicamente em um combate corpo a corpo com um Alfa.

— Sim, temos espadas e facas — a loba do Ártico disse.

— Estou me referindo a armas de longo alcance. Como revolveres.

As três piscaram para mim.

— Armas... são brinquedos humanos — a Ômega do X-Clan sussurrou. — Por que...?

— Se você for enfrentar um Alfa, precisa de toda a ajuda que puder — eu disse a ela severamente. — Facas e espadas não serão suficientes.

— São para a Kyra — a loba do Ártico se esquivou, com a testa franzida.

— Sim, porque os Alfas que matei presumiram que meu tamanho me tornava fraca — Kyra respondeu enquanto se sentava na minha frente, sua expressão estrondosa.

A Ômega do X-Clan e a vampira baixaram a cabeça e

pediram desculpas antes de deixar a mesa às pressas, com as bochechas coradas.

Mas a loba do Ártico não partiu tão rapidamente. Em vez disso, ela olhou para Kyra e disse:

— Quero saber por que ele sugere que usemos armas em vez de facas.

— Porque ele não acredita que uma Ômega possa derrubar um Alfa sem trapacear — Kyra afirmou.

Contraí os lábios. *Armas não são trapaças, pequena assassina*.

— As facas são eficientes e mais fáceis de esconder do que uma arma — ela continuou. — Também usamos nosso tamanho a nosso favor, Ashlyn. Os Alfas sempre subestimam as Ômegas, o que sempre é a causa de sua ruína. Confie em mim.

Essas duas últimas frases foram pronunciadas enquanto Kyra sustentava meu olhar, as palavras obviamente destinadas mais para mim do que para *Ashlyn*.

— Humm — a loba do Ártico murmurou, fazendo com que Kyra a olhasse.

— Você não acredita em mim? — Kyra questionou.

— Não é o que eu acredito que importa aqui, Kyra — Ashlyn murmurou enquanto pegava sua bandeja. — Mas mantenho o que disse. Acho que seria benéfico ter um Alfa ajudando em nosso treinamento.

Kyra dilatou as narinas com as palavras, claramente agitada pela ideia.

Mas Ashlyn apenas sorriu antes de olhar para mim e dizer:

— Foi um prazer conversar com você, Alfa Lorcan. Espero que considere o que eu sugeri. — Então ela inclinou a cabeça em sutil reverência e se afastou da mesa para encontrar um lugar em outro ponto no refeitório, me deixando sozinho com Kyra.

Peguei o garfo para comer a comida, que agora estava quase fria, e esperei por qualquer coisa que Kyra pudesse dizer.

Porque eu podia ouvir sua mente acelerar com todos os tipos de frases. A maioria delas lembrando ameaças de morte.

— Procurando por uma Ômega? — ela perguntou entre dentes. A acusação escolhida não era a que eu esperava que ela expressasse. Embora eu tivesse ouvido a pontada de aborrecimento passar por sua mente, esperava que ela a disfarçasse. Afinal, por que ela se importaria *se eu estivesse procurando por uma Ômega?*

Ainda assim, parecia prudente lhe dar uma resposta honesta.

— Ter uma companheira indesejada é mais que suficiente, Kyra. Não tenho nenhum desejo de assumir outra.

O bufo que ela deu combinava com o que ouvi em meus pensamentos antes. Ela parecia preferir esse som. Isso expressava sua descrença, algo com o qual eu estava me acostumando. Semelhante às persistentes ameaças de morte que pulsavam em sua consciência.

Ela realmente queria me esfaquear, ainda mais agora que insultei sua arma preferida.

Quase suspirei alto, exausto por sua ginástica mental.

Essa Ômega precisaria de uma lição sobre futilidade em breve.

Ela semicerrou os olhos, sugerindo que estava ouvindo minha mente.

Faça isso logo, pensei, esperando que ela interpretasse isso como o aviso que deveria ser.

Terminei de comer enquanto ela olhava para mim, então peguei o café para aproveitar os últimos goles.

Nenhum de nós falou, nossas mentes simplesmente dançaram em conjunto através da nossa conexão.

O ódio se derramava dela.

Aceitei, principalmente porque entendi que, no fundo, eu não era a verdadeira fonte de sua raiva. Outro Alfa tinha esse manto. Eu era apenas aquele em quem ela sentia necessidade de descontar agora.

Porque ela via nosso acasalamento como algo forçado. Cillian e eu não demos escolha a ela. Não de verdade. Mas talvez um dia ela percebesse que não era a única que sofreria eternamente devido a esse vínculo permanente entre nós.

Eu nunca quis uma companheira. Ainda não queria uma. Mas aceitei nosso destino porque era o melhor para o V-Clan.

Também seria para o melhor para o Santuário.

Porque agora essas Ômegas tinham outro Protetor. Alguém que podia realmente defendê-las contra outros Alfas.

Kyra tensionou a mandíbula, claramente insultada pela minha trajetória mental.

Muito ruim. Mas era a verdade. Se ela não aguentasse isso, então talvez ela estivesse preparada para sua posição.

— Tenha uma boa noite, *companheira* — disse a ela enquanto me levantava para fazer outra ronda de segurança. Assim que terminasse, iria ao Território de Sangue para pegar os pertences de Kieran. Então voltaria aqui e descobriria como lidar com minha pequena Ômega assassina.

Porque Ashlyn estava certa.

Essas Ômegas precisavam de um treinamento mais eficiente.

E quem melhor para ensiná-las sobre autodefesa

contra um Alfa do que um dos Alfas mais poderosos do V-Clan?

KYRA

Uma semana depois

— Você precisa ver isso.

Levantei o olhar para encontrar Fritz na minha porta. Suas palavras tinham um tom ameaçador que eu não queria lidar. Principalmente porque eu esperava que Lorcan tivesse algo a ver com isso.

Argh.

Passei a última semana o evitando. Caramba, mais de uma semana. Cerca de dez ou doze dias. Desde que ele chegou. Desde o nosso acasalamento. Desde *tudo*.

Para piorar a situação, não conseguia descobrir como matá-lo. Cada conceito que criei foi rapidamente derrubado por um único vislumbre de seus pensamentos.

O cretino parecia estar sempre pronto para mim, me fazendo odiar ainda mais esse vínculo entre nós.

— Terra para Kyra — Fritz falou. — Está me ouvindo?

— Infelizmente — murmurei, movendo meus pés em direção ao chão. Me levantei e me espreguicei, o que fez minhas articulações estalarem em protesto pelo treino noturno.

Parecia que me esforcei um pouco demais na corrida hoje, mas precisava disso depois do pesadelo mais recente.

Ignorando as dores nas pernas, vesti calça jeans e minhas botas favoritas, e peguei um suéter para cobrir a regata. Depois de uma rápida olhada no espelho, onde vi que *parecia bastante apresentável*, enfrentei o Ômega que preenchia minha porta.

— Para onde estou indo? — As palavras soaram petulantes aos meus ouvidos, me fazendo estremecer.

Desde quando sou esse tipo temperamental?, me perguntei. *Desde Lorcan*, aquele meu lado choroso respondeu.

Quase revirei os olhos para mim mesma. Isso estava ficando fora de controle. Eu não ficava *angustiada*. Eu matava os problemas.

Só que esse *problema* estava se mostrando difícil de ser eliminado.

Algo que ficou cada vez mais claro quando Fritz pegou minha mão para nos esconder nas sombras para a situação que ele disse que eu precisava ver.

E sim, isso me levou direto a Lorcan.

No meio de um ringue de luta improvisado.

Com três Ômegas.

Uma delas era uma determinada Ashlyn.

Semicerrei os olhos enquanto as três Ômegas circulavam Lorcan, todas atacando ao mesmo tempo.

— Ele está ensinando a ela sobre a força dos números — Fritz grunhiu. — Todo o propósito da lição de hoje é demonstrar como atacar em grupo ajuda a equilibrar as probabilidades.

Olhei para a multidão reunida, notando o ávido interesse de todas as Ômegas. Há menos de duas semanas, todas odiaram Lorcan à primeira vista. No entanto, agora olhavam para ele com o que só poderia ser descrito como uma afeição crescente.

Merda de feromônios Alfa.

Ou talvez fossem apenas as vibrações protetoras.

Bom, tudo bem, também poderia ser a aparência de Lorcan e todos aqueles músculos em exibição que deixaram todas tão cativadas.

Porque ele estava sem camisa.

Sem camisa.

Por que é que ele precisa estar sem camisa?

E ele tinha que ser tão *gentil* também?

Ele estava se contendo. *Qual é o sentido de ensinar Ômegas a se defenderem se vai fornecer falsas esperanças?*, questionei.

Claro, ele não respondeu. Provavelmente nem estava me ouvindo com toda aquela atenção das Ômegas.

Ashlyn pulou, com os braços em volta do pescoço dele enquanto as outras duas tentavam atingi-lo com facas de madeira.

Revirei os olhos. Isso era ridículo. Ele só queria uma desculpa para brincar.

Isso não era uma lição, mas uma audição.

E eu odiava isso. Odiava ele.

Um ataque em grupo nem sempre era viável. Às vezes, uma Ômega só podia confiar em si mesma, não em uma matilha. Tudo o que ele fazia era ensinar as Ômegas a flertarem.

Caso em questão, Ashlyn riu quando Lorcan apareceu debaixo dela, fazendo-a cair no tapete de costas.

Isso não deveria ser *engraçado*. Deveria ser *sério*. E se ele realmente tentasse atacá-las? Elas simplesmente subiriam em cima dele?

Cerrei os dentes. *Não. Que se dane isso. Ele que se dane. Que todos se danem.*

Fui até as armas de treinamento e peguei duas lâminas reais. Afiadas. Do tipo que usava quando lutava com Fritz.

E segui o caminho de Lorcan antes que as três Ômegas pudessem saltar sobre ele novamente.

— Se quiser dar a elas uma demonstração de autodefesa, então vamos fazer isso direito — gritei para ele.

Aquela sobrancelha se arqueou, como sempre acontecia na minha presença. Então ele inclinou a cabeça para o lado e assumiu uma posição de combate. *Me mostre o que pode fazer, pequena assassina.*

Rosnei, odiando como aquele carinho parecia acariciar minha loba interior. Ela gostava que ele a visse como uma assassina. Ela presumia que isso significava que ele nos respeitava.

Ele não fazia isso.

Daí seu adjetivo *pequena* antes de *assassina.*

Vou te mostrar quem é pequena, pensei para ele, girando as adagas em meus dedos. *A menos que você trapaceie e use sua telecinesia.*

Usar suas habilidades não é trapaça, ele falou quando começamos a circular um ao outro.

É? É por isso que você estava se contendo com as Ômegas?

Estávamos tendo uma aula preliminar sobre como se defender em equipe. Posso ver que a líder precisa mais dessa lição do que elas.

— Você está dizendo que não sei trabalhar em equipe? — questionei, mudando para minha voz externa. — Porque tenho quase certeza de que todos aqui discordariam de você.

Especialmente considerando que assumi a liderança na ausência de Quinn.

Não porque eu quisesse, mas porque era necessário. Para proteger as Ômegas desta ilha. Para garantir que nossa infraestrutura não entrasse em colapso. Para continuarmos a avançar quando o mundo inteiro entrou colapsou devido à infecção.

O fato de ele sugerir o contrário apenas mostrou que ele me entendia pouco e sabia menos ainda sobre mim.

— Não estou duvidando da sua capacidade de liderar e colaborar, Kyra. E já sei que suas defesas primárias aqui decorrem da luta em grupo. É por isso que não entendo sua mentalidade de autodefesa. Por que lutar sozinha quando não precisa? Por que não aplicar a mesma mentalidade para derrubar um Alfa em combate?

— Porque você nunca sabe quando precisará enfrentar um Alfa sozinha — gritei.

Ele considerou isso por um momento.

— Um ponto justo. Mas vocês também deveriam aprender como coordenar seus ataques como um grupo.

— O que acha que nossas sentinelas estão fazendo? — questionei.

— Esse é um tipo diferente de esforço coordenado — ele respondeu. — Algumas das Ômegas mostraram interesse em lutar com um Alfa. Sugeri que aprendessem como me derrubar como equipe primeiro. Depois podemos passar para estudos avançados.

— Você quer dizer treinamento individual — zombei. — Que divertido para você.

Era um fato conhecido que Alfas podiam tomar mais de uma companheira Ômega. No entanto, Ômegas raramente podiam ter mais de um Alfa, principalmente porque os cretinos arrogantes eram possessivos demais para compartilhar.

Alfas só pensavam em si mesmos. Lorcan não estava agindo de forma diferente, especialmente porque estava procurando por Ômegas abertamente bem na minha frente.

Ele fez um som que parecia muito com impaciência.

Eu já te disse que não tinha interesse em ter uma companheira, muito menos duas, ele murmurou em minha mente.

— Você acabou de dizer que queria que todas soubessem como se defender quando confrontadas com um Alfa sozinhas, Kyra — ele acrescentou em voz alta, voltando à conversa mais importante em questão.

Porque ele estava certo. Eu acabei de dizer isso. No entanto, a ideia de ele treinar alguém sozinho enfureceu minha loba interior, o que me fez falar sem pensar.

Como entramos neste debate?, me perguntei, tonta com a lógica circular girando em minha mente. *E devia ter tantas pessoas nos observando agora?*

A líder que eu estava me preparando para ser.

Merda.

— Minha sugestão seria correr e usar seu tamanho a seu favor, se escondendo em algum lugar que um Alfa não possa acessar — Lorcan acrescentou, olhando para a multidão antes de olhar para mim novamente. — Mas se acha que todas deveriam ser capazes de lutar contra um Alfa de frente, então... — Ele estendeu as mãos e sussurrou mentalmente: *Sua vez, linda.*

Minha vampira interior rosnou enquanto minha loba praticamente dançava em antecipação. O conflito de interesses não ajudou meu estado já tonto.

Este Alfa vai me fazer perder a cabeça.

Não, não só ele. Este vínculo de acasalamento.

No entanto, ele acabou de me dar permissão para atacá-lo. Com facas. E dada a facilidade com que ele agiu com as outras, provavelmente faria o mesmo comigo.

Eu poderia usar isso a meu favor.

Criar um ponto fraco.

Mergulhar a adaga em seu pescoço ou coração e incapacitá-lo por tempo suficiente para matá-lo.

Sim, sim, minha vampira sibilou.

Embora eu tivesse certeza de que Lorcan conseguia ouvir meus pensamentos, ele parecia entediado. Como se não acreditasse que eu fosse capaz de realmente machucá-lo.

Bom. Deixe-o pensar isso.

Segui atrás dele e passei a lâmina em direção à parte de trás de sua nuca, mas Lorcan desapareceu em um instante. Seu braço envolveu minha cintura no segundo seguinte enquanto ele me levantava do chão.

As Ômegas ao nosso redor ofegaram.

Mas eu simplesmente rosnei e me livrei de seu controle, desaparecendo nas sombras. Meu talento para a furtividade apareceu enquanto eu o rodeava em vários ataques falsos, todos destinados a confundir seus sentidos.

Cada vez que eu empurrava a lâmina para frente, eu desaparecia antes que ela pudesse deixar uma marca. Queria colocá-lo em alerta máximo, dominar seus instintos, fazer...

Minhas costas atingiram o chão, roubando o ar dos meus pulmões quando Lorcan se acomodou sobre mim. Seus laços telecinéticos estrangularam minha tentativa de sair de debaixo dele.

Puta merda!, gritei em minha mente. *Trapaceiro*.

Você usou suas habilidades, então usei as minhas, ele respondeu. *E se pensa por um segundo que vou subestimá-la, não está fuçando o suficiente em minha mente.*

Por que eu iria querer bisbilhotar aí?

Porque você está determinada a me matar, ele respondeu. *No entanto, ainda não considerou a única vantagem que tem sobre mim: seu acesso direto aos meus pensamentos.*

Ele se afastou para se levantar com habilidade.

Isso está me fazendo pensar se você realmente quer me matar ou se está apenas flertando comigo, acrescentou, com aquela porcaria de sobrancelha arqueada em sua posição habitual. *Talvez todas essas ameaças sejam preliminares.*

Você gostaria que fosse esse o caso. Fiquei de pé, aliviada por ele já ter me libertado de seus poderes.

— A maioria dos Alfas não tem habilidades mágicas. Eles pegam Ômegas pela força bruta. Talvez fosse mais prudente que esta demonstração se concentrasse no combate natural em vez de na rara força sobrenatural.

Ele me considerou por um momento.

— Por essa lógica, a maioria das Ômegas também não possui talentos únicos.

Balancei a cabeça.

— Muitas de nós aqui os temos. Mas geralmente não são os Alfas do V-Clan que devemos temer. A menos que você ache que há uma razão para pensarmos o contrário?

Humm, ele murmurou. *Bem jogado, pequena assassina.*

Não reconheci o elogio e, em vez disso, esperei que ele respondesse em voz alta.

— Vampiros Alfas são propensos a habilidades sobrenaturais e não são conhecidos por sua bondade — ele respondeu, com um brilho perigoso em seus olhos.

Golpe baixo, Alfa.

Talvez, mas ainda é um ponto válido, Ômega.

Discordo.

— Apenas Ômegas do V-Clan e Vampiras Ômegas precisam se preocupar com eles. Outras Ômegas não os atraem.

— Portanto, para efeitos desta demonstração, você quer que eu use força bruta e nada mais enquanto pode recorrer a todos os seus talentos.

— Sim. Se você for corajoso o suficiente — eu o provoquei.

Ele contraiu os lábios.

— Bravura não é a questão, Kyra. O treinamento adequado é minha principal preocupação.

— Então você acha que precisamos aprender a nos proteger contra Alfas como vocês... Alfas do V-Clan? — pressionei, ciente de que o estava colocando em uma posição injusta. Mas queria fazê-lo se contorcer.

E eu *precisava* de uma vantagem além de poder ler sua mente.

— Existem poucos Alfas que rivalizam comigo em poder. Um deles é Kieran, o companheiro *escolhido* de Quinnlynn MacNamara. — Seu olhar percorreu a multidão enquanto falava, dirigindo-se ao nosso público em vez de a mim. — Kieran nunca usaria seus talentos para prejudicar uma Ômega, e nem eu.

Ele estendeu as mãos, voltando seu foco para mim.

— Vou conter minha magia, Kyra. Mas não vou atacar primeiro. Sua vez.

LORCAN

Como foi que acabei aqui? No meio de um ringue cercado por Ômegas enquanto minha companheira prenunciava minha morte prematura com os olhos.

Ah, certo. A pequena Ômega do Z-Clan interrompeu minha ronda do perímetro e me pediu para mostrar a ela e a suas amigas alguns movimentos de autodefesa.

O que fez com que Kyra aparecesse e jogasse uma montanha de ressentimento aos meus pés.

Ressentimento que eu não merecia.

Mas era um ressentimento que eu aceitaria se ajudasse a curar sua alma ferida.

Puta merda, Cillian nunca vai me deixar esquecer isso, pensei enquanto Kyra começou a rondar ao meu redor. *Se ele estivesse no meu lugar agora, simplesmente trancaria essa Ômega ardente em uma jaula por toda a eternidade. No entanto, aqui estou eu, me entregando a este jogo bobo.*

Ela não queria que eu usasse meus poderes, porque achava que isso equilibraria o campo de jogo entre nós.

Isso não aconteceria.

Meus poderes ajudavam meu status de Alfa, mas não o definiam.

Kyra seguiu atrás de mim, seus poderes furtivos acendendo. Pelo que sua mente me disse, esse talento deveria diminuir seu cheiro e torná-la difícil de rastrear.

Mas meu lobo ainda conseguia senti-la perfeitamente.

Laranjas de sangue temperadas.

Era um aroma que começou a se infiltrar em meus sonhos. Estávamos ligados agora, para o bem ou para o mal. E isso me deixou incrivelmente sintonizado com seus movimentos.

Ela me disse para não usar meus poderes. Mas não disse nada sobre não aproveitar nossa conexão. Claro, eu não poderia desligá-la.

A dor atingiu minhas costas quando sua lâmina atingiu minha pele nua, e o ferimento superficial fez meu lobo ronronar. Ele gostou demais daquelas preliminares.

— Ah, me desculpe — Kyra disse, aparecendo na minha frente. — Você também queria uma arma?

Olhei para ela de forma impassível.

— Você queria uma demonstração realista. Então, não, não quero arma. Alfas atacam Ômegas porque querem conquistá-las e esgotá-las, não para mutilá-las ou matá-las acidentalmente.

— Diga isso às Ômegas do Z-Clan, que estão quase extintas — Kyra murmurou.

— Os Alfas do Z-Clan são maníacos selvagens que se orgulham de destruir qualquer um abaixo deles em poder — retruquei. — E fazem isso com suas garras, Kyra. Não armas.

Vi Ashlyn estremecer com o canto do olho, e me desculpei pelo resumo grosseiro de sua antiga matilha.

Eu não conhecia a história dela, mas suspeitava que fosse horrível.

E acabei de resumi-la sem um pingo de remorso.

Merda. Era por isso que eu evitava Ômegas. Não tinha

ternura para lidar com situações como essa. Também não tinha vontade.

Eu liderava através de meios de proteção, não oferecendo apoio emocional.

Engolindo em seco, enfrentei Ashlyn, com um pedido de desculpas se formando em meus lábios.

Apenas para ter uma adaga alojada na lateral do meu corpo.

Eu me virei, levando a mão ao cabo para arrancá-la enquanto me movia.

Minha capacidade de cura acendeu, e a sensação de queimação rasgando minhas veias esfriou imediatamente. Eu não era tão poderoso quanto Kieran quando se tratava desse talento, mas era o suficiente para me curar sem pensar muito.

Suspiros ecoaram em resposta tanto à minha velocidade quanto à minha ferida curada, mas isso não impediu minha companheira de tentar me esfaquear com a outra lâmina.

Bem na porra do coração.

Agarrei a arma pela ponta afiada e a joguei no chão. Ela cravou no gelo, provocando mais suspiros. Não era todo dia que alguém era forte o suficiente para quebrar gelo com uma faca, mas era uma demonstração perfeita do meu poder Alfa.

Eu não precisava de telecinesia ou cura milagrosa para deixar uma Ômega de joelhos. Eu só precisava existir.

No entanto, minha companheira se recusava a se curvar.

De alguma forma, ela pegou uma terceira faca e agora estava decidida a cortar minha garganta.

Agarrei seu pulso antes que ela pudesse seguir com o plano mortal e a puxei contra meu peito.

— Chega — rosnei em seu ouvido.

Não se tratava de ensinar as Ômegas a lutarem. Isto era Kyra querendo me matar. E, embora eu soubesse que essa era a sua intenção desde o início, esperava transformar em uma lição útil.

No entanto, não havia raciocínio com Kyra neste estado.

Ela apareceu atrás de mim, passando a faca pela minha pele.

Girei com ela, agarrei-a pelos quadris e nos levei até seu ninho.

Essa disputa exigia privacidade, e eu estava cansado de permitir que ela me desrespeitasse na frente das outras Ômegas.

Ela poderia odiar Alfas, mas não significava que poderia descontar publicamente seus preconceitos sobre mim. Especialmente porque Kieran estava prestes a herdar este território, tornando-o o Alfa do Território e eu o seu Elite.

Eu a prendi na cama, minhas pernas segurando as dela enquanto minhas mãos pressionavam as dela no colchão.

Kyra rosnou como um gatinho selvagem embaixo de mim, a fúria cintilando naquelas íris felinas.

— Chega — repeti.

Mas era como se ela não pudesse me ouvir.

Intenção assassina ecoou em sua mente enquanto ela saía de debaixo de mim para pegar uma das armas escondidas.

Juntei todos os objetos pontiagudos e os prendi no lugar. Ela me pediu para não usar meu poder durante a demonstração, mas já havíamos terminado. Minhas habilidades telecinéticas estavam em jogo agora.

No entanto, me abstive de contê-la. Não queria arriscar provocá-la novamente.

Em vez disso, fiquei de pé e rosnei de novo. Desta vez

mais forte. Com mais potência. Um Alfa exigindo submissão.

Seus joelhos travaram, a Ômega teimosa lutando contra a necessidade de se ajoelhar.

O caos irrompeu em seus pensamentos, as memórias colidiram com o presente enquanto ela comparava meu rosnado ao de outra pessoa.

O que a levou a choramingar como um cachorrinho machucado.

Depois rosnou mais uma vez enquanto tentava agarrar uma de suas estrelas ninjas.

Quando o metal não se mexeu, ela pulou para outro esconderijo, apenas para se deparar com o mesmo problema.

— Pare! — ela exigiu, se virando em minha direção.

— *Não* — pronunciei a palavra com poder, em um rosnado tão profundo que seus joelhos dobraram no instante seguinte.

Eu a peguei antes que caísse no chão e coloquei seu corpo trêmulo na cama. O medo e a raiva pareciam estar lutando por um propósito dentro dela.

Estou fraca, ela sussurrou para si mesma. *Não. Não, merda. Eu não sou fraca. Eu sou... Ele... Isso... Argh!*

— Kyra. — Parei ao lado da cama, tomando cuidado para não tocá-la. Porque ouvi a trajetória de seus pensamentos, a expectativa sinistra do que viria a seguir.

Ela esperava que eu a punisse e tinha vários métodos criativos em mente. A maioria deles era sexualmente violenta.

Eu poderia gostar de luta como preliminares, mas não gostei de nenhuma das cenas distorcidas que surgiram em seus pensamentos. Presumi que seu ex-companheiro fosse a inspiração para muitos desses conceitos selvagens.

— Kyra — tentei novamente. Mas ela se lançou sobre mim com vigor renovado.

Desta vez, não tive escolha senão prendê-la no colchão. Segui o movimento com um grunhido destinado a forçar a súplica.

Sua loba choramingou, então Kyra se desligou por completo debaixo de mim.

Suspirei, odiando a situação.

— Escute. Se você continuar fantasiando me matar, não terei escolha a não ser trancá-la em uma jaula — eu disse a ela.

Eu não tinha certeza se falei a sério, mas pensar em como Cillian lidaria com essa situação inspirou meu comentário.

Ela não devia ter ouvido essa parte em minha mente, apenas as palavras que saíram da minha boca, porque ela piscou como se estivesse acordando. E então sibilou.

Ou talvez considerasse aquele pequeno assobio um rosnado.

Independentemente disso, meu lobo respondeu na mesma moeda.

Era ridículo.

Eu me afastei dela, precisando de espaço. Especialmente porque estava no meio de seu ninho, um fato que deixava meu lobo interior muito satisfeito. Ele não se importava que ela tivesse tentado me matar da maneira mais estúpida possível. Ele apenas via isso como uma tática de sedução.

E agora que estávamos no coração do território dela, ele queria se apresentar de forma íntima à sua Ômega.

Mas isso não ia acontecer. *Nunca.*

— Não tenho nenhum desejo de consumar nosso vínculo de acasalamento — informei tanto a Kyra quanto à minha fera interior.

Esta mulher não me queria. Estava muito claro. E eu não iria tomá-la ou a qualquer outra mulher à força.

Só porque um Alfa podia fazer algo não significava que deveria fazê-lo ou que tinha direito a isso.

— Não permaneci aqui para iniciar um relacionamento com você ou para encontrar outra companheira em potencial. Estou aqui por Kieran e Quinnlynn. E estou aqui porque esta ilha está oficialmente sob proteção do Território de Sangue. É isso.

Ela olhou para mim de seu ninho, sua forma pequena parecendo muito menor enquanto estava envolta nos cobertores perfumados.

Meu lobo ronronou com a visão acolhedora.

Ignorei ele e o cheiro sedutor de laranjas de sangue condimentadas.

— Assim que Quinnlynn e Kieran estiverem prontos para retornar ao Território de Sangue, vou com eles — acrescentei. — Nossas interações daqui para frente serão mínimas.

Ela olhou boquiaberta para mim enquanto uma nota de surpresa flutuava em sua mente. Eu não entendia o porquê. Deixei minhas intenções claras desde o início: não queria uma companheira, só queria ficar por Kieran.

— E quanto ao meu ciclo de calor? — ela perguntou o que eu não tinha previsto.

Arqueei a sobrancelha.

— O que tem?

— Você não vai se oferecer para me ajudar?

— Você gostaria que eu me oferecesse para ajudá-la? — questionei, bastante certo da resposta.

— Não.

— Então, não, não vou oferecer minha ajuda. Além disso, exigiria que eu deixasse o Território de Sangue por um longo período, o que não é algo que desejo fazer.

Ela se sentou, e seu cabelo preto azulado despenteado caiu do rabo de cavalo. Mas ela não pareceu notar ou se importar. Seu foco estava inteiramente em mim.

— Você está falando sério.

— Sim. — Não senti necessidade de explicar. Estava dizendo isso para ela desde o início, mas só agora parecia estar ressoando nela.

— Oh. — Ela torceu o nariz. — Eu... — Ela franziu a testa. — Mas estamos acasalados.

Dei de ombros.

— Pode ser útil em alguns aspectos. Você pode me alertar rapidamente se algo der errado no Santuário. — Dei uma olhada superficial para ela e acrescentei: — Ou em uma de suas caçadas ao inventário.

Porque sim, procurei em sua mente informações sobre como ela conseguiu entrar de forma furtiva no Território de Sangue sem ser detectada.

Desde então, informei Cillian sobre sua propensão a roubar recursos de nossa arrecadação trimestral de impostos sobre sangue. Ele já estava no processo de realocação de suprimentos para permitir um envio mensal para o Santuário.

— Tenho toda a intenção de oferecer meu apoio — eu disse a ela baixinho. — O Cillian também.

— A que preço? — ela perguntou com cautela.

— Não há preço, Kyra. O Santuário está sob nossa jurisdição e nós o protegeremos.

Ela balançou a cabeça.

— Não vamos ingressar no Território de Sangue.

— Não se trata do Território de Sangue. É sobre Kieran. Sua magia de cura está por todo o Santuário agora, seu poder se unindo ao de Quinnlynn para reforçar a barreira. Isso significa que este lugar está sob a proteção dele, o que faz com que esteja sob a minha também.

— Porque sua lealdade é para com Kieran.

— Sempre.

Ela assentiu.

— Estou começando a entender isso.

— Que bom. — Dei um passo para trás. — Então temos um acordo. Ficaremos fora do caminho um do outro e você vai parar com toda essa conspiração assassina.

Ela não respondeu de imediato, mas a ouvi pensar em tudo. Ela finalmente estava me ouvindo, o que foi um alívio.

— Tudo bem — murmurou. — Não prometo não fantasiar sobre sua morte. Mas vou... vou recuar por enquanto.

Seus pensamentos me disseram que essa era a melhor resposta que eu receberia dela esta noite. Então teria que servir.

— Ótimo. Tenha uma boa noite, Kyra.

Desapareci antes que ela pudesse responder, principalmente porque o cheiro dela estava começando a drogar meus sentidos. E eu não queria alarmá-la com meu lobo faminto.

Ele acabaria se acalmando.

Talvez.

Infelizmente, isso não importava. Nada aconteceria com Kyra. E em poucas semanas, eu iria embora de qualquer maneira.

KYRA

Hum...

O zumbido na minha cabeça provocou um arrepio na coluna. Era algo que eu conhecia bem. Algo que eu temia. Que uma parte mórbida de mim ainda desejava.

Eu sinto... uma mudança... a voz profunda sussurrou. *Outro Alfa, meu amor? É com isso que ouço você sonhar?*

Meu coração deu um pulo, a pergunta era tão real, tão oportuna que quase pude me convencer de que isso estava realmente acontecendo. Mas eu sabia que não. Isso era só mais um sonho. Um pesadelo. Uma nova maneira do fantasma de Fare me assombrar.

Quem é ele? ele perguntou baixinho, as palavras roçando minha mente. Eu quase podia imaginá-lo passando os dedos longos pelo meu cabelo enquanto falava comigo em seu tom apaziguador.

Mas era tudo mentira.

Fare apenas fingia se importar. Ele ronronava e me oferecia palavras ternas, apenas para me embalar com uma falsa sensação de segurança. Então ele destruía meu mundo e meu ninho, e então ria enquanto seus amigos me despedaçavam na frente dele.

Todo aquele sangue e destruição, meu porto seguro era demolido.

Você é meu brinquedo, ele diria. *Meu precioso e lindo brinquedinho. E adoro quebrar meus brinquedos.*

Meu estômago embrulhou. Sua voz era uma presença permanente em meus pensamentos.

Me diga, quem ele é?, ele continuou. *Me diga quem te deixou nervosa assim.*

Eu estremeci, seu tom suave percorreu meu subconsciente e tocou as cordas da minha sanidade.

Meus pesadelos se intensificaram nas últimas semanas.

Por causa de Lorcan. Do nosso vínculo. O *acasalamento de conveniência* que fui forçada a aceitar.

— Me diga o que eu quero saber — ele disse em meu ouvido, a palma da mão envolvendo minha garganta. — Ou quer que eu arranque isso de você?

Sua pele nua estava fria nas minhas costas. Errada. *Real.*

Um arrepio percorreu minha coluna enquanto o gelo corria pelas minhas veias. Eu podia sentir seu nó pressionado em meu traseiro, a ameaça de violência persistindo na superfície.

Ele me forçaria a tomá-lo. Me forçaria a aproveitar. Inundaria meu interior com sua essência venenosa.

Mas uma parte rebelde de mim se recusava a lhe dar o nome. Se recusava a falar sobre Lorcan. Porque esse era o meu segredo. *Minha verdadeira realidade.*

Isto é um sonho.

Fare não está realmente aqui.

Ele está morto. Eu o matei.

Sua risada na minha garganta parecia real. Parecia ameaçadora. Como uma promessa letal. Uma provocação.

— Adoro quando você briga comigo, escrava — ele

sussurrou no meu pulso, as palavras ditas em voz alta em vez de na minha cabeça. — Torna isso muito mais doce.

Suas presas morderam minha pele macia, provocando dor em cada grama do meu ser e arrancando um grito da minha garganta.

Eu me assustei.

E voei pela cama, levando a mão ao pescoço.

Não havia sangue. Nem perfurações. Sem aromas de rosa.

Estremeci quando meu ninho apareceu. Meu porto seguro. Intacto. Com meu cheiro.

Não. Não só o meu. *Com o de Lorcan também.*

Estava assim há mais de uma semana, desde a última vez que nos falamos. Principalmente porque não troquei os lençóis. Eu... eu gostei de como ficaram.

Cheirando a sempre-vivas.

Engoli em seco, fechando os olhos enquanto o pesadelo se misturava com a realidade.

Fare está morto. Lorcan é meu companheiro.

Agarrei os lençóis e os levei ao nariz. Minha loba suspirou enquanto eu inalava o cheiro persistente do Alfa que a confortava mais do que eu gostaria de admitir.

Lorcan sequer olhou em minha direção nos últimos dez dias. Ele se manteve reservado, oferecendo apenas algumas dicas de autodefesa para Ashlyn e as outras.

Fritz não era fã.

Eu também não, mas por razões totalmente diferentes.

Minha loba não queria compartilhar Lorcan. Não importava que ele não fosse realmente nosso, ela não entendia o conceito de *conveniência*. Ela o via como seu companheiro.

Enquanto isso, eu o via como... bem, eu não sabia. Ele não era meu inimigo. Não de verdade. Ele... era diferente.

Nossa conversa após o incidente da luta passou pela

minha mente, como muitas vezes aconteceu na última semana e meia.

Eu ainda não conseguia acreditar que ele não pretendia me dar o nó.

Que tipo de Alfa não aproveita o cio de sua companheira?, me perguntei.

Um bom Alfa, decidi.

Era um conceito que eu não sabia que existia. *Bons Alfas*. Quem sabia que isso era possível?

Suspirando, estiquei os braços e pernas, e considerei novamente o que estava ao meu redor. A familiaridade do meu ninho ajudou a me acalmar até certo ponto, mas não parecia suficiente agora.

Preciso sair para correr, determinei. Uma tarde com minha loba sempre ajudava a afastar o toque residual de Fare. Provavelmente porque ele só apelava para o meu lado vampira.

Meu animal interior fornecia a força que eu precisava para sobreviver a ele. Sem ela... bem, ele provavelmente ainda estaria vivo hoje. E eu teria permanecido para sempre uma escrava em sua cova.

Pelo menos, até que um de seus amigos levasse o jogo longe demais. Eu sempre fui inquebrável, minha genética híbrida me tornava difícil de matar.

Eles gostavam de me levar à beira da morte só para me ver curar.

Engolindo em seco, afastei os pensamentos do passado de volta para sua caixa surrada e me levantei do meu ninho.

Eu já estava nua, principalmente porque gostava de relaxar nos lençóis com cheiro de Lorcan.

Porque minha loba estava obcecada por *seu Alfa*.

Soltei um suspiro e entrei na minha caverna de gelo favorita na ilha, depois me abaixei para me transformar.

Já havia se passado algumas semanas desde a minha última corrida, o que explicava por que minha loba praticamente explodiu para a superfície. Ela sacudiu o pelo e caiu no gelo para começar a rolar.

Embora eu pudesse controlar seus movimentos, optei por não fazê-lo. Era mais divertido dar rédea solta a ela.

Ela caiu de lado com a respiração ofegante, depois ficou de pé e sacudiu o pelo novamente.

Pronta para correr?, perguntei.

Ela bufou em resposta e saiu correndo da caverna para começar nossa jornada habitual ao redor do perímetro.

Exceto... ela desviou um pouco do percurso quando um cheiro familiar fez cócegas em nossos sentidos.

Arregalei os olhos. *Espere...*

Mas era tarde demais. Quando o aroma perene de Lorcan se instalou em seu focinho, ela saiu correndo em direção a ele.

Merda.

O que há de errado? Lorcan perguntou imediatamente.

Sua pergunta sugeria que ele não estava ouvindo ativamente meus pensamentos.

Ainda bem. A última coisa que eu queria ou precisava era que ele estivesse ciente do agravamento dos meus pesadelos. Ou o fato de que meu lado animal parecia gostar dele.

Minha loba está te rastreando, murmurei. *Me desculpe.*

Ele não respondeu, mas senti sua surpresa.

Então ele apareceu à distância em toda a sua glória lupina. Ou presumi que fosse ele, já que nenhum dos outros metamorfos do V-Clan na ilha eram desse tamanho.

Bem, talvez Kieran.

Mas ele ainda estava ocupado com Quinn.

Grande nem começava a descrever a forma de lobo de

Lorcan. Se alguma vez houvesse alguma dúvida sobre seu status de Alfa, isso esclareceria tudo.

Ele estava em cima de um bloco de gelo, seu pelo preto brilhando sob o sol poente.

Estava no meio da tarde, mas quase não víamos sol aqui nesta época do ano. Então, eu esperava que minha loba quisesse aproveitar um pouco. Mas, não. Ela estava muito mais interessada na criatura majestosa diante de nós.

Ele se virou quando nos aproximamos, seu pelo sedoso e macio. Eu tinha visto outros Alfas em forma de lobo enquanto visitava o Território de Sangue ao longo das décadas, mas nunca parei para admirar nenhum. Essa teria sido uma boa maneira de ser pega invadindo o lugar.

Lorcan inclinou a cabeça para o lado. *Você acordou cedo. Outro sonho ruim?*

Tanto para ele não saber sobre meus pesadelos. Mas dado o quanto ele parecia estar sintonizado com minha mente, isso não me surpreendeu. Pelo menos, ele não pareceu querer falar sobre eles.

Minha loba precisava correr, respondi. Não que ele merecesse qualquer tipo de explicação. *Por que você está acordado?*, a pergunta me escapou de uma forma quase estranha.

Porque eu já sabia a resposta, o que significava que estava tentando conversar um pouco, algo que normalmente não fazia. Era uma perda de tempo e eu não gostava de perder tempo.

Estou verificando o perímetro.

Por quê?, perguntei, expressando a pergunta em que vinha pensando há semanas. *Por que você verifica o perímetro? É uma barreira protegida. Ninguém pode entrar a menos que seja Ômega ou companheiro de uma Ômega. Eu te expliquei isso.*

Eu não queria parecer tão rude com ele. Simplesmente saiu naturalmente.

Em vez de responder, ele trotou em minha direção e encontrou minha loba ansiosa em um bloco de gelo um pouco mais próximo do nível do mar. Ela imediatamente se chocou contra ele, me fazendo estremecer por dentro.

Desculpe. Tentei puxá-la de volta, mas ela rosnou na minha cabeça. Normalmente a deixo liderar.

Ele permaneceu em silêncio, mas abaixou a cabeça para ela e a deixou acariciar seu focinho.

Sério, pare, repreendi meu animal.

Mas ela não aceitou nada disso. Ela estava desejando este Alfa há semanas e pretendia tirar vantagem desta situação.

Gemi internamente enquanto ela se esfregava na lateral dele para sentir o cheiro de seu pelo elegante.

Um pedido de desculpas se formou em minha mente, mas congelou quando Lorcan soltou um ronronar baixo. Minha loba praticamente se derreteu em resposta, seu focinho pressionou o peito dele enquanto ela se deleitava com aquele estrondo hipnótico.

Argh. Se eu estivesse na forma humana, estaria vermelha agora. Felizmente, meu pelo preto não podia corar.

Mas por dentro, eu estava praticamente pegando fogo. Por muitas razões. Razões que eu não queria avaliar.

Você quer se juntar a mim em uma ronda do perímetro? Lorcan perguntou, com a voz mental monótona, apesar daquele ronronar sedutor vibrando em seu peito.

Eu me perguntei se talvez seu lobo estivesse fazendo isso mais do que ele. Eu me sentiria um pouco melhor sobre como meu animal estava se comportando.

Uma ronda pelo perímetro parece ótima, pensei, embora não

fosse necessária. Mas pelo menos daria a minha loba algo produtivo para fazer.

Só que ela tinha outras intenções.

Porque ela simplesmente se deixou cair para expor a barriga ao grande macho Alfa.

Você poderia ser mais constrangedora? questionei.

Ela grunhiu em resposta.

Não. Ela grunhiu para Lorcan.

Mas confirmou que, sim, ela poderia ser mais constrangedora.

Deuses, gemi enquanto ela abanava o rabo.

Lorcan fez um som que em sua mente parecia muito com uma risada. Mas era meio enferrujado. Então talvez fosse para ser um bufo? Ou era sua versão de um gemido?

Enquanto isso, seu lobo ronronou ainda mais e se inclinou para morder a garganta da minha loba.

Um gesto de domínio, contra o qual eu deveria estar lutando. No entanto, meu animal se envaideceu, confiando que sua fera não a machucaria.

Isso é patético, murmurei para ela. *Você é muito melhor que isso.*

Lorcan lambeu meu focinho e se endireitou. *Vamos correr, pequena assassina.*

Ele começou a trotar, me fazendo semicerrar os olhos enquanto minha loba o seguia prontamente.

Talvez ele estivesse mais no controle de seu animal do que eu imaginava.

Para responder à sua pergunta anterior, estou fazendo essas verificações de perímetro porque algo não parece certo para meu lobo, e ainda não descobri o que o está aborrecendo, Lorcan disse enquanto nos conduzia em direção à costa. Então comecei a verificar em momentos diferentes para ver se consigo determinar a causa do distúrbio.

Minha loba o alcançou e bateu nele de brincadeira. Ele a empurrou de volta, fazendo meu animal vibrar feliz.

Eu simplesmente não posso com você, pensei para ela.

Ela respondeu com um latido suplicante e acelerou o ritmo, querendo realmente correr.

Lorcan se juntou a ela com facilidade, as pernas poderosas marcando-o como mais forte. Mas suspeitei que poderia vencê-lo em uma corrida. Eu era rápida. Menor também. O que significava que tinha menos massa para carregar, o que me tornava mais ligeira.

No entanto, minha loba não ansiava por uma disputa. Ela só queria correr.

Considerei suas palavras quando chegamos à costa gelada, minha mente procurando na dele que perturbação ele sentia. Mas ele não conseguia definir. Apenas um instinto de que algo não estava certo.

Talvez seja a magia estrangeira? sugeri.

Talvez, ele respondeu. *Mas posso sentir a energia do meu primo se juntando à de Quinnlynn. E, ainda assim, algo está incomodando meu lobo. Algum tipo de intrusão que não consigo definir.*

A frustração ecoou em sua mente, seu aborrecimento era palpável. Ele não conseguia determinar a causa, e isso o irritava.

Tentei sentir o que quer que ele estivesse captando enquanto rastreávamos o perímetro, minha loba finalmente se concentrou na tarefa relevante em vez de no Alfa ao seu lado. Mas nada parecia estranho para mim enquanto nos movíamos.

Bem, nada, exceto que era diferente correr no gelo com outra pessoa em forma de lobo. Eu normalmente usava esses passeios para ter algum tempo sozinha com minha loba. Mas ela parecia bastante satisfeita com essa mudança.

Um pouco contente demais, na verdade.

Felizmente, ele partiria em breve. *O cio de Quinn deve começar a diminuir em pouco mais de uma semana*, eu disse a ele. *Supondo que funcione como um ciclo normal.*

A maioria das Ômegas do V-Clan não entravam no cio até os meses de verão, o que era em parte o motivo pelo qual nossa espécie tendia a hibernar durante essa época do ano.

Isso, e o fato de que não éramos grandes fãs da luz solar. Semelhante aos vampiros, mas de natureza lupina. O sol não prejudicava nenhuma das espécies, era apenas um incômodo que tendíamos a evitar.

Parece ser um ciclo normal, Lorcan respondeu. *Quinnlynn está grávida.*

Eu sei. Senti o cheiro familiar há alguns dias.

Já comecei a fazer acordos com Cillian, pois vamos precisar de um jato furtivo. Seu lobo começou a desacelerar para um trote quando chegamos à área de onde partimos.

Cillian não poderá vir até aqui. E se eu tivesse que explicar o porquê mais uma vez, eu iria...

Eu serei o piloto, ele interrompeu. *Mas vou precisar de alguém para me dar instruções. Entrar no Santuário é uma coisa. Navegar em uma aeronave aqui é totalmente diferente.*

Você está me pedindo para te ajudar?, perguntei.

Sim. Ele parou perto do lugar onde minha loba se esfregou nele há apenas uma hora. A ilha não era tão grande, tornando fácil circular. *Você vai me acompanhar até o Território de Sangue e voltar? Por Quinnlynn?*

Talvez devêssemos esperar para ver se ela quer voltar?, sugeri.

Mas eu já sabia que ela faria isso. Ela estava grávida agora, o que significava que não podia desparecer nas sombras e estava excepcionalmente vulnerável a ataques. Kieran iria querê-la no coração de seu reino para proteção.

Com Cillian e Lorcan ao seu lado também.

Não importa, respondi, me sentindo subitamente muito cansada. *É onde ela vai querer estar.* E não fazia sentido considerar uma alternativa.

Infelizmente, isso significava que eu permaneceria aqui como líder do Santuário. Não que eu tivesse outro lugar para estar. Mas parecia que eu estava nesta posição temporária há uma eternidade, prestes a ser a líder da ilha, sem realmente ser a rainha.

Esse papel era reservado para Quinn.

No entanto, ela precisaria assumir o manto do Território de Sangue, me deixando como a tenente principal em sua ausência.

Vou com você, disse a ele enquanto minha loba se espreguiçava, suas pernas enrijecendo com a longa corrida. Ela bocejou, mostrando nossa exaustão. Parecia uma eternidade desde que tive uma noite de descanso decente.

Apenas me avise quando formos, acrescentei enquanto minha loba se virava em direção à nossa caverna favorita. *Vou tirar uma soneca.*

Era uma das minhas indulgências depois de uma corrida: me enrolar como uma bola no gelo. Algo nisso me acalmava. Talvez porque fosse quieto. Seguro. *Lembrava minha antiga cela.*

Às vezes, as relíquias do passado podiam ser curativas. Principalmente porque me davam uma aparência de controle para permanecer na caverna pelo tempo que eu quisesse.

Eu sou livre.

Esse era o cerne de tudo, um lembrete de que lutei e venci.

Só quando cheguei à entrada da caverna é que percebi que Lorcan me seguiu, com seu lobo sendo uma força silenciosa atrás de mim. Eu não estava prestando atenção.

No entanto, minha loba não pareceu tão surpresa. Na verdade, ela parecia... acolhedora.

Ela não se virou para rosnar para ele ou mandá-lo se foder.

Em vez disso, entrou na caverna e se deitou de frente para a entrada.

Quando Lorcan entrou, ela fechou os olhos, me fazendo franzir a testa por dentro. *O que você está fazendo?* perguntei a ela. *Este é o nosso lugar, não o dele.*

Mas então seu ronronar encheu o ar, assim que o calor de seu corpo se instalou ao lado do meu. *Apenas relaxe, Ômega*, Lorcan murmurou. *Tente dormir.*

Com você aqui? Não.

Diga isso a sua loba, ele respondeu baixinho e seu ronronar se intensificou.

Outra explosão de exaustão me deixou momentaneamente sem palavras, minha mente ficou um pouco nebulosa enquanto tentava retomar o fio da nossa conversa. Mas meu animal parecia já estar nos embalando para dormir.

Por causa daquela porcaria de ronronar.

Ainda assim, foi bom.

Muito melhor do que... *do que meus pesadelos*.

Minha loba bocejou novamente, depois se acomodou ainda mais ao lado de Lorcan. *Uma soneca*, eu disse a ela. *Você vai tirar uma soneca com o Alfa. É só isso, está bem?*

Ela não respondeu.

Mas de alguma forma, eu sabia que ela não me obedeceria. Ela nunca obedecia.

Felizmente, ele partiria em breve. Então as coisas voltariam ao normal. *Espero*.

LORCAN

Kyra dormia um sono profundo ao meu lado, com a mente lindamente tranquila.

Ela nunca iria admitir, mas precisava disso. Um sono sem pesadelos. Um momento de verdadeira paz.

Ela me acordou com um grito mental em diversas ocasiões durante as últimas semanas, cada vez me arrastando para sua mente, onde eu observava seu passado em silêncio.

Nas primeiras ocorrências, tentei sair, não querendo me intrometer. Mas seu terror continuava a me puxar de volta para ela, e meu instinto de proteção vinha à tona.

Na última semana, tentei ronronar, um som que raramente fazia, já que normalmente era destinado a companheiros para ajudar a acalmar a mente. Foi sutil, mas pareceu ajudar um pouco.

Dada a recepção que recebi de sua loba hoje, apostava que seu animal interior estava plenamente consciente de que eu tentava ajudá-las a descansar à noite.

Mas também era egoísta. Porque eu precisava dormir mais. O que era impossível de fazer com o medo de Kyra ecoando em nosso vínculo toda vez que ela adormecia.

Sua loba se esticou ao lado do meu, o focinho adorável se encaixou em meu pelo para inspirar profundamente. Meu animal ronronou em resposta, contente com ela invadindo seu espaço.

Era estranho, já que minha fera geralmente preferia ficar sozinha. Mas ele parecia mais do que feliz em satisfazer a pequena Ômega.

Porque ele a via como sua.

Era uma complicação do vínculo que eu não havia previsto. O que foi ingênuo da minha parte, pois é claro que meu animal se sentiria proprietário da fêmea.

Meu lobo não entendia a estratégia de acasalar com ela por conveniência. Ele a via como sua. E algo me dizia que, mesmo sem o vínculo estabelecido, ele ainda estaria muito interessado nela.

Ela era forte. Uma sobrevivente. Uma líder. Linda. Ardilosa. Talvez um pouco problemática. Definitivamente rebelde. E leal.

Tantas características atraentes.

Até a teimosia dela era desejável. Até certo ponto, pelo menos. Isso me dava um desafio e eu adorava.

Não que eu estivesse pensando em aceitar este.

Ainda assim, não pude resistir a ronronar para sua loba agora. Ela já foi injustiçada antes, e uma parte de mim queria juntar seus pedaços quebrados.

Foi uma reação estranha, que não entendi muito bem. Mas fiquei com ela na caverna de gelo, acalmando-a da única maneira que sabia.

As horas se passaram, a lua já estava alta no céu antes que ela começasse a se mover.

Voltei para a forma humana e a levantei em meus braços, então fui até seus aposentos para colocá-la em seu ninho antes de ir para meu próprio quarto.

Alguns minutos depois, eu a ouvi sussurrar: *Obrigada.*

De nada, sussurrei de volta. *Me avise se quiser correr amanhã de novo*.

Eu não esperava que ela respondesse, mas um suave *sim* zumbiu em sua mente.

Sim, repeti, curvando meus lábios em um sorriso. Então fui até o Território de Sangue para dar outra atualização a Cillian.

Ainda havia algo me incomodando na patrulha. Precisávamos fazer planos sobre como fortalecer a fronteira.

Porque, embora Kyra pudesse ser minha companheira apenas no nome, ela ainda era minha para proteger. E eu a protegeria.

KYRA

Mais de uma semana depois

Minha loba andava sob minha pele, irritada com a mudança de rotina de hoje.

Ou talvez, ela estivesse chateada porque sabia o que tudo isso realmente significava: o fim das nossas corridas vespertinas com Lorcan.

Porque, depois de hoje, ele não estaria mais no Santuário.

O jato roncava ao nosso redor enquanto voávamos pelo mar da Groenlândia. Ou era assim que costumava ser chamado quando os humanos governavam o mundo. Agora não tinha realmente nome, pois essas partes eram supostamente inabitáveis.

Lorcan estava sentado em silêncio ao meu lado, concentrado nos numerosos controles e painéis à sua frente.

Dei a ele as coordenadas assim que estávamos no ar, confiando que ele não as compartilharia com ninguém além de Cillian e Kieran.

Foi estranho fornecer informações tão confidenciais a

um Alfa, mas se eu não tivesse feito isso, Quinn faria. Ela confiava inteiramente em Kieran e, como resultado, confiava em seus Elites também.

Não tivemos muita chance de conversar desde que ela saiu do cio, principalmente porque ela começou a emergir dele há alguns dias.

No entanto, ela parecia feliz. Apaixonada até. Muito diferente da Quinn que conhecia há um século.

Eu nunca teria pensado que ela escolheria Kieran O'Callaghan como companheiro, mas pelo menos ela escolheu um Alfa poderoso. A magia no Santuário estava prosperando, graças ao seu acasalamento, e eu nunca vi Quinn com tão boa saúde.

Porque Kieran tem um poder de cura, pensei. *Assim como Lorcan.*

Eu não sabia muito sobre isso, apenas os trechos que ouvi na mente dele. O Alfa podia sentir a energia de Kieran reforçar a barreira, algo em que ele pensava com frequência durante nossas corridas vespertinas.

E eu suspeitava que ele pudesse estar usando essa energia curativa em meus pesadelos, já que eles enfraqueceram nos últimos dez dias.

Ou talvez tenha sido por causa dos nossos cochilos pós-corrida na caverna.

Porque sim, não fui capaz de impedir que isso acontecesse.

Minha loba se sentia diferente perto de Lorcan. *Segura.* E dormir ao lado dele, de alguma forma, clareou minha cabeça.

Eu não dormia tão bem há mais de cem anos.

Isso me assustou e me deixou muito mais aliviada por ele não estar mais no Santuário depois desta noite.

Porque eu não podia me dar ao luxo de confiar. Ele não queria uma companheira e eu também não.

Qualquer parentesco que desenvolvemos nas últimas semanas era, na melhor das hipóteses, temporário. Trabalharíamos juntos daqui para frente, mas apenas quando necessário.

Tal como agora, neste jato.

Exceto que não havia muito para fazermos. Pelo que percebi, essa coisa praticamente voava sozinha.

Tamborilei os dedos e olhei para as nuvens. Já fazia muito tempo que não voava de avião. Desaparecer nas sombras tornava isso irrelevante. Eu poderia ir a qualquer lugar que quisesse no mundo.

Dentro do razoável, é claro.

Havia muitos territórios que eu não gostaria de visitar.

Como os vários territórios de vampiros na Groenlândia.

Cresci com lobos do V-Clan por uma razão. Os vampiros eram uma raça totalmente diferente.

Lorcan pegou algo com o canto do meu olho, me fazendo olhar para a luz piscante que chamou sua atenção.

— Sim? — ele perguntou, quebrando o silêncio.

Fiz uma careta, sem entender o que ele queria dizer até que a voz de Cillian veio pelos alto-falantes.

— Preciso que você faça uma varredura.

Lorcan franziu a testa.

— Já fizemos isso.

— Eu sei. Preciso que você faça outra.

Lorcan não disse nada, apenas olhou para o botão que apertou com uma expressão de expectativa.

— Kieran ligou. Ele acredita que um dos Alfas do Território de Sangue é o culpado pela morte dos pais de Quinnlynn — Cillian acrescentou depois de um instante. — Bloqueei o Território, mas preciso que você faça outra verificação de segurança, só para ter certeza de que é seguro pousar no Santuário.

Lorcan contraiu a mandíbula, mas, de alguma forma, ele conseguiu responder em tom neutro:

— Vou fazer isso.

Ele encerrou a ligação e olhou para mim por um longo segundo.

Um Alfa do Território de Sangue pode ser o assassino dos pais de Quinn? pensei, mais comigo mesma do que com Lorcan. *Isso é...*

Eu não tinha certeza de como terminar aquela frase. Sempre presumi que um dos Príncipes Alfas do V-Clan era o culpado. Porque. quem quer que tenha matado os MacNamara tinha que ser poderoso. E embora todos os Alfas mantivessem um certo nível de força, eram os Príncipes Alfas que geralmente possuíam magia intensa.

Merda.

Lorcan acionou algum tipo de botão, sua mente me disse que ativou o recurso de piloto automático.

Sem dizer uma palavra, nós dois nos levantamos e começamos a revistar o jato. A magia tinha um cheiro distinto, algo que nossos sentidos de lobo seriam capazes de detectar.

Mas se o culpado tivesse usado tecnologia, poderia se tornar um pouco mais complicado. Lorcan parecia saber o que procurar, então ele assumiu a tarefa enquanto eu usava meu nariz sobrenatural para caçar encantamentos.

Trabalhamos em silêncio, nossas mentes comunicando uma à outra a falta de descobertas.

O jato foi cuidadosamente inspecionado antes de partirmos, tanto por fora quanto por dentro. Só podíamos realmente verificar a cabine agora, pelo menos, fisicamente. Mas tentei expandir minha busca mágica através das paredes para o exterior.

Um encantamento poderia estar em qualquer lugar,

poderia se parecer com qualquer coisa, o que tornava difícil encontrá-lo.

Me aproximei da porta do jato, querendo encontrar uma maneira melhor de verificar a extensão...

O poder rasgou o ar, fazendo o mundo girar com violência. Um xingamento saiu dos meus lábios e a sensação chocante me mandou para o chão, mas um par de braços fortes me pegou no ar.

Encostei a cabeça no peito de Lorcan enquanto a energia sombria ondulava através de nós. A potência era familiar de uma forma que eu não conseguia definir.

O que é isso?, perguntei, tremendo contra ele.

Não sei, ele admitiu, me abraçando ainda mais. *Ainda sente?*

Assenti e os pelos dos meus braços se arrepiaram. *É... parece um zumbido de poder contra minha pele.*

Lorcan não disse nada, mas ouvi o conflito em sua mente. Ele sentiu apenas a explosão inicial de poder, nada mais.

No entanto, aquela energia assustadora parecia estar rastejando sobre mim, aderindo aos meus sentidos e me revestindo com algum tipo de essência invisível.

Mas desapareceu em um piscar de olhos. *O quê...?* Tudo estava em minha mente? Uma reação estranha ao me sentir tão instável?

Franzi a testa e me inclinei para trás para olhar para Lorcan. Ele ainda me segurava contra si, com a expressão sem emoção enquanto encarava meu olhar.

Isso foi estranho, eu disse a ele. Um eufemismo, mas não tinha certeza do que mais dizer.

Eu deveria ligar para Cillian, ele respondeu, mas em vez de caminhar em direção à cabine, me levou até um dos sofás no meio do jato. Havia cadeiras executivas também. Além de um quarto nos fundos.

Ele me colocou no sofá e se agachou para ficarmos no mesmo nível dos olhos.

— Você está bem? — ele perguntou. Sua voz era um som rouco por mal ter falado em voz alta hoje.

Engoli em seco e assenti.

— Acho que aquela estranha explosão de energia me desequilibrou por um momento. — Fiz uma careta. — De onde veio?

— Acho que foi algo ligado à magia do V-Clan — ele respondeu. — Não era do jato, mas de outra coisa. É por isso que preciso ligar para Cillian e verificar o Território de Sangue. — Ele colocou uma mecha de cabelo atrás da minha orelha. — Vou colocá-lo no viva-voz.

Ele se afastou e me deixou olhando para suas costas musculosas. De repente, me peguei desejando que ele estivesse sem camisa como naquele dia em que o encontrei treinando.

Por que eu o queria vestido? Para que eu mesma pudesse tirar sua roupa?

Uma imagem cintilou em minha mente.

Então me lembrei que ele podia me ouvir.

E tirei tudo da minha cabeça.

Mas não antes de ouvir a diversão persistente em seus próprios pensamentos.

Argh, é bom que ele esteja indo embora.

Lorcan desapareceu de vista enquanto eu tentava encontrar meu senso de autoestima e sanidade.

Cillian não está atendendo, Lorcan me informou, seu tom inexpressivo não revelava a preocupação que ouvi ecoar em sua mente.

Me forcei a levantar, irritada por ter me permitido ser mimada em primeiro lugar. Era apenas alguma energia residual. Eu estava bem. Não precisava desmaiar nos braços do grande Alfa.

Lorcan me encontrou na entrada da cabine, seus olhos escuros estranhamente hipnóticos.

Não há problema em deixar alguém cuidar de você de vez em quando, ele sussurrou, a palma da mão em meu rosto. *Isso não faz de você fraca, Kyra. Te torna forte o suficiente para conhecer seus limites.*

Revirei os olhos.

— Foi uma pequena explosão. Já passei por coisas muito piores.

— Eu sei. — Seu polegar roçou meu queixo enquanto ele afastava seu toque. — Eu quis dizer como uma declaração geral: não há problema em pedir ajuda, não importa se é uma necessidade grande ou pequena. Espero que se lembre disso depois que eu partir.

Eu... não sabia o que dizer sobre isso.

Era perigoso confiar em Lorcan, mas uma pequena parte de mim queria tentar. E isso me fez querer voltar ao meu ninho e cavar um buraco nos cobertores.

Ele se afastou de mim quando uma luz brilhou no console novamente. Seus movimentos pareciam um pouco frágeis quando ele apertou o botão.

— O que está acontecendo? — ele questionou, seu tom Alfa provocou um arrepio na minha coluna.

— Um dos Alfas do Território de Sangue acabou de tentar matar a Quinnlynn com o mesmo feitiço usado para matar sua mãe. — A voz de Cillian tinha um tom que revirou meu estômago. E as palavras que ele disse não melhoraram muito.

— Ela está bem? — perguntei, pronta para seguir até o Santuário para encontrá-la.

— Está um pouco abalada, mas bem — Cillian respondeu, seu tom um pouco menos rude. — Suas joias explodiram quando passaram pela barreira.

Arregalei os olhos.

— Os diamantes da família MacNamara?

— Sim. O que você sabe sobre eles? — O tom de Cillian parecia mais curioso do que acusatório. O que fazia sentido. Era óbvio que eu não tentaria machucar minha melhor amiga. E mesmo que pensasse que sim, Lorcan poderia dar uma espiada em minha mente para determinar minha lealdade a Quinn e à família MacNamara.

— A mãe dela sempre os usou. Tem um par de brincos e um colar. Não me lembro se a Quinn estava com eles quando chegou ou não. Ela estava?

— Estava — Cillian confirmou. — Kieran acha que era parte do que estava drenando a energia dela antes de ele chegar.

— É por isso que parecia que a barreira a estava enfraquecendo — murmurei, me lembrando do pressentimento que tive antes de ir para o Território de Sangue no mês passado. — Pensei que poderia ser porque ela não voltava há algum tempo, ou que isso estava relacionado ao seu cio, mas ela parecia mais fraca que o normal.

— Por que você não mencionou? — Lorcan questionou, uma pontada de aborrecimento tecida em seus pensamentos.

— Porque ela está bem desde que o Kieran acasalou com ela — respondi, franzindo a testa. — Não achei que fosse importante.

Aquela sobrancelha se levantou de novo, trazendo de volta o olhar que eu não tinha visto nas últimas duas semanas. Talvez porque ele estivesse mais na forma de lobo do que na humana, mas ainda assim, eu não estava muito interessada em ver agora.

— Nem mesmo depois que te contei minhas preocupações sobre a barreira? — ele pressionou.

— Sinceramente, não pensei nisso. Eu estava muito ocupada tentando descobrir o que você estava sentindo. — Não pude evitar o tom exasperado em minha voz.

Não foi como se eu tivesse retido a informação de propósito.

O que ele achava, que eu queria que Quinn se machucasse?

Ele está me culpando por não mencionar o que considerei uma suspeita trivial? Um pressentimento que eu tinha me esquecido completamente, porque minha vida foi virada de cabeça para baixo no último mês devido a um vínculo de acasalamento forçado?

Ele rosnou baixo, claramente tendo ouvido aquela pergunta.

Cillian pigarreou.

— O Kieran suspeita que havia um feitiço localizador nos diamantes, algo que poderia fornecer coordenadas para o Alfa que lançou o encantamento. Vários Alfas tentaram seguir através das sombras logo após a explosão. Vou deter todos eles para interrogatório.

— Bom — Lorcan respondeu.

— Isso significa que o feitiço funcionou? — perguntei, sentindo vontade de entrar no Santuário para verificar a barreira por mim mesma.

— Supondo que estejamos certos, talvez. A outra teoria é que as joias foram feitas para matar Quinn e derrubar a barreira com sua morte — Cillian disse. — Talvez uma combinação de tudo. Mas o Kieran desencadeou a explosão jogando-as para longe do Santuário e em direção ao mar. Portanto, a ilha está segura.

Engoli em seco, sem saber se acreditava nisso.

— Precisamos terminar de verificar o jato —

murmurei. — Ter certeza de que tudo está bem antes de pousarmos.

O aceno de Lorcan foi breve.

— Vamos te ligar se encontrarmos alguma coisa, Cillian.

— Farei o mesmo — ele respondeu.

A ligação terminou e Lorcan olhou para mim, depois se moveu ao meu redor para retomar a busca. Mas desta vez, nosso silêncio não parecia tão confortável como antes.

Passamos uma hora farejando e procurando, mas não encontramos nada.

Enquanto isso, eu me perguntava se os diamantes MacNamara estariam de alguma forma ligados à morte dos pais de Quinn. Eles sentiram o encantamento no colar ou nos brincos? O pai de Quinn teria sido capaz de segui-los para fora do jato, mas não para dentro de novo. E a mãe dela não era piloto.

Foi assim que eles morreram? me perguntei. *Então por que eles encantaram o colar para encontrar Quinn?*

A lua crescente chegou aos quartos de Quinn antes da notícia da morte de seus pais.

O colar continha uma mensagem oculta da mãe dizendo que a morte deles não foi um acidente, mas um assassinato. Ela disse a Quinn para encontrar o assassino e não confiar em nenhum dos Príncipes Alfas. Quinn estava procurando pelo culpado desde então.

Se eles soubessem que o colar estava contaminado, por que o usariam para enviar uma mensagem à filha?

Algo nisso não estava batendo.

— O jato está seguro. — As palavras de Lorcan não foram para mim, mas para Cillian.

— Vou avisar ao Kieran. — Foi a resposta.

Eu não percebi que Lorcan fez a chamada, perdida demais em meus pensamentos para ouvir o dele.

Em vez de comentar, me sentei ao seu lado na cabine e olhei pela janela enquanto ele voltava a pilotar o jato.

Aterrissamos trinta minutos depois, o jato furtivo pairando sobre o gelo, em uma incrível demonstração de tecnologia futurística. Os lobos do V-Clan eram conhecidos por sua tecnologia avançada. Essa beleza só deixou esse ponto ainda mais claro.

Um lance de escadas apareceu na porta, nos permitindo descer até a margem fora da barreira. Fritz nos encontrou de uma maneira semelhante à que chegamos há um mês, com uma expressão igualmente cautelosa.

— Onde está a Quinn? — perguntei.

— No palácio — ele respondeu.

Assenti, então segui até o corredor do lado de fora da suíte dela e bati na porta.

Kieran abriu, seu olhar investigativo.

— O Lorcan está com o jato?

— Sim.

Seu queixo caiu.

— Vou dar a vocês um momento. — Ele desapareceu em um piscar de olhos, me deixando com minha melhor amiga.

Ela deu uma olhada no meu rosto e jogou os braços em volta do meu pescoço.

— Estou bem — ela prometeu. — Estou bem por sua causa.

— Diga isso para o Lorcan — murmurei antes de contar a ela sobre nossa viagem de jato até aqui. — Então, sim, ele acha que escondi informações. Depois de tudo que passamos, por que eu faria isso?

Quinn curvou os lábios para o lado.

— Ele só está sendo protetor. É o que os Elites do Kieran fazem.

— Eu não te invejo — disse a ela.

Seu sorriso era um pouco triste.

— Você não vai tentar fazer funcionar com ele, vai?

— Nenhum de nós quer um companheiro, Quinn. Como o Lorcan disse, este é apenas um acasalamento de conveniência. — Dei de ombros. — Talvez seja útil mais tarde.

Pelo menos, foi o que ele sugeriu.

Se o Santuário precisasse de algo, eu poderia notificá-lo rapidamente, o que poderia ser uma coisa boa.

— Certa vez, considerei meu acasalamento com Kieran uma conveniência também — ela se esquivou. — Veja onde isso nos levou. — Ela colocou a mão sobre a barriga e o bebê que crescia ali.

Eu sorri.

— Estou tão feliz por você, Quinn. Mas nós duas sabemos que esse não é o meu futuro. Vou ser uma tia incrível para o seu filho.

Era uma frase que eu teria pronunciado há um mês com uma risada no final, porque a ideia de ter meus próprios filhotes nunca me atraiu. No entanto, parecia haver um toque de desejo em minha voz enquanto eu pronunciava as palavras agora, algo que eu não esperava ouvir.

A maioria das Ômegas prosperava com o conceito de procriação, com o desejo da maternidade e com a experiência de criar um filho. No entanto, eu nunca tive esse desejo antes. Presumi que era o resultado de Fare e seus amigos acabarem comigo.

Embora uma pequena parte de mim se perguntasse como seria ter uma criança com Lorcan. O visual passou inesperadamente, e de forma indesejável, pela minha mente, me dando uma pausa momentânea.

Então pisquei com um movimento sutil de cabeça.

Isso nunca vai acontecer.

— Acho que vamos ver — Quinn respondeu.

Não veríamos nada, mas esse era um debate para outro momento. Por enquanto, eu precisava me despedir da minha melhor amiga.

— Me ligue se precisar de alguma coisa — eu disse a ela. — E me mantenha atualizada sobre a busca por qualquer Alfa idiota que esteja por trás de tudo isso.

— Pode deixar — ela prometeu, me dando outro abraço.

Caminhei com ela pelo palácio e pelos jardins até onde Kieran estava esperando com Lorcan. Nós duas nos movemos em direção a eles sem pensar muito, as auras deles lembrando luas brilhantes para nossas lobas interiores.

Sendo que esse não era o meu caso. Lorcan não era meu. E já estava na hora de meu animal interior aceitar esse fato.

Kieran imediatamente envolveu Quinn em um abraço, seus lábios indo para sua têmpora antes de sussurrar algo em seu ouvido. Eu poderia ter tentado ouvir as palavras se quisesse, mas não o fiz. Sua demonstração aberta de afeto era suficiente para mim.

Se houvesse alguma dúvida sobre se Quinn escolheu Kieran ou não, foi respondida agora.

Ela estava nas nuvens por seu Alfa. E parecia que ele sentia o mesmo em relação a sua Ômega.

Como é ter isso? me perguntei, com uma pontada de melancolia em minha voz interior.

Uma pontada que imediatamente reprimi porque me recusei a pensar no assunto.

Eu preferia ficar sozinho. Responsável pelo meu próprio destino. *Desapegada.*

Meu olhar foi para Lorcan e sua expressão entediada. Não havia dúvida de que ele sentia o mesmo que eu.

Com um aceno de compreensão, voltei meu foco para Quinn.

— Vão com segurança. Me avise quando chegar.

— Pode deixar — ela me disse. — Amo você, K.

— Também te amo, Q.

Nós nos abraçamos de novo.

Então observei enquanto os três atravessavam o muro do pátio em direção ao jato que esperava.

Lorcan não disse uma palavra. Não pensou nada para mim. Nem me olhou ou se despediu. Ele simplesmente desapareceu, com seu dever para com Kieran totalmente intacto, como prometido.

Minha lobo choramingou por dentro, ciente de que ele estava indo embora.

Vamos superar isso, sussurrei para ela. *Sobrevivemos a coisas muito piores...*

KYRA

Minha loba estava deprimida.

Tentei convencê-la a correr, mas tudo o que ela queria era se enrolar em uma bola em nossa caverna de gelo e fazer beicinho.

Isso é patético, eu disse a ela. *Não ansiamos por Alfas, nós os matamos.*

Ela bufou. Não que ela realmente entendesse o que eu estava dizendo, apenas como eu estava me sentindo. A dinâmica dos metamorfos era única porque só podíamos realmente comunicar emoções e necessidades básicas aos nossos animais, nada mais.

Portanto, minha loba não entendia conceitos, como o fato de que Lorcan não era verdadeiramente nosso ou que eu não queria esse acasalamento. Para ela, agora estávamos ligadas a um Alfa, e ela queria brincar com ele.

Se você vai fazer beicinho, então...

Kyra, Lorcan interveio, fazendo com que minha cabeça de lobo se levantasse com interesse.

Desculpe, não queria te incomodar. Meu animal está sendo obstinado.

Ele não respondeu de imediato, como se não tivesse certeza do que dizer.

Tentarei suavizar os pensamentos, acrescentei. *Sei que todos vocês estão ocupados interrogando Alfas*. A Quinn me mandou mensagem quando eles pousaram no Território de Sangue, e eu sabia, por alguns dos pensamentos dispersos de Lorcan, que ele e os outros tinham ido para as masmorras para começar a questionar alguns dos possíveis culpados.

Não é por isso que estou entrando em contato, ele disse. *Preciso que você me ajude a verificar uma coisa.*

Ah. Minha loba se sentou, suas orelhas e nariz se contraíram como se procurasse o cheiro de seu Alfa. *Do que você precisa?*

Myon está dizendo que o colar de Kiana MacNamara foi enfeitiçado com um rastreador para sua segurança, e ele acha que o amuleto não funcionou bem, já que foi projetado para ela e não para Quinnlynn.

Ah, certo... eu não tinha certeza se acreditava nisso e, pelo som da voz de Lorcan, ele também não parecia acreditar.

Ele também está dizendo que os MacNamara não foram realmente assassinados, que adicionaram outro amuleto ao colar para enviar aquele aviso a Quinnlynn. Eles fizeram isso para evitar que ela tomasse um companheiro muito cedo.

Quem são eles? perguntei.

Os Elites de Seamus MacNamara, Lorcan respondeu. *Parece que o Fritz é um deles.*

Fritz?, repeti, de pé agora.

Sim. E de acordo com Myon, a história inventada sobre os pais de Quinnlynn foi ideia do Fritz.

Mudei de volta para minha forma humana e fui até meu ninho para pegar algumas roupas. *Essa é uma acusação e tanto.*

Concordo.

Fritz é Protetor no Santuário há mais tempo do que eu vivo, disse a ele enquanto vestia calça jeans e suéter. *Ele era próximo de Seamus, mas não era Elite, já que os Elites não eram autorizados a entrar na ilha. Até você, de qualquer maneira.*

Ele diz que tem a caixa preta, que pode provar que o avião explodiu devido a uma falha no motor, Lorcan acrescentou. *Tudo parece muito conveniente.*

Conveniente demais, concordei, não gostando desse termo, apesar de ser apropriado para a conversa. *Vou encontrar o Fritz.*

Obrigado.

Fui até o andar de Fritz e bati em sua porta fechada. Ele sempre favoreceu a privacidade, e eu respeitei isso. Mas agora, queria respostas. Então bati novamente antes que ele pudesse responder.

Seu cabelo loiro estava despenteado de sono quando ele abriu a porta, seus olhos azuis desfocados.

— Caramba, Kyra. Eu estava tendo um sonho muito bom. É melhor que isso seja importante.

— Você é um dos Elites de Seamus? — questionei.

Seu olhar entrou em foco instantaneamente, confirmando minha pergunta sem precisar de resposta.

Então inclinei a cabeça.

— Você encantou o colar de diamantes para entregar uma mensagem falsa de Kiana para a filha? Sobre como um Alfa os matou?

Ele fez uma careta.

— Myon está falando, não é?

— Isso significa que é verdade? Tudo isso era mentira?

— Uma necessidade — ele corrigiu. — Precisávamos dar tempo a Quinn para encontrar o companheiro certo.

— Ao enviá-la em uma perseguição perigosa ao redor do mundo por um assassino que nem existia? Durante uma pandemia global?

— A infecção não existia quando elaboramos o plano — ele argumentou. — Isso... complicou as coisas. E a essa altura, ela já estava escondida.

— Isso é inacreditável. — Também não parecia plausível. Muito ornamentado. Muito *bizarro*.

Ele confirmou a história, contei a Lorcan. *Mas algo não parece certo nisso*.

— Por que você não confiou na Quinn para fazer suas próprias escolhas? Ela não teria se apressado em um relacionamento. Você sabe disso.

— Os Príncipes Alfas estavam focados em acasalar com a Quinn pelo poder. Ela não podia confiar em nenhum deles.

— E você não confiou nela para tomar essa decisão? Então inventou um mistério para ela resolver? — Isso não era uma atitude normal do Fritz que eu conhecia. Ele era alguém que valorizava o empoderamento Ômega. — Que tipo de besteira misógina é essa?

Ele teve a boa vontade de recuar.

— Kyra...

Levantei a mão.

— Não. Não vamos ter essa conversa agora. Vou deixar a Quinn cuidar de você. Grávida ou não, ela ainda pode te derrubar.

Certo, talvez não. Fritz tinha uma boa vantagem sobre cada uma de nós e era especialista em armas. Ele também era antigo.

Mas Quinn teria a raiva do seu lado. Como deveria. Porque, uau. *Uau*.

Fritz tentou dizer mais alguma coisa, mas voltei para o meu ninho e tranquei a porta. *Isso é loucura. O que é que ele estava pensando?*

Deixar esse estratagema durar mais de um século? Caramba, criar isso para começar?

Fritz não era assim.

Era... era como se alguém tivesse assumido o controle dele e dado essa ideia ridícula. Algo que não fazia nenhum sentido.

Isso não pode estar certo. É muito simples e fora do normal. Além disso, Fritz não consegue encantar objetos. Embora, talvez ele possa. Talvez eu simplesmente não o conheça. Quero dizer, não é como se não tivéssemos passado o último século juntos ou algo assim.

Myon disse que o Fritz o mandou criar o encantamento, então era Myon quem tinha a habilidade, não Fritz, Lorcan murmurou.

Na verdade, eu estava falando mais comigo do que com ele, mas não me importei com sua interjeição. Talvez ele pudesse ver sentido nisso.

Ainda não torna mais crível para mim. Fritz é a última pessoa em quem consigo pensar que tiraria o direito de escolha de uma Ômega. No entanto, foi exatamente o que ele fez.

Lorcan não respondeu desta vez, mas eu o ouvi pensar em tudo que Myon acabou de revelar a Kieran, bem como em tudo que ele captou de minha mente durante minha breve conversa com Fritz.

É muito fácil, eu disse depois de um instante. *Muito... artificial?*

Como a admissão imediata de Fritz.

Ele nem tentou se explicar. Não de verdade, de qualquer maneira. Ele admitiu o que tinha feito, deu uma desculpa tímida sobre ter que proteger Quinn dos Príncipes Alfas sedentos de poder, e parecia sem remorso.

Na verdade, isso não era verdade. Havia um toque de culpa em suas hesitações e feições, mas suas palavras... não combinavam com suas ações.

Passei os dedos pelos cabelos e franzi a testa para meu reflexo no espelho.

Eu preciso de um banho. Meus fios preto-azulados estavam emaranhados por causa da movimentação e pressa para falar com Fritz. *Não. Um banho*, decidi, espiando a grande luminária no meu banheiro. *Com jatos.*

Fui até lá para ligá-lo e esperei a água quente fluir. A magia possibilitava muitas coisas na ilha, sendo o calor constante uma delas. O uso de encantamentos também permitia que fosse ecologicamente correto.

Peguei um pouco de sal com aroma de sempre-verde, um item recente que adquiri através de uma troca com uma das Ômegas. Minha loba aprovou quando reconheci que foi um sinal de fraqueza escolher esta fragrância específica.

Eu podia gostar deste aroma em particular. Não importava que também combinasse com a colônia natural de Lorcan.

O vapor começou a ondular ao meu redor quando a banheira começou a encher. Coloquei uma quantidade conservadora de sal, não querendo esgotar meu estoque muito rapidamente. Esses tipos de indulgências eram difíceis de encontrar agora que o mundo humano estava uma merda.

Há uma coisa que não entendo. A voz de Lorcan na minha cabeça me fez paralisar.

Sobre...?, perguntei, preocupado que ele me pedisse para justificar minhas preferências de sal de banho ou qualquer outra coisa relacionada à minha tarefa atual.

Ou talvez até comentar sobre o fato de minha loba estar deprimida e o quanto ela parecia sentir falta dele, apesar de terem passado apenas algumas horas desde que ele partiu.

Myon está dizendo que o encantamento de localização deve ter funcionado mal, que estava atacando Quinnlynn porque não foi feito para ela. Ele acha que foi por isso que explodiu. Mas se ele adicionasse aquele feitiço de mensagem, então ele também não teria reconfigurado o encantamento para aceitar Quinnlynn...?

Franzi a testa, com o olhar na água acumulada. *Concordo. Por que adicionar um feitiço sem consertar o outro? A menos que ele não tenha notado?*

Parece muito descuido.

Assim como tudo isso parece muito artificial?, retruquei.

Sim. Como você disse, é muito fácil.

Balancei a cabeça. *Então estamos deixando passar alguma coisa.*

Sim, ele repetiu. *A questão é: o quê?*

Você conversou com Kieran sobre isso?

Não, ainda não.

E Cillian?

Ele é telepata. Está ciente das minhas dúvidas.

Curvei os lábios para baixo. *Isso significa que ele pode... nos ouvir?*

Não. Nosso vínculo é só nosso.

O fato de ele ter respondido tão rapidamente me disse que ele já havia feito essa pergunta a Cillian. A resposta me fez sentir estranhamente aliviada. Não gostava da ideia de alguém saber sobre nossas conversas. Elas eram... nossas. Privadas. *Íntimas*.

Vou fazer algumas pesquisas aqui, Lorcan acrescentou. *Ver se consigo descobrir o que realmente está acontecendo. Ou encontrar provas de que ele está dizendo a verdade.*

E a caixa preta?, perguntei, lembrando do que ele disse há pouco sobre Myon tê-la em sua posse.

Cillian vai ver isso. E embora possa revelar que o avião deles de fato caiu devido a uma falha no motor, minha intuição está disparando.

Como aconteceu com a barreira, respondi.

Como aconteceu com a barreira, ele repetiu.

Ainda estava desencadeando seus instintos assim quando você saiu?

Sim.

Isso... me incomodou um pouco. Ele sabia que algo poderia não estar certo, mas foi embora mesmo assim. Porque sua lealdade era para com Kieran, não para com o Santuário. E, definitivamente, não para comigo.

Kyra.

Desliguei a água quando ela se aproximou da borda. *Estou prestes a tomar banho. Talvez você queira sair da minha cabeça agora*, eu disse enquanto tirava o suéter.

Isso soa mais como um convite para ficar, ele sussurrou de volta, as palavras levemente sedutoras me surpreendendo.

Meus dedos pararam no botão da calça jeans, e minha loba subiu à superfície com interesse renovado.

Aproveite seu banho, companheira, ele acrescentou, com a voz suave. *Voltarei se souber mais alguma coisa. Por favor, faça o mesmo.*

Engoli em seco e assenti. Não que ele pudesse me ver. *Certo*, finalmente consegui falar.

Infelizmente, seu silêncio me disse que ele já havia partido. Ou talvez estivesse apenas se escondendo. Não poderíamos exatamente desligar nosso vínculo, mas poderíamos nos distrair dele.

Tirei a calça e entrei na banheira, minha mente voltando para Fritz e Quinn. Eu teria que tentar conversar com Fritz novamente mais tarde, talvez com a cabeça mais clara, e ver se conseguia ler nas entrelinhas de suas respostas.

Eu me recusava a aceitar aquilo. Principalmente porque significaria que eu o julguei mal por mais de um século. Desde o dia em que nos conhecemos. Ele era um dos meus melhores amigos. Assim como Quinn. Mas enganá-la e fazê-la acreditar que seus pais foram assassinados, apenas para impedi-la de ter um companheiro? Isso... era indesculpável.

E Fritz não é assim, pensei novamente.

Deslizei para baixo da água, um instinto de gritar me rasgando.

Foi um longo dia.

Faça disso um longo mês.

Uma vida longa e confusa, pensei e balancei a cabeça, fazendo com que a água espirrasse por toda parte.

Quando finalmente consegui respirar, foi com o cheiro de sempre-vivas turvando minhas narinas, e o aroma me relaxou instantaneamente.

Pelo menos até que um leve cheiro de sangue provocou meus sentidos.

Sangue antigo.

Como ferro enferrujado. Fiz careta. *Isso é estranho*.

Talvez eu tenha deixado sangue em algum lugar. Só que eu poderia jurar que estava acompanhado do cheiro distinto de rosas morrendo.

Estremeci quando velhas lembranças ameaçaram engolir minha mente. *Rosas negras, secas e mortas no meu travesseiro. Salpicado de sangue. Sangue* dele.

Me engasguei, o odor era tão forte que pensei que fosse real.

Mas não poderia ser.

Ele está morto, eu disse a mim mesma. *Ele está morto*.

E eu precisava parar de deixar a memória dele me assombrar.

Me inclinei o mais perto que pude da água, sem inalá-la, respirei fundo e me acalmei. *Sempre-vivas. Segurança. Calor*.

Fechei os olhos, a sensação de calma tomou conta de mim enquanto me lembrava do ronronar distinto de Lorcan. Eu ouvia isso toda vez que entrávamos na caverna de gelo, aquele som que eu nunca esqueceria.

Estava tão alto em minha mente, quase como se ele estivesse ronronando para mim mesmo agora.

Meu Alfa, minha loba parecia dizer. *Meu protetor*.

Deixei-a pensar o que quisesse, sem me preocupar em corrigi-la dessa vez. Porque eu preferia essa obsessão inocente à escuridão do meu passado.

Sempre-vivas em vez de rosas mortas.

Ronronar em vez de sangue.

Um protetor Alfa em vez de um agressor.

Me recostei na banheira e finalmente liguei os jatos. Então deixei os sais afastarem o cheiro persistente de flores podres.

Amanhã vou falar com Fritz novamente.

E amanhã vou correr de novo. Sozinha. Sem passar tempo na caverna.

Minha loba e eu tínhamos que esquecer essas últimas semanas.

E a única maneira de fazer isso seria seguir em frente.

O passado não poderia ser meu presente. Não importava o quanto tentasse. *Eu estou viva. Estou livre. E nenhum Alfa jamais será meu dono novamente. Nem mesmo um potencialmente bom.*

CAPÍTULO TREZE: LORCAN

LORCAN

Alguns dias depois

— É muito fácil — murmurei as palavras que Kyra me disse outro dia. — Estamos deixando passar alguma coisa.

Cillian estava ao meu lado, de smoking, olhando para a multidão no salão de baile.

Era noite de coroação no Território de Sangue, marcando Kieran e Quinnlynn como Rei e Rainha de toda a espécie V-Clan.

Eles terminaram de cumprimentar os Príncipes Alfas dos vários territórios. E agora partiriam para celebrar seu vínculo, deixando todos os outros festejando.

Procurei Cillian depois que ele afugentou Ivana com sucesso com algumas palavras sobre como encontrar outro parceiro de dança. Ela o agradeceu, mas eu esperava que ela voltasse.

Será que Kyra gostaria de dançar se estivesse aqui? eu me perguntei.

Então sorri por dentro quando percebi que ela preferia me chutar o saco do que dançar pelo chão em um vestido elegante. Lutar era sua forma de dançar. Eu duvidava muito que ela algum dia gostasse de danças de salão ou passos elegantes.

Por mim, tudo bem. Eu também preferia lutar.

Não que ela estivesse aqui para treinar. Nem jamais estaria.

No entanto, eu não conseguia parar de imaginá-la aqui.

Culpei meu lobo. Ele sentia falta de nossas corridas da tarde.

Porcaria de vínculo de acasalamento, pensei, levando a mão à nuca. Estava mexendo com a minha cabeça. Assim como a falta de sono. Os pesadelos de Kyra pioraram, fazendo com que eu acordasse frequentemente com seus gritos mentais.

Eu ronronava em sua mente apenas o tempo suficiente para tirá-la de lá, então recuava e ouvia enquanto ela analisava seus sonhos.

Ela culpava a mim e ao nosso vínculo *forçado*. Ela pensava que essa era a causa do agravamento de seus pesadelos. Pelo que percebi, sua versão de Alfa Fare exigia que ela falasse sobre seu novo companheiro. No entanto, fiel à forma, ela recusava todas as vezes. E agora evoluíram para sessões de tortura que sua mente parecia estar puxando do passado para se misturar com o presente.

— Você ouviu uma palavra do que eu disse? — Cillian questionou de repente, me assustando.

Não, eu não sabia do que ele estava falando. Caramba, eu tinha me esquecido de que ele estava aqui.

— Essa Ômega está bem dentro da sua cabeça — Cillian comentou, com a expressão conhecedora. — Talvez você devesse deixar seu lobo dar o nó nela, ver se isso te ajuda a curar sua distração.

Eu bufei. Dois poderiam jogar este jogo.

— Você está projetando, Cillian? Seu lobo está desejando uma certa *distração*?

Porque eu vi o jeito que ele olhou para Ivana antes de me aproximar. Não foi com desgosto. Muito pelo contrário, na verdade.

Foi por isso que ele a convenceu a ir dançar com outro Alfa. Ele não queria desejá-la. Mas desejava. E ele odiava isso.

Sempre achei divertido, sem nunca entender por que ele não a tirava da cabeça.

Mas agora, eu entendia.

Uma ou duas vezes não seria suficiente. Na verdade, isso apenas aprofundaria o desejo. E seria uma distração ainda maior.

— Não *desejo* a Ivana ou qualquer outra pessoa — ele respondeu com firmeza. — É difícil ignorar uma Ômega tão determinada, mesmo que ela esteja investindo na pessoa errada.

Bufei. Cillian queria dizer que Ivana era boa demais para ele, que ela deveria estar tentando encontrar um companheiro mais digno de seu afeto. Principalmente porque ele era casado com seu trabalho e não tinha intenção de mudar.

Eu sentia o mesmo.

Ou... costumava sentir. Minha devoção a Kieran e ao Território de Sangue sempre foi absoluta. Ainda era. Exceto que ultimamente tinha me preocupado mais com Kyra e o Santuário.

Eles estão seguros?

Essa estranha perturbação já se manifestou?

Eu deveria estar lá em vez de aqui?

— Ela precisa começar a procurar um companheiro mais apropriado, alguém que não se importe com sua tendência equivocada de dizer aos Alfas o que fazer.

Contraí os lábios.

— Acho que ela gosta de te irritar.

— Sim, e esse é precisamente o problema. Ela precisa encontrar alguém mais adequado para suas brincadeiras infantis. Alguém que aprecie suas qualidades desagradáveis, como ousadia e a confiança equivocada.

Dei uma olhada nele. *A quem você está tentando convencer aqui? A mim ou a si mesmo?* perguntei, mudando para uma conversa mental.

Vá se foder, ele respondeu. — O que quero dizer é que não sou eu quem está preso a uma Ômega, cara. Acontece que tenho uma que é irritantemente persistente. Você tem uma consumindo seu foco. São situações muito diferentes.

— Se você diz — falei. Mas a minha mente voltou imediatamente para Kyra, só para verificar e ter a certeza de que ela estava bem.

— Você me deu informações sobre o Kieran, sabendo que eu o recomendaria para Quinn — ela estava dizendo. — Isso é traição, Fritz.

Eu não conseguia ver o Ômega em seus pensamentos, mas ouvi a análise de sua expressão facial.

Ômega brincalhão era a descrição escolhida.

A voz de Fritz ecoou em sua mente, a conversa fluindo como se eu estivesse ali com eles.

Alguns chamariam isso de união precisa, ele disse.

Mesmo?, ela respondeu. *E aquela história idiota de assassinato que você inventou? Como você chamaria?*

Isso pareceu atingir um ponto fraco, ou assim ela deduziu através da mandíbula cerrada.

Parecia que ela estava tentando analisar tanto seus maneirismos quanto suas palavras, só para ver se combinavam. Principalmente porque ela estava convencida de que havia algo estranho no comportamento dele. Ela estava convencida de que ele nunca faria o que fez com Quinn, suas decisões não faziam sentido para ela.

Um teste necessário, foi sua resposta sucinta.

Um teste para quê?, ela exigiu.

Ele está passando os dedos pelos cabelos, ela notou. *Uma mensagem nervosa. Ou exasperada.*

Nós dois sabemos que os Alfas podem ser maus, Kyra. Eu estava tentando afastá-la dos jogos de acasalamento, fazendo-a desconfiar de todos eles.

Enquanto também a levava em direção a Kieran, ela ressaltou.

Porque eu sabia que ele seria bom para ela.

E todos os outros eram ruins?

Alguns deles são, ele se esquivou, sua resposta cautelosa fez Kyra se perguntar o que ele estava escondendo. *Mas Kieran estava destinado a ser dela. Eles são perfeitos juntos.*

Certo, senhor casamenteiro, ela falou, nada impressionada com sua trapaça.

Você e o Lorcan também são muito bons juntos, acrescentou, fazendo-a lhe dar um de seus infames olhares.

Você está tentando me convencer a te matar? Porque preciso te dizer, Fritz, já estou na metade do caminho. Talvez você não queira me forçar muito além desse limite, ou posso colocar uma faca em seu coração.

Ele aparentemente sorriu.

Flerte.

Uma sensação nostálgica percorreu seus pensamentos, sua admiração pelo Ômega era palpável. No entanto, em voz alta, ela retrucou:

— Saia do meu quarto, Fritz.

Mas ele não saiu de imediato. O momento pareceu sóbrio entre eles, e a exaustão de Kyra tornou-se muito mais palpável.

Você acha que ela algum dia vai me perdoar?, Fritz perguntou baixinho, a pergunta ferindo o coração dela.

Honestamente? Não sei, Kyra respondeu. Ela conversou com Quinn antes da coroação hoje à noite, a conversa foi breve. Quinn não culpou Kyra pelo que aconteceu. Mesmo assim, minha companheira se sentiu culpada.

Eu deveria ter visto sinais da verdade, continuei a ouvi-la dizer para si mesma. *Algum tipo de inclinação de que nada disso era real. Supondo que seja verdade, de qualquer maneira.*

Sua frustração preocupou meu lobo, fazendo-o querer voltar para ela ainda mais e oferecer seu apoio na forma de seu ronronar.

Mas nenhum de nós poderia permitir que nossos lobos aumentassem o vínculo. Caso contrário, poderíamos fazer algo ainda mais irreversível do que já havíamos feito.

Não posso culpá-la, Fritz disse a Kyra. *Mas fiz isso para protegê-la.*

Às vezes, não precisamos que outros nos protejam, Fritz. Temos que aprender a nos proteger.

Sua resposta ressoou em minha mente. Suas palavras eram de uma guerreira que sobreviveu a muita dor na vida, mas encontrou maneiras de seguir em frente.

Embora sua mente me dissesse que ela achava que aquela afirmação soava como algo que Quinnlynn diria, não ela. Eu discordava. Esse sentimento era todo Kyra.

Estou começando a perceber como isso é verdade, Fritz admitiu antes de desaparecer.

Kyra suspirou, o som pesado e triste.

Meu lobo andava dentro de mim, exigindo que fôssemos até ela.

Mas nos mantive cativos no Território de Sangue, forçando meus pés a permanecerem no chão do salão de baile enquanto observava nossos convidados celebrarem os novos Rei e Rainha.

Quinnlynn pediu a Kyra para vir, mas ela não se sentiu bem com isso. Disse que o Santuário precisava dela.

Foi uma desculpa para me evitar.

E uma forma de evitar a culpa por tudo com Quinnlynn.

Kyra estava decidida a consertar as coisas descobrindo os segredos de Fritz. Mas até agora, não teve muita sorte em decifrar os motivos dele.

Também não tive muita sorte aqui com Myon. Não ajudava em nada que Cillian acreditasse nele. Ele podia sentir a verdade de seus pensamentos, o que tornava difícil encontrar um ponto de partida para minha busca. As coisas não estavam se encaixando.

E ainda assim... parecia muito fácil, tal como Kyra disse, e tal como eu disse a Cillian.

Olhei para ele, pronto para reacender a conversa, mas encontrei seu olhar em uma mulher de cabelos brancos perto das portas.

Ivana.

Ela estava de cabeça baixa, a submissão não era característica dela.

Claro, ela era uma Ômega, mas em geral enfrentava o mundo encontrando o olhar de todos sem nenhum pingo de timidez. Foi essa ousadia que lhe permitia se aproximar constantemente de Cillian. A maioria das Ômegas ria e corava perto dele. Mas não Ivana. Ela sempre olhava direto para ele enquanto fazia suas exigências.

Seus ombros se curvaram um pouco, depois se endireitaram enquanto ela respirava fundo.

Um Alfa a assustou?, perguntei. *Com quem você a mandou dançar?*

Ninguém em particular. Eu apenas disse a ela para encontrar outra pessoa para convidar, já que não estou aqui para festejar. Estou trabalhando.

Você acha que alguém a rejeitou?

Se fizeram isso, eu os matarei.

Dei uma olhada nele. *Tecnicamente, você a rejeitou. Você a rejeita o tempo todo. Vai se punir?*

É diferente e você sabe disso.

Mas ela sabe?, perguntei.

Ele suspirou, seu olhar acompanhando cada movimento de Ivana. Então ele franziu a testa enquanto ela saía da sala. *Volto já.*

Contraí os lábios quando ele desapareceu.

E ele me acusou de ter uma distração.

O que, é claro, eu tinha, porque a distração era ficar deitado na cama e temer que seus pesadelos estivessem por vir.

Kyra?, sussurrei.

O quê? ela retrucou, seu tom mental claramente irritado.

Eu sabia o que ela estava fazendo. Isso era semelhante à forma como a ouvi reagir a Fritz há pouco. Kyra não gostava de depender dos outros. Ela só queria confiar em si mesma, e era por isso que eu sabia que ela não me deixaria acalmá-la agora, mesmo que precisasse.

Eu senti desconforto.

Estou bem, ela mentiu.

Tudo bem. Boa noite.

Não tentei pressioná-la, porque sabia que não faria bem a nenhum de nós. Kyra sobreviveu cuidando de si mesma e nunca confiando em mais ninguém.

Foi por isso que neguei o desejo do meu lobo de ir até ela. Ela queria lidar com isso sozinha e eu não iria forçá-la a aceitar meu conforto.

Ela me chamaria se precisasse de mim.

E quando ela o fizesse, eu iria a seu encontro.

Disso eu não tinha dúvidas.

KYRA

Você vai me dar o nome dele, uma voz macia soprou em minha mente. *Em breve também.*

Cerrei os dentes, me recusando a ceder a esse pesadelo, a *ele*.

Mas as ocorrências pareciam cada vez mais reais. Como agora, a presença frígida ao meu lado parecia permanente demais. Muito *presente*.

E não importava o que eu fizesse, ele não ia embora.

Não houve nenhum ronronar na minha cabeça. Nenhum Alfa do V-Clan verificando ou permanecendo em minha mente. Só eu, meus pensamentos e *Fare*.

Ele riu, o som sinistro, cruel e reminiscente de centenas de noites passadas sozinha no escuro. Encolhida. Tremendo. Chorando.

Não sou mais aquela Ômega, jurei. *Estou mais forte agora. Estou livre.*

Está? Fare sussurrou em minha mente. *Porque acho que você sempre foi minha. Que você ainda é minha. Não dele. Quem quer que ele seja.*

Engoli em seco, com os olhos semicerrados. *Acorde*, exigi.

Sim, acorde, Fare provocou. *Por favor. Eu adoraria que você me cumprimentasse adequadamente. Faz tanto tempo...*

Peguei a luminária, desesperada para sair da escuridão e me arrancar desse pesadelo. Mas tudo que encontrei foi um objeto duro e frio ao meu lado.

Impossivelmente grande.

Resistente.

Macho.

Vampiro Alfa.

Fare.

Isso não é real. É um sonho. Vou acordar em breve.

Mas o ar girava ao meu redor, o Santuário era uma presença tangível.

É a minha mente pregando peças em mim, disse a mim mesma. *Você está bem. Não há ninguém aqui.*

Só que minha mão ainda estava contra aquele objeto frio e imóvel. E certamente parecia real.

Assim como os dedos de Fare enquanto ele afastava meu cabelo do rosto.

E os lábios que ele pressionou na minha orelha em um beijo falsamente terno.

Os pelos dos meus braços se eriçaram em resposta à sua proximidade, à sua familiaridade, à sua presença. *Irreal. Irreal. Irreal.*

— Olá, escrava — ele cumprimentou, a voz macia e sem a rouquidão típica dos meus pesadelos. — Acho que é hora de você voltar para casa, hein?

Meus olhos se abriram, a sala ao meu redor iluminada com cores brilhantes.

Meu ninho, murmurei, apoiando a mão na camisa encharcada de suor. *Ainda bem.*

Mas, no meu travesseiro, bem ao lado da minha cabeça, havia uma flor preta murcha.

E ao lado havia um bilhete escrito com sangue que dizia: *Vamos brincar...*

Me sentei.

O cheiro permanecia no ar, mais forte que nunca, e pétalas escuras decoravam o chão.

Não. Meu coração acelerou. *Não, não, não*. Isso não era possível. Isso... eu... eu ainda devia estar sonhando. Outro pesadelo distorcido misturando meu passado com a realidade.

— Quase me esqueci como o seu medo pode ser apetitoso, escrava. — As palavras ecoaram de forma ameaçadora pelo meu quarto, sussurrando em meus ouvidos enquanto a fonte delas permanecia escondida. — Pesadelos não têm sido satisfatório o suficiente.

Fare se materializou diante de mim, com os olhos vermelhos brilhando como um fogo intenso.

— Não — murmurei. — Isso não é real.

Sua boca cruel se contorceu em um sorriso. O tipo que poderia facilmente seduzir uma vítima desconhecida durante a noite.

Mas eu conhecia aquele sorriso.

Eu *o* conhecia.

E embora ele pudesse ter um rosto lindo, era feio por dentro. O mal encarnado.

Morto.

— Isso não é possível — eu disse a mim mesma mais do que a ele. — Eu te matei.

Isso é apenas um sonho super assustador e terrivelmente realista.

— Sempre considerei você uma escrava inteligente — ele murmurou. — Mas é bastante imprudente abrir velhas feridas logo depois de reencontrar um amante. — Ele deu um passo para perto da minha cama. — Isso poderia incitar sentimentos de raiva. A necessidade de vingança. Um desejo de *retribuir o favor*.

Ele levou a mão ao meu rosto para passar um dedo frio pela minha bochecha, o toque fez meus dentes baterem desconfortavelmente.

— Eu preferiria comemorar este reencontro — ele murmurou. — Afinal, trabalhei muito para conseguir isso. Todos esses anos à espreita. Um jogo tão complexo que demorou muito mais do que eu imaginava. Mas você vai me compensar, não é?

Seu toque se moveu para meu pescoço, os dedos me lembrando uma cobra enquanto lentamente se enrolavam em minha garganta e apertavam.

Eu estava paralisada. Imóvel. Perdida no tempo.

Isso não é real, fiquei pensando. Só que parecia mais um apelo esperançoso do que uma declaração confiante.

— Ah, quem estou enganando? É claro que você vai me compensar. — Seu aperto aumentou ainda mais, cortando minha capacidade de respirar. — É isso ou perder a cabeça, o que seria um grande desperdício.

Ele me soltou para passar os dedos pelo meu cabelo, seu toque gentil mais uma vez. Mas eu ainda podia sentir a queimadura na garganta.

E doeu mais do que qualquer sonho que já tive, me dizer... confirmar... *Oh, Deuses... é real...*

— Você é bonita demais para morrer — ele meditou. — Deliciosa demais para drenar. — Aqueles orbes de rubi dançaram sobre mim. — Humm, por onde eu quero começar? Uma mordida no pescoço é romântica demais. A boceta seria muito íntima. — Seu olhar voltou para o meu. — Estamos com um pouco de falta de tempo.

Ele puxou minha camisa com as unhas afiadas.

O tecido pareceu se abrir sob seu comando, meu corpo ainda rígido de terror.

Não. Era mais do que isso. Fiquei apavorada, sim, mas

também nem pensei em me mexer. Me esconder nas sombras. Correr. *Lutar.*

Ele me obrigou a obedecer, percebi, o horror da minha situação se aprofundando a cada segundo que passava.

Nos meus pesadelos, sempre lutei porque pude. Porque eu tinha alguma aparência de controle.

Mas agora... agora eu não tinha.

Porque ele estava aqui. No Santuário. *No meu ninho.*

— Seu seio seria perfeito — ele murmurou, as pupilas dilatando de fome. — Só um rápido...

Um alarme ecoou no ar, o som enviando pavor e adrenalina pelas minhas veias. *As Ômegas sabem que ele está aqui.*

Alguém deve ter sentido seu cheiro. Agora estavam alertando aos outros. Se juntando para lutar.

Eu não tinha ideia de como Fare conseguiu entrar, muito menos *sobreviver*, mas talvez...

Gritos ecoaram o ar, fazendo com que todos os pelos dos meus braços se arrepiassem.

Porque rosnados famintos seguiram aqueles gritos.

Meus olhos se arregalaram quando a boca de Fare se contorceu em outro sorriso.

Ele não é o único Alfa aqui, percebi. *Mas isso... isso não... isso não é possível.*

— Eu disse a eles para esperarem trinta minutos. Eu deveria saber que não obedeceriam — ele falou com um suspiro. — Acho que nosso lanche de reencontro precisará esperar. — Ele estendeu a mão. — Hora de ir para casa, escrava.

Casa.

Groenlândia.

Para o ninho de Fare.

Tentei balançar a cabeça, recusar, mas em vez disso

observei meu braço se mover como se estivesse amarrado a uma corda.

Não! gritei comigo mesma. *Não faça isso!*

Os olhos de Alfa Fare brilharam de triunfo.

— Todo mundo vai ficar muito feliz em ver você, meu amor. Precisaremos dar uma festa. Você pode fornecer a sobremesa.

Gelo atingiu meu coração, fazendo minha loba rosnar por dentro. Ela estava andando sem parar, se sentindo desesperada.

Mas ouvi-lo falar sobre seus *amigos* e o que ele planejou... fez algo com ela. Isso a fez se levantar em protesto.

Ela não era mais uma criatura domesticada pela minha metade vampira. Ela tinha garras e não tinha medo de usá-las.

Só que ela não exigiu que eu me transformasse. Ela exigiu que eu uivasse. Não em voz alta, mas dentro da minha mente.

Para seu companheiro.

Ao outro Alfa ligado à minha alma.

Para *Lorcan*.

Fare agarrou minha mão enquanto o som assustador rugia da minha mente, minha loba urrando a plenos pulmões enquanto meu ninho começava a desaparecer ao nosso redor.

Assim que o mundo passou da luz para a escuridão, ouvi um rosnado de resposta no fundo da minha alma.

E parecia muito com Lorcan dizendo, *Kyra*...

LORCAN

Alguns segundos antes

Um uivo ensurdecedor me arrancou do sono, me fazendo cair na cama.

Meu lobo rosnou, furioso e agitado. E levei apenas alguns segundos para entender o porquê.

Kyra...

O uivo veio de *Kyra*.

Rolei para fora do colchão, levando os dedos ao cabelo enquanto andava pelo quarto.

Ela está tendo outro pesadelo?, me perguntei, minha mente se conectando instantaneamente com a dela.

Exceto... exceto que não havia nada lá. Nenhum som. Nenhum sentimento. Não havia nada.

Fiz uma careta. *Ela está dormindo profundamente?*

Não, não, não poderia ser isso. Kyra nunca dormia silenciosamente.

Algo está errado. Algo está muito errado.

Cillian! gritei no segundo seguinte. *Algo está errado no Santuário. Chame o Kieran e diga a ele para me encontrar lá. Agora.*

Não esperei que ele confirmasse, meu lobo exigia que eu seguisse.

O ninho de Kyra se materializou à minha volta, o mau-cheiro do terror sufocou imediatamente os meus sentidos.

Kyra!, gritei através do nosso vínculo, contraindo o nariz enquanto tentava rastrear o cheiro dela. Mas uma narina cheia de rosas em decomposição me atingiu primeiro.

Havia pétalas pretas espalhadas por todo o chão e uma rosa murcha no travesseiro. Peguei o bilhete ao lado, lendo as palavras encharcadas de sangue com os olhos semicerrados.

Vamos brincar...

— Que merda é essa? — Cheirei o bilhete. *Vampiro Alfa.*

Minha raiva aumentou quando gritos penetraram em minha confusão momentânea.

Gritos de Ômega.

Seguido por rosnados Alfa.

Segui pelo corredor para fora do ninho de Kyra. O cheiro dela permanecia aqui, mas era fraco demais para ser recente.

Onde você está? questionei, meu lobo me arrastando para procurá-la.

Mas tudo o que pude ouvir foi a violência que irrompeu por todo o Santuário.

Você está lutando contra Alfas? Pensei para Kyra.

Sua mente permanecia em silêncio. Inacessível. *Perdida.*

No entanto, eu ainda podia senti-la através do nosso vínculo, aquele vínculo entre as almas que me garantia que ela estava viva.

Eu vou te encontrar, prometi enquanto avançava.

O aroma distinto de sangue, agressão Alfa e medo se

espalhava pelo ar, fazendo minha fera interior rosnar de raiva.

De alguma forma, a barreira falhou. Pude sentir pelo menos cinco Alfas por perto.

Não, seis.

São sete, pensei enquanto me aproximava da escada de Fritz.

Segui pelo corredor para encontrar um Vampiro Alfa com as presas no pescoço do Ômega inconsciente enquanto ele estocava nele por trás.

Minha magia acendeu quando enrolei uma corda telecinética em volta do pescoço do vampiro e apertei. Seu rugido saiu estrangulado e depois desapareceu quando arranquei sua cabeça do corpo sem sequer tocá-lo. Então usei outro fio para empurrá-lo para longe de Fritz e corri para pegar o Ômega drenado antes que ele pudesse cair no chão.

Puta merda. Ele estava quase morto, seu corpo coberto de hematomas, ossos quebrados e cheiro de vampiro faminto.

Eu o levantei e o levei de volta ao seu ninho para deitá-lo em sua cama, que não parecia nada suja. Ele estava preso a uma mesa na outra sala, perto dos monitores de segurança.

Meu poder de cura ganhou vida quando derramei nele o máximo de minha essência que pude enquanto o caos continuava a abalar o Santuário.

Este era o conjunto de habilidades de Kieran, não meu.

Fechando os olhos, me concentrei nos três Alfas mais próximos de mim e tentei controlá-los telecineticamente.

Eles nem resistiram, perdidos demais nas tarefas para perceberem meus laços apertados nos pescoços deles. Eu os puxei, mantendo-os como reféns e só então os senti reagir.

Seguiram-se rosnados ferozes, o som ecoando pelo Santuário com intenções sinistras.

Reafirmei meu domínio e fui atrás dos outros três Alfas. Eles eram mais difíceis de controlar, principalmente porque eu estava ampliando meus talentos.

Um Alfa contra seis.

Dificilmente uma luta justa.

Para eles, pelo menos.

Dividir meu foco entre duas habilidades sobrecarregou meus esforços, fazendo com que o suor escorresse pela minha testa. Mas eu só precisava dar aos Ômegas uma chance de lutar, uma forma de subjugar esses cretinos antes que destruíssem o Santuário.

Porque eu podia sentir o gosto de sua intenção no cio. O desejo de pilhar. A necessidade de montar e transar com cada Ômega até que estivessem satisfeitos.

Estes não eram vampiros alfas domesticados.

Eles estavam morrendo de fome. Irados. *Selvagens*.

A maioria dos vampiros podia ser cruel, mas isso estava em um nível diferente, as auras deles ostentavam um toque distinto de insanidade.

De onde eles vieram? Como passaram pela barreira?

Um rugido rasgou a noite.

Meu lobo se levantou e percebeu.

Kieran.

Respondi a ele, alertando-o sobre meu paradeiro. Não que precisasse disso. Ele me encontraria instintivamente.

Mas primeiro, ele tinha uma ilha cheia de intrusos para massacrar.

Eu o senti derrubar o primeiro em poucos segundos, meu controle invisível estalou quando o Alfa caiu.

Mais dois se despedaçaram no instante seguinte, Kieran fazendo um trabalho rápido com os vampiros.

Eles estavam muito perdidos, muito distraídos pelos

doces aromas de Ômegas, muito loucos de luxúria para representar uma ameaça. Se fosse uma Ômega que estivessem devorando, teriam se agrupado para defender suas presas e marcar seu território. Mas havia muitas opções aqui para escolherem uma única fonte para proteger.

Eles foram dominados pela sede, dando a Kieran a vantagem.

Claro, ajudou o fato de eu ter todos amarrados também.

Não haveria piedade. Apenas morte.

E o aroma doce que chegou às minhas narinas me fez sorrir. Vitória. Mas o sangue Ômega derramado provocou meus sentidos na próxima inspiração, me dizendo que várias haviam sido feridas.

Incluindo o Ômega ainda inconsciente em minhas mãos.

Sua respiração ficou um pouco mais calma agora, mas ele não estava nem perto de se recuperar o suficiente para acordar.

Fritz deve ter sido pego de surpresa. Ele se destacava em armas mágicas, das quais tinha muitas escondidas em seu ninho e em sua área de trabalho. Eu podia senti-las até agora. No entanto, nenhuma parecia ter sido usada, sugerindo que ele foi subjugado antes mesmo de poder resistir.

Meu pulso zumbiu, seguido por uma tela com o nome de Cillian.

— Responda — eu disse ao meu relógio.

A tela se transformou no rosto de Cillian, sua expressão furiosa. Kieran se juntou a ele em um piscar de olhos, a chamada conectando nós três.

— Seis Vampiros Alfas — Kieran resumiu, seu tom combinando com a expressão de Cillian.

— Sete — eu corrigi. — Matei um pouco antes de você chegar.

— Como foi que eles passaram pela barreira? — Cillian exigiu. — Foi derrubada?

— Não — Kieran respondeu, seu tom ficou suave enquanto seu foco mudava para algo ao lado dele. — Shh, você está segura, pequena — ele acrescentou em um murmúrio, seu ronronar ganhando vida.

Esta era uma das poucas situações em que um Alfa poderia ronronar para uma Ômega que não era sua companheira.

— Quantas feridas? — perguntei de forma ríspida. — Porque estou com Fritz em péssimo estado aqui. Ele está exigindo muito poder de cura.

— Eu posso cuidar das outras. — Kieran manteve a voz baixa, mas pude ver a fúria queimando em seu olhar.

— Ele está bem aqui — Cillian disse de repente.

Então o rosto de Quinnlynn apareceu ao lado dele na tela.

— Onde está a Kyra? — ela perguntou, sua voz contendo uma nota de medo. — E acabei de ouvir você dizer que Fritz está ferido?

Tensionei a mandíbula.

— Eu não sei onde a Kyra está. Ela... — Eu não tinha certeza de como terminar essa afirmação. *Não responde? Está mentalmente isolada de mim? Ocupada?* — Você a viu, Kieran?

— Não — ele respondeu, seu foco ainda longe da tela. — Mas vou perguntar às Ômegas onde ela está. — Ele parecia estar ajoelhado agora, a tela exibindo um banho de sangue atrás dele. Eu esperava que fosse sangue de vampiro, mas suspeitei que pertencesse a pelo menos uma Ômega também.

— Fritz? — Quinnlynn ofegou, me lembrando que ela também perguntou sobre ele. — Ele...?

— Ele vai ficar bem — eu disse a ela, estremecendo quando ele puxou mais da minha energia de cura. *É com a Kyra que estou preocupado*, acrescentei para mim mesmo. *Onde você está, pequena assassina? E por que o seu ninho estava coberto de rosas mortas?*

Ela sempre pensava naquele perfume em seus sonhos, sua mente ligando-o ao Alfa Fare.

Mas ele está morto, pensei, franzindo a testa. *Ela o matou.*

A menos que...

Meus lábios se curvaram ainda mais.

E se ela achasse que ele estava morto?

Os vampiros eram notoriamente difíceis de matar. Cortar suas cabeças era uma maneira de fazer isso, mas os mais antigos, os mais poderosos, poderiam se regenerar.

— Kyra queimou os restos mortais de Alfa Fare? — perguntei, cortando o que quer que Cillian estivesse perguntando.

Todos olharam para mim.

— Quinnlynn. A Kyra queimou os restos mortais de Alfa Fare depois de matá-lo? — repeti, acrescentando um pouco mais à minha pergunta.

— Eu... — Ela piscou. — Não sei. Só sei que ela o decapitou.

Merda. Nunca pensei em perguntar isso, pois presumi que ela tinha certeza de que ele estava morto.

Mas agora, seus pesadelos adquiriram um novo significado.

E se não fossem apenas relíquias do passado dela? E se o vampiro estivesse viajando em seus sonhos? Era uma característica rara, mas as habilidades dos vampiros variavam entre as linhagens. Alguns poderiam se teletransportar. Alguns não conseguiam. Alguns poderiam compelir suas vítimas. Outros não conseguiram.

E alguns poderiam viajar em seus pesadelos.

— Puta merda — murmurei, pegando Fritz. — Preciso verificar as câmeras de segurança.

Porque se eu estivesse certo, então Kyra não estava no Santuário.

Ela tinha sido levada.

O que explicaria por que eu não conseguia ouvi-la agora.

Porque um vampiro antigo estava bloqueando nossa capacidade de comunicação.

Um vampiro antigo que Kyra pensava estar morto.

Um vampiro antigo que provavelmente estava determinado a se vingar.

Um vampiro antigo que levou minha companheira Ômega...

KYRA

— Abra as pernas, Ômega — O tom profundo me obrigou a obedecer, e meus membros se moveram contra a minha vontade.

Assim como eu me despi quando ele mandou.

Subi nesta cama sob seu comando.

Me deitei, porque ele sussurrou as palavras.

Tudo o que fiz desde que cheguei aqui foi resultado de coerção. Não tive escolha. Nem livre arbítrio. Ou capacidade de revidar.

Ele sufocou meus sentidos tão completamente que quase não consegui me concentrar no que estava ao meu redor. Eu sabia que estava em um quarto. Sabia que estava escuro.

E sabia que não estávamos na Groenlândia, que era o lar da maioria dos vampiros.

Mas estava quente demais aqui. Muito úmido. Muito *salgado*.

Então, para onde ele me trouxe?, me perguntei.

Apenas para que o pensamento fosse imediatamente substituído por *gosto daqui.*

Não. Eu odeio *esse lugar*, retruquei para mim mesma. *Não quero estar aqui de jeito nenhum!*

Você adora, uma parte de mim respondeu. *A parte que era compelida a se comportar. Gostar de tudo o que Fare planejava.*

Lá dentro, minha loba gritava em protesto.

Por fora, no entanto, permaneci estoica.

Eu havia pensado que a habilidade telecinética de Lorcan era semelhante à tendência de Fare para a compulsão.

Eu estava errada.

Muito, muito errada.

Com Lorcan, eu poderia pelo menos tentar lutar contra seu domínio invisível. Era uma luta inútil, pois seu poder era absoluto. Mas podia ao menos *sentir* minha resistência.

Percebi agora o quanto esse sentimento era vital para minha sanidade. Saber que eu poderia tentar me defender me deu motivação para ao menos fazer um esforço para escapar.

Já a compulsão de Fare sufocou minha luta. Ele me fez querer obedecer. Fazer o que pedisse. Desempenhar o papel de escrava perfeita.

Ele murmurou em agradecimento, com o olhar pensativo enquanto examinava minha intimidade.

— Já faz tanto tempo que não consigo decidir onde quero te morder. — Ele bateu no queixo com um dedo longo, os olhos vermelhos brilhando de interesse. — Bem, em todos os lugares, obviamente. Mas esta é a primeira vez depois de passar tanto tempo sem provar. Preciso que seja perfeito. Entende?

Eu não entendia.

Nem queria entender.

Fare era um psicopata. Um monstro. *E estava muito vivo.*

Minha única graça salvadora agora era sua

incapacidade de realmente ler minha mente. Ele só podia ouvir as palavras que eu falava, e isso apenas quando ele engajava nosso vínculo de companheiros.

Algo que pensei estar *morto*.

Mas estava vivo. Ele fazia isso durante meus sonhos, quando eu estava mais fraca. Nunca durante minhas horas de vigília.

Caso contrário, eu poderia tê-lo sentido.

Supondo que eu acreditasse que ele estava realmente falando comigo. Eu provavelmente teria imaginado que era apenas minha mente me atormentando com o passado.

Estremeci quando Fare se ajoelhou na cama, sua presença indesejável. Mas não conseguia nem dizer isso em voz alta. Não consegui gritar. Eu não poderia mandá-lo se foder. Não conseguia expressar nenhum dos meus pensamentos ou sentimentos por causa da sua compulsão.

Se ele me dissesse para aproveitar a mordida, eu o faria.

E eu odiava isso mais que tudo.

— Senti muito a sua falta, escrava — ele murmurou. — Você nunca desmorona, e eu admiro isso. — Seus olhos cor de rubi brilharam enquanto ele olhava para mim. — Estou muito feliz que Seamus deixou o querido Fritz para limpar meus restos mortais naquele dia. Caso contrário, provavelmente não estaríamos aqui assim.

Minha pele queimou enquanto seus olhos vagavam pelo meu estado nu mais uma vez, sua fome era palpável.

Mas foram suas palavras que me mantiveram cativa agora.

Ele está dizendo que Fritz o ajudou a viver? fiz uma careta por dentro. *Isso não pode ser possível.*

Fritz nunca ajudaria Fare. Ele odiava vampiros. Foi por isso que Seamus pediu ao Ômega que fosse com ele para ajudar a limpar o ninho de Fare.

Havia um informante Alfa trabalhando com Seamus para acabar com uma operação de vampiros na Groenlândia antes da Infecção. Esse informante e o interesse de Seamus em destruir o ninho de vampiros foram os dois motivos pelos quais consegui matar Fare.

O informante me deu a faca.

Seamus então interveio para limpar o ninho.

E Fritz me levou para o Santuário.

Foi assim que nos conhecemos. Foi assim também que conheci Quinn. Nós três nos tornamos amigos de imediato.

Então, por que Fare está insinuando que Fritz o ajudou?

— Esqueci o quanto seus olhos são emocionais — Fare refletiu, chamando minha atenção de volta para onde ele estava ajoelhado aos pés da cama. — Não importa a profundidade da minha compulsão, seus verdadeiros sentimentos brilham nessas íris verdes.

Eu esperava que isso fosse verdade. Porque significava que ele podia ver meu ódio.

— Tão confusa e assustada — ele continuou. — Brava também. Suponho que também estaria se descobrisse que meu melhor amigo mentiu para mim por mais de cem anos.

Ele fez uma pausa, com a expressão pensativa.

— Na verdade, não. Eu acharia divertido. Especialmente no seu caso. Não é como se ele tivesse escolha. — Seus dedos frios encontraram meu tornozelo e começaram a traçar um caminho para cima. — É a Seamus quem você deveria culpar. Ele nunca deveria ter deixado o pequeno Fritzy para trás.

Seu toque gelado alcançou minha panturrilha, provocando arrepios em minha pele. Muito frio. Como gelo.

— Sua mente era fácil de alcançar. — Aqueles lábios se

curvaram mais uma vez. — Tão fraco e flexível. Com Seamus, eu não tive chance graças à sua pequena traição. Mas Fritzy, o garoto? Ah, ele era tão fácil de obrigar, mesmo quando incapacitado. Foi o início de uma linda amizade.

Fare suspirou, com a expressão melancólica.

Mas não era real. Nenhuma de suas emoções era. Fare não sentia nada além de prazer na vida. E esse prazer geralmente vinha às custas dos outros.

— Ele provavelmente está morto agora. — Ele deu de ombros. — Agora que tenho você de volta, não preciso mais dele. — Seus olhos vermelhos encontraram os meus mais uma vez. — Sabe, me livrei de todas as minhas distrações por você. Considere isso um grande gesto de minha devoção por nós.

Meu estômago embrulhou. *Fritz... está morto?*

Não, Fare disse que Fritz *provavelmente* estava morto.

O que significava que ele ainda poderia estar vivo.

— Quero te dar todo o meu foco, escrava. Tudo o que sou. — Ele bateu a mão na minha coxa. — Temos muito o que fazer.

Meu coração parou de bater.

— Agora, onde devo te morder? — ele perguntou, pensativo. — Decisões, decisões.

Minha loba rosnou por dentro, nem um pouco interessada em sentir seus dentes em nossa pele. Mas minha vampira... minha vampira meio que choramingou. Ela ansiava pela mordida de seu Alfa. Seu veneno. A maneira como isso nos faria sentir.

Porque ele me obrigou a querer isso. A desejar.

E estava funcionando.

Só não na minha besta interior. Ela se recusava. Ela tinha outro Alfa a quem se submeteu, não este ser selvagem diante de nós agora.

Minha loba era controlada pela minha sanidade, me mantendo firme quando eu teria me afogado.

Isso me deixou em conflito. Mais confusa que nunca. Furiosa.

Minha cabeça girava, delirando com a luta interna e oprimida pelo que Fare acabou de revelar.

Ele estava vivo porque Fritz não queimou seus restos mortais.

Ele tem compelido Fritz.

Foi assim que Fare me encontrou?

Há quanto tempo isso vem acontecendo?

Se Fare tinha acesso a Fritz, então por que veio atrás de mim só agora? Por que não antes?

Algo não estava batendo. Talvez seu controle sobre Fritz seja falho? Não tão forte quanto precisava que fosse?

Semelhante a como me sinto agora?

Porque, embora meu lado vampiro estivesse obediente, minha loba estava muito chateada para se submeter.

— Fascinante — Fare sussurrou, seu toque parando perto do ápice entre minhas coxas. — Você está lutando com minha compulsão.

Ele inclinou a cabeça para o lado, seus lábios se curvando mais uma vez.

— Ah, isso só adiciona um novo sabor ao nosso reencontro, escrava. Eu amo isso. Que gentileza sua em apimentar as coisas para nós. — Ele deu um tapa na pele sensível entre minhas pernas, me fazendo gritar.

Queimou.

E não foi nada comparado ao que eu sabia que ele tinha reservado.

Um fato que ele enfatizou ao escorregar para fora da cama.

— Uma mordida não será suficiente. Precisamos de algo para acelerar as coisas. — Ele desapareceu de vista, não necessariamente se teletransportando, apenas se afastando de onde eu estava paralisada no colchão.

Porque ele me disse para não me mover.

Mas talvez eu consiga quebrar o controle, pensei.

Ele disse que podia me sentir lutar contra sua compulsão. Talvez eu não estivesse tão indefesa quanto pensei inicialmente?

— Ah, aqui estamos. — O toque de excitação em sua voz fez minhas veias gelarem.

Eu conhecia esse tom muito bem.

Temia.

Odiava.

Porque a dor sempre se seguia.

— Isso deve ajudar a levar as coisas — ele continuou enquanto se sentava ao meu lado na cama. — Viu, minha escrava? Estou me preparando para você.

Ele segurou meu queixo com dois dedos e inclinou meu rosto em sua direção.

Minha respiração parou.

Uma seringa.

Ele ia me drogar com veneno de vampiro.

O que me levaria a um estado de cio, talvez até a um estro real.

Tentei arquear as sobrancelhas, um apelo se formando em meus pensamentos. Mas só ampliou seu sorriso.

Ele gostava de me torturar.

E este seria o maior tormento de todos.

— Isso com certeza deve nos ajudar a começar a festa — disse enquanto a agulha penetrava em meu braço. — E se não funcionar rapidamente, tenho mais algumas doses.

O calor queimou minhas veias enquanto o veneno ia direto para minha corrente sanguínea. No entanto, minha boca não me permitia gritar.

Ele me obrigou a permanecer em silêncio. Pegar tudo o que ele me dava e aceitar.

Minha loba rosnou por dentro, então choramingou quando o soro quase instantaneamente tomou conta.

Puta merda. Isso *dói.* Transformou minha pele em fogo líquido. Criou um inferno em meu abdômen. Acelerou meu coração.

Ah, Deuses... eu não me sentia assim... há... há... eras. Anos. Mais de um século. Eu não tinha certeza. Mas isso... isso...

Fechei os olhos, o movimento era um dos únicos que eu conseguia controlar.

Não posso. Não posso... isso é... não quero isso...

Kyra... uma voz profunda ressoou na minha cabeça. *Onde é que você está?*

Tentei responder. Tentei me agarrar àquela voz.

Mas uma nova assumiu. Sinistra. Fria e *realista.*

— Bem-vinda ao lar, escrava — ele disse, com os lábios na minha orelha. — Vamos jogar.

LORCAN

Kieran me encontrou na sala de segurança de Fritz, com Jas logo atrás dele. Ela estava bancando a enfermeira nas últimas três horas enquanto eu tentava recuperar as imagens de segurança.

Infelizmente, todos os vídeos pararam trinta minutos antes do ataque.

E apenas um permaneceu.

Foi exatamente por isso que mandei uma mensagem para Kieran e disse para ele me encontrar aqui. Porque ele precisava ver.

Seu olhar escuro foi para Fritz no canto, com a sobrancelha arqueada em questão. O Ômega inconsciente estava deitado em uma cama improvisada, seu corpo quase totalmente curado.

Sua mente era outra questão.

Kieran teria que ajudar com isso.

Mas, primeiro, eu precisava mostrar a ele o arquivo que encontrei esperando por mim no computador de Fritz. Porque ele sabia o que estava por vir. E o vídeo provava isso.

Em vez de falar, apertei o *play*.

— Se você está assistindo a isso, então está na hora. E provavelmente estou morto. — Fritz fez careta na tela. — Isso... eu não posso... — Ele suspirou. — Eu... espero que funcione. E que ele...

O Ômega parou e balançou a cabeça, sua expressão dolorida.

— Sinto muito — ele sussurrou. — Só saiba... que tentei.

Kieran cruzou os braços, sua expressão era uma máscara de indiferença. No entanto, eu conhecia bem meu primo. Ele estava planejando o assassinato de Fritz agora mesmo.

Porque tudo isso parecia uma admissão de culpa.

E era, mas não da maneira que se esperaria.

— Iniciando protocolos de emergência agora — uma voz computadorizada disse, fazendo Kieran olhar para mim.

Continue assistindo, eu disse a ele com um olhar. *Confie em mim.*

A tela passou do rosto de Fritz para preto e então três telas apareceram. Uma era do ninho de Fritz. A segunda, do corredor. E a terceira, da sala do controle de segurança com o Ômega ao lado da mesa.

O foco de Kieran mudou para o canto, onde uma câmera estava escondida em uma estante coberta com equipamentos tecnológicos.

Fritz ficou anormalmente imóvel, o rosto inexpressivo.

Um minuto se passou.

Não houve movimento significativo. Sem palavras. Nenhum som. A princípio, pensei que fosse apenas uma imagem, mas houve uma ligeira mudança nos ombros de Fritz enquanto ele respirava.

Kieran franziu um pouco a testa quando se inclinou para verificar a expressão vazia de Fritz.

— Ele está dormindo.

Não foi uma pergunta, mas balancei a cabeça de qualquer maneira, pois cheguei à mesma conclusão na primeira vez que assisti ao vídeo.

Cerca de trinta segundos se passaram antes que Fritz enrijecesse e arregalasse os olhos com o que só poderia ser descrito como terror.

— Olá, garoto Fritzy — uma voz suave o cumprimentou quando um Vampiro Alfa apareceu ao lado do Ômega. — Faz tempo.

Fritz não disse nada. Não *fez* nada. Mas seus olhos transmitiram suas emoções perfeitamente. O horror se transformou em fúria, que se dissolveu em medo mais uma vez.

— Ah, esse nosso jogo tem sido divertido, não é? — O Vampiro Alfa roçou as costas de seus longos dedos na bochecha de Fritz. — Infelizmente, sua punição está terminando.

— Punição? — Kieran repetiu.

Não respondi. O vídeo responderia a ele em breve.

— Embora eu deva dizer que esperava que isso trouxesse uma resolução muito mais rápida. Se eu soubesse que o colar demoraria tanto para chegar neste pequeno refúgio Ômega, teria escolhido um caminho diferente.

O Vampiro Alfa fez uma pausa e olhou para cima.

— Na verdade, não. Eu teria seguido exatamente esse mesmo caminho, pois me proporcionou muito tempo para torturar você e minha querida escrava. — Seus lábios se curvaram, seu tom e expressão fizeram meu lobo rosnar.

Principalmente porque nós dois sabíamos o que ele estava prestes a dizer e, cada vez que assistíamos, era uma forma diferente de tormento para nós.

— A doce menina pensa que estou morto, que todos esses sonhos dela são apenas uma conexão persistente com seu ex-companheiro. — Ele riu, fazendo com que o cabelo da minha nuca se levantasse. — Claro, você sempre soube a verdade, não é? — Ele bateu no nariz do Ômega. — Pobre garoto Fritzy, sempre se esquecendo das nossas conversas até sonhar comigo.

Cerrei os dentes.

Um explorador de sonhos.

Assim como eu suspeitava, mas descobri tarde demais.

— Não temos muito tempo até que meus amigos passem pela barreira. Solicitei uma vantagem de trinta minutos, mas uma ilha cheia de Ômegas não reclamadas é um atrativo ao qual duvido que consigam resistir por muito tempo.

Ele apertou a bochecha de Fritz, com a expressão quase carinhosa. Mas era a máscara inteligente de um psicopata.

— Sua punição por tentar se desfazer de meus restos mortais por Kyra está quase completa — concluiu. — Só peço que ajude a entreter meus amigos quando eles chegarem. Alfa Dave é fã de coisas raras. Quando contei a ele sobre meu escravo Ômega, seus olhos praticamente brilharam de alegria. Proporcione a ele um bom momento por mim, sim?

Sua mão foi para a nuca de Fritz. Então ele puxou o Ômega para frente e afundou as presas na garganta do macho.

A boca de Fritz se abriu em um grito silencioso, a influência compulsiva do vampiro sobre ele era evidente pela maneira como o Ômega tremia e gritava sem emitir som.

— Puta merda — Kieran murmurou, o palavrão era o mesmo que eu disse quando assisti pela primeira vez.

A conversa durou vários minutos antes de Fare empurrar Fritz por cima da mesa.

— Aproveite o Dave, garoto Fritzy. Ele provavelmente será sua última transa.

Ele foi em direção à porta e parou para olhar para trás.

— Ah, suas memórias estão livres agora. Aproveite.

Se o mal tinha um sorriso, era o que Fare usava agora, enquanto as pernas de Fritz se dobravam.

Estendi a mão para pausar a transmissão, voltando a atenção para Kieran.

— Os Alfas chegam cerca de quinze minutos depois deste ponto. Acho que você sabe o que aconteceu a seguir.

A mandíbula do meu primo tensionou, as maçãs do seu rosto pareceram muito mais severas.

— Então Fritz trabalha involuntariamente com Fare há... mais de um século?

— Talvez até mais. — Balancei a cabeça. — É difícil dizer quando esse encantamento foi colocado no colar. Antes das mortes de Kiana e Seamus? Logo depois?

— Fare tem jogado um jogo longo. Presumo que você já tenha notificado Cillian?

Assenti.

— Ele colocou Myon sob custódia para interrogatório novamente, porque eu disse a ele que Fare mencionou o colar. — E já sabíamos que Myon estava envolvido no encantamento.

A questão era: ele estava trabalhando com Fare de boa ou má vontade?

Meus instintos diziam que era a última opção, que se Myon estava trabalhando com Fare, era porque o Vampiro Alfa o obrigou a obedecer. Exatamente como Fare fez com Fritz.

Eu sabia que havia algo de errado. Meu lobo sentia. Eu também.

— Como eles passaram pela barreira? — Jas

perguntou, com a voz desprovida de emoção, apesar do assunto pesado em questão.

Ela era definitivamente uma guerreira. Assim como Kyra.

Você vai sobreviver a isso, pensei para ela. *Você vai sobreviver. Vou te encontrar e te ver matar esse idiota de uma vez por todas.*

Engolindo em seco, me concentrei na pergunta de Jas.

— Ainda não saí para investigar a barreira. Mas Cillian suspeita que a explosão do colar criou algum tipo de porta dos fundos que permitiu que eles se teletransportassem.

— Provavelmente também transmitiu a localização da ilha — Kieran murmurou.

Concordei com um aceno de cabeça.

— Foi assim que Fare conseguiu encontrar Kyra depois de todo esse tempo. A barreira o teria deixado passar como seu companheiro. Mas ele deu um passo adiante ao trazer alguns amigos.

— Então o colar devia ter sido duplamente encantado.

— Certo. Mas Myon sabe disso? — Foi a mesma pergunta que fiz a Cillian duas horas atrás.

Embora Myon tenha mencionado o feitiço localizador, ele não disse nada sobre a criação de um ponto de entrada de barreira.

— Presumo que é isso que Cillian está tentando determinar agora. — Kieran expressou isso como uma afirmação, não como uma pergunta.

Assenti.

— Nossa melhor estimativa agora é que os vampiros chegaram através de um jato furtivo e esperaram o sinal para se teletransportarem para dentro — resumi.

Era um palpite, já que a maioria dos vampiros não conseguia se teletransportar para longas distâncias. Alguns nem conseguiam fazer isso.

— Parece provável. — Ele parou por um momento, seu olhar aguçado. — Alguma ideia de para onde Fare levou Kyra?

Balancei a cabeça.

— A mente dela está silenciosa. Mas... — eu parei, meus lábios puxando com força nas laterais. — Mas posso sentir sua dor.

O que quer que aquele cretino estivesse fazendo foi o suficiente para sua loba estender a mão com ganidos assustados. Mas eram esporádicos.

No entanto, a agonia que permeava nosso vínculo era constante.

— Então precisamos acordar Fritz e descobrir tudo o que ele sabe — Kieran afirmou, indo em direção ao Ômega. — Também precisamos elaborar um plano defensivo. A barreira foi comprometida e vai levar algum tempo para que Quinnlynn e eu possamos consertá-la. Especialmente porque não sabemos o que há de errado.

— Você não consegue sentir a violação?

— Não. — Essa única palavra continha uma montanha de frustração. — A magia parece certa para mim.

Fiz uma careta. Porque eu ainda sentia o mesmo erro de antes. Uma sugestão de algo que não estava certo.

Talvez fosse o mau-cheiro residual do Vampiro Alfa que permanecia nos corredores.

Ou o fato de que Fare parecia ter uma ligação psíquica incrível com Fritz.

Mas eu suspeitava que fosse mais.

— Apenas Ômegas e seus companheiros podem passar pela barreira. — Kyra teria revirado os olhos para mim por reiterar essa afirmação.

Mas, agora, era importante.

Porque me deu uma ideia que eu não havia considerado antes.

Uma pergunta que eu deveria ter feito durante minha incursão inicial, mas não fiz porque estava muito distraído com minha companheira.

Olhei para Jas.

— Como as Ômegas são avaliadas?

Ela olhou para mim.

— O que você quer dizer?

— Vocês verificam os antecedentes das Ômegas antes de deixá-las ficar? Ou apenas concedem acesso ao Santuário para qualquer uma que consiga passar?

Kieran se ajoelhou ao lado de Fritz, mas olhou para cima com interesse. Sua expressão me disse que ele também não pensou nisso e ficou irritado com essa constatação.

— Bem, sim. Somos um porto seguro para todas as Ômegas. Damos um lar a todas.

— Mas você verifica se estão acasaladas? — pressionei.

Ela franziu a testa.

— Apenas Ômegas não acasaladas ou Ômegas fugindo de seus companheiros vêm para cá. Todas são trazidas por meio de operações destinadas a salvar Ômegas necessitadas. E nunca divulgamos a localização da ilha para pessoas de fora.

— Como vocês verificam isso? — Kieran questionou. — Ou vocês simplesmente acreditam na palavra de todos?

Jas engoliu em seco, o primeiro sinal de desconforto que rompeu sua expressão estoica.

— Nunca tivemos motivo para questionar ninguém. As Ômegas cuidam umas das outras.

Como regra geral, eu concordava.

Mas sempre havia pessoas atípicas, aquelas que não seguiam as regras. Era por isso que verificações de segurança eram implementadas. A confiança tinha que ser conquistada, não dada gratuitamente.

— Precisamos trazer Quinnlynn para esta conversa — Kieran afirmou depois de um instante. — Mas primeiro... — Ele pressionou a palma da mão na cabeça de Fritz e fez uma careta. — Entendo por que você não terminou de curá-lo.

— Não foi por falta de tentativa — admiti.

Kieran murmurou.

— Isso vai demorar um pouco. Chame o Cillian. Diga a ele que quero uma reunião marcada para amanhã com os Príncipes Alfas do Território de Sangue. Precisamos ter uma conversa muito séria sobre o futuro do Santuário.

KYRA

Que dia é hoje?

Onde estou?

Quem sou eu?

Um feixe de nervos. Quente. Frio. Sozinha. *Molhada.*

Estava um inferno aqui. Mofado. Úmido. *Errado.*

Minha loba choramingou em minha cabeça. E rosnou quando outra injeção de fogo líquido rasgou minhas veias.

Seguida de uma risada cruel.

Palavras também. Algo sobre estar quase na hora.

Eu me contorci. Implorei por alívio. Gemi por conforto.

Kyra, uma voz profunda rosnou em meus pensamentos. *Me diga onde você está.*

Minha loba me disse para responder, mas minha mente não conseguia entender as palavras. Porque eu não tinha ideia de onde estava. Em algum lugar agradável. Uma ilha, talvez. Mas não a ilha certa. Aqui não era minha casa. Era um inferno.

Lute, aquela voz masculina disse. *Lute contra sua compulsão e fale comigo.*

Meu animal choramingou. Ela ansiava por obedecer a

esse comando. Mas meu lado vampiro estava no comando agora.

Eu me enrolei em uma bola enquanto as chamas engolfavam meu corpo.

Eu precisava. Do que, não sabia dizer. Tudo que eu sabia era que me sentia vazia. Sozinha. Com dor.

Mas aquela voz continuou a sussurrar em meus pensamentos.

Vou atrás de você, ele prometeu. *Não pare de lutar agora.*

Fechei os olhos e imaginei um Alfa com olhos negros penetrantes. Queixo quadrado. Cabelo grosso e escuro. Uma sobrancelha perpetuamente arqueada. Fome escondida em seu olhar.

Minhas coxas apertaram.

Se estivesse aqui, ele me daria o que eu preciso. O que eu desejo. O que eu *anseio*.

Mas ele não estava.

Em vez disso, algo frio tocou minha pele. Algo indesejável.

— Posso senti-lo em sua mente — aquela presença indesejável falou em meu ouvido. — Me diga quem ele é e eu te darei o que você quer.

Não, minha loba rosnou, me tirando do estado de delírio por um momento horrível.

Um mundo úmido de vegetação e pedras se formou ao meu redor, e o quarto em que eu estava subitamente se revelou.

Estou em uma caverna, pensei. *Uma espécie de floresta. Não é a minha favorita. Sem gelo. Muito quente. Úmido demais.*

Bom, Kyra. O que mais você pode me dizer? aquela voz masculina perguntou.

— Quem é ele? — o outro exigiu, afundando as presas em minha garganta no instante seguinte. — Me diga quem é.

Minha loba estalou a mandíbula dentro de mim, se recusando a dar o que ele queria. *Não*, ela pareceu repetir. *Vá. Se. Foder.*

Kyra...

Meu animal se acalmou ao ouvir aquela voz que ela gostava. *Companheiro*, ela pensou. *Alfa.*

Sim, ele respondeu. *Estou aqui, pequena assassina. Me ajude a te encontrar.*

Tentei me agarrar àquela voz, lutar contra a outra perto do meu ouvido. Mas outra mordida ardente me deixou sem palavras.

Sua mente é sua, aquele tom suave dizia. *Se apoie na sua loba. Ela vai te guiar.*

Seu ronronar continuou, o som ressoando pela minha mente e proporcionando alívio momentâneo das minhas veias ardentes.

Lorcan, murmurei.

Estou aqui. Me diga como te encontrar.

Eu... eu não estou na Groenlândia. Estou em algum lugar tropical. Em uma caverna. Posso sentir o cheiro do oceano. Essa era a fonte do sal e da umidade. *Acho que é uma ilha.* Eu não sabia dizer o porquê. Era apenas a minha intuição. Provavelmente por causa de toda a água.

Você pode se esconder nas sombras? ele perguntou.

Mas a outra presença me interrompeu antes que eu pudesse responder, afundando seus incisivos em meu peito.

Mais veneno inundou minhas veias.

Calor e loucura.

Ele exigia que eu desse um nome. Uma identidade. Uma maneira de encontrar o intruso na minha cabeça.

Mas ele não era um intruso.

Ele era o companheiro da minha loba. Meu verdadeiro Alfa. Aquele em quem aprendi a confiar em um período tão breve.

Aquele que nunca me forçou. Nunca se aproveitou de mim. Nunca me *drogou*.

— Quem é ele? — Fare exigiu novamente, minha mente temporariamente limpa, apesar do fogo crescendo dentro de mim.

Por que Fritz não te contou? me perguntei. *Se ele era sua fonte, aquele que te ajudou a me encontrar, então por que não te deu essa informação?*

Algo não estava batendo.

Será que Fritz tinha lutado contra a compulsão de Fare? Como eu estava fazendo agora?

Antes, lutei contra o controle de Fare sobre mim, meu corpo e alma viciados em sua mordida. Mas encontrei uma maneira de me concentrar por tempo suficiente para esfaqueá-lo.

Encontrei esse foco dentro da minha loba.

Porque ela nunca esteve ligada a ele. Nunca acasalou com ele. Nunca o *desejou*.

E agora ela desejava outro. Um Alfa melhor. *Lorcan*.

Fare rosnou, sua mordida se tornou cruel quando uma agulha perfurou meu braço ao mesmo tempo.

— Você vai me dizer o que eu quero saber — ele rosnou, sua raiva incomum.

Ele normalmente fazia jogos. Ria do meu tormento. Me provocava com carícias antes de me jogar para seus amigos famintos.

Essa fúria era nova, de natureza quase territorial.

Alfas normalmente não gostavam de compartilhar. Mas ele sempre me passou para os vampiros dentro de seu ninho. Ele até sugeriu que haveria uma festa de boas-vindas para reacender aqueles velhos momentos.

No entanto, agora ele parecia positivamente selvagem com a ideia de me compartilhar com outro companheiro.

Me agarrei a essa compreensão enquanto um grito saía

da minha garganta. Ele estava me afogando em seu veneno. Forçando meus instintos de vampira a florescerem e virem à tona em minha mente.

Ele queria que eu entrasse no cio. Que me perdesse em minha necessidade. Que me tornasse um brinquedo sem cérebro que ele poderia usar para prazer e sangue.

Quanto mais ele empurrava em minhas veias, mais confusos meus pensamentos ficavam.

Mas esse ronronar não ia embora. Ele zumbia no fundo da minha mente. Um lembrete constante de que eu não estava sozinha. Que eu era mais que vampira.

Eu sou parte loba.

E lobos... têm garras.

LORCAN

Dois dias.

Catorze horas.

E vinte e sete minutos.

Esse era o tempo que Kyra estava desaparecida. O tempo que um Alfa maníaco a tinha em sua posse.

Andei pelo ninho dela, com uma tela me seguindo enquanto eu caminhava.

Kieran e Quinnlynn estavam envolvidos no segundo dia de reuniões com todos os Príncipes Alfas. Eles passaram a maior parte do primeiro dia fazendo perguntas sobre a segurança do território, tudo sob o pretexto de que Kieran sofreu uma violação.

Ele não estava mentindo.

Ele apenas não contou que foi comprometida.

Depois de várias horas de discussão, Quinnlynn pigarreou. Sua decisão estava tomada. Kieran deixou a escolha para ela, dizendo que respeitaria seus desejos sobre como proceder, não importando o que ela decidisse.

Havia Alfas acasalados suficientes no Território de Sangue para Kieran realocar alguns para o Santuário para proteção. Mas ele ressaltou que o grupo de candidatos seria maior se convidássemos os Príncipes Alfas a enviarem seus próprios.

Nas últimas horas da manhã, Quinnlynn informou a todos que a questão de segurança que Kieran mencionou não era em relação ao Território de Sangue, mas em relação ao Santuário. Então ela explicou o que a magia de sua família protegeu por quase um milênio.

Esse tópico foi o ponto final da discussão antes de nos dispersarmos para uma tarde de descanso.

Agora que os Príncipes Alfas tiveram chance de processar a informação, todos estavam sentados ao redor de uma mesa de conferência no Território de Sangue, debatendo sobre como proceder.

— Pelo menos, agora entendemos por que você nos interrogou a noite toda sobre a segurança do nosso território — Alfa Cael disse no encerramento da reunião de ontem. — É bom saber que conquistamos sua aprovação.

— Não se tratava da minha aprovação. Eu precisava saber se vocês poderiam ser de alguma utilidade para a nossa situação — Kieran respondeu de forma categórica. — E minha companheira tinha que decidir se ela poderia ou não confiar a todos vocês o segredo secular de sua família.

Embora eu não estivesse lá pessoalmente, percebi que a decisão não foi fácil para Quinnlynn. Ela apresentou a informação de maneira calma e concisa, mas seus olhos escuros continham uma pontada de preocupação.

O Santuário era seu para proteger, e ela parecia estar lutando para compartilhar essa responsabilidade. No entanto, Kieran iria ajudá-la. Não se tratava de ela ser incapaz de fazer isso sozinha. Era sobre ela não ter que ser a única guardiã.

Sua mãe teve seu pai.

Agora, ela tinha Kieran.

A mim.

Cillian.

E uma sala cheia de Príncipes Alfas.

— Diga-nos o que você precisa — o Príncipe Lykos pediu, indo direto ao ponto da reunião de hoje. Seus cabelos brancos e olhos prateados combinavam com o nome de seu território: *Território Glacial.* — Você tem todo o nosso apoio.

O Príncipe Cael e o Príncipe Tadhg concordaram.

Os outros três Príncipes Alfas na mesa simplesmente olharam para Quinnlynn em expectativa. Eles não estavam assentindo, mas o fato de estarem dando a ela toda a atenção me disse exatamente o que eu precisava saber: eles estavam cedendo à Rainha Ômega para tomar decisões para o Santuário. O que era exatamente como deveria ser.

Kieran também deu a ela todo o seu foco, inclinando o queixo em sinal de encorajamento. *Diga a eles o que você precisa*, ele parecia estar dizendo.

Eu já sabia o que ela pretendia dizer, já que nós três, junto com Cillian, discutimos o assunto ontem à noite.

As regras da barreira eram claras: Ômegas e seus companheiros poderiam passar. Ninguém mais.

Foi por isso que permaneci no Santuário, eu era acasalado com uma das habitantes da ilha. Não importava que Kyra não estivesse presente, ela tinha um ninho aqui. Um porto seguro. E isso era o suficiente para a magia me deixar passar.

No entanto, como o encantamento ainda estava instável, escolhi permanecer como guardião da ilha enquanto Kieran cuidava das coisas com Quinnlynn e os Príncipes Alfas.

E agora, eles iam detalhar nosso plano.

Um que girava em torno da realocação de certos pares Alfas e Ômegas.

Teria que ser voluntário, é claro. E os pares precisariam ser avaliados antes de serem oferecidos lares no Santuário. Mas a ideia era mover pelo menos uma dúzia de casais para o Santuário, cabendo aos Alfas a única função de proteger as Ômegas dentro da barreira.

Quinnlynn descreveu tudo e esperou os comentários dos Príncipes Alfas.

— Quem servirá como Alfa do Santuário? — Príncipe Cael perguntou depois de digerir a informação. Foi a mesma pergunta que Cillian fez depois que discutimos esse plano em grupo.

— Tecnicamente, Kieran — Quinnlynn os informou.

Mas como Cillian, o Príncipe Cael já estava balançando a cabeça.

— Você precisa de um Alfa de Território que possa liderar os outros. É uma dinâmica simples. Caso contrário, os Alfas no local acabarão por entrar em conflito sobre os papéis. Ter alguém no comando vai ajudar a acalmar as águas e fornecerá uma hierarquia clara para as decisões.

— Eu concordo — Alfa Tadhg disse, com a voz rouca e baixa. Ele era o maior Alfa da mesa, seu tamanho corpulento combinado com uma cabeça careca e olhos verdes inteligentes. — E precisa ser alguém que consiga manter os outros na linha. Caso contrário, sua posição será contestada.

— Por enquanto, Lorcan atuará como Alfa do Território — Kieran anunciou, e suas palavras quase me fizeram estremecer. Felizmente, eu já sabia que as esperava. Tivemos essa conversa quando decidi permanecer como Protetor do Santuário.

Podia ser temporário.

Podia não ser.

Isso ainda seria decidido.

O fato é que eu tinha um dever para com Kieran e esta ilha estava sob sua responsabilidade. Como o único de seus Elites com capacidade de cruzar a fronteira, eu tinha o dever de estar aqui e proteger os habitantes do Santuário.

Me encostei na parede dos aposentos de Kyra e olhei para a tela, ciente de que cada Príncipe Alfa voltou seu foco para minha imagem projetada na sala.

— Você aceita essa responsabilidade? — Alfa Cael perguntou.

Dei de ombro.

— Estou acasalado com a segunda em comando do Santuário. É um passo lógico. — Ainda não tínhamos dito a eles que a segunda em comando estava desaparecida. Abordaríamos esse tópico a seguir.

— Ele também é poderoso o suficiente para domar alguns Alfas — Kieran acrescentou. — Acho que todos podemos concordar com isso.

Ninguém na mesa tentou debater as palavras de Kieran. Eles simplesmente concordaram.

Eu era poderoso o suficiente para ser um deles. Cillian também era. A única razão pela qual não tínhamos *Príncipe* vinculado aos nossos títulos era porque não tínhamos territórios próprios para gerenciar.

— Então você precisa de pares Alfa-Ômega — Príncipe Cael falou, voltando a conversa ao pedido inicial. — Presumo que esses pedidos devam ser enviados diretamente a Lorcan para análise. Ou deveríamos enviá-los para vocês dois?

— Pode enviá-los para a Quinnlynn. Ela vai analisar primeiro e depois passará suas aprovações para mim e meus Elites para revisão — Kieran respondeu.

O Príncipe Cael assentiu antes de passar os dedos pelos cabelos castanhos escuros.

— Agora, vamos discutir o incidente de segurança que provocou esta necessidade?

Cillian pigarreou. Ele estava sentado à esquerda de Kieran enquanto Quinnlynn estava sentado à direita do meu primo.

— Para entender isso, você precisará de um pouco de história.

Kieran inclinou a cabeça, dando permissão a Cillian para prosseguir. Como foi ele quem passou os últimos dias vasculhando os pensamentos de Myon e Fritz para juntar as peças, fazia sentido que ele explicasse.

— Como a Rainha Quinnlynn já explicou, o Santuário oferece refúgio para aqueles que precisam — Cillian resumiu. — O que ela ainda não mencionou é que antes da morte de Seamus, ele e seus Elites tinham como alvo clãs Alfas ou ninhos conhecidos por abrigarem Ômegas relutantes. Eles mataram aqueles Alfas e convidaram as Ômegas para se recuperarem no Santuário.

Esses foram os detalhes que Myon e Fritz forneceram. No entanto, Quinnlynn adicionou algumas coisas. Embora ela não conhecesse toda a extensão de suas missões, ela fez amizade com várias Ômegas que foram para o Santuário como resultado das expedições de seu pai.

Kyra tinha sido uma dessas amigas.

— Como podem imaginar, essa linha de trabalho criou alguns inimigos — Cillian continuou. — Um desses era Alfa Fare.

Alguns dos príncipes trocaram olhares, claramente familiarizados com o infame vampiro.

— Parece que o Rei Seamus cometeu um grave erro ao presumir que uma decapitação era suficiente para incapacitar o antigo Vampiro Alfa. Ele deixou que um de seus Elites cuidasse da limpeza enquanto cuidava dos ferimentos de uma Ômega.

Kyra, pensei, agora que ouvi a história oficial.

Ela ganhou o título de assassina de Alfa após a morte de Fare. Mas o que o mundo do V-Clan não sabia era que ela teve ajuda de outro Vampiro Alfa. Alguém que lhe forneceu uma lâmina que ela usou em Fare.

Durante um momento íntimo.

Algo que eu não queria pensar.

Felizmente, Cillian retirou a ocorrência da mente de Fritz e não entrou em detalhes sobre o incidente, apenas forneceu os detalhes essenciais.

— Infelizmente, o Elite que ele deixou era suscetível à compulsão de Alfa Fare — ele continuou. — Além disso, infelizmente, aquele Elite era um dos únicos Protetores da ilha.

Os Príncipes Alfa trocaram olhares novamente.

— Ele é um Ômega — Kieran declarou, ciente do que os príncipes provavelmente estavam se perguntando. — Fare o usa há mais de cem anos. Ele é um explorador de sonhos. No entanto, sua compulsão só foi até certo ponto.

Cillian assentiu e explicou o que descobriu na mente de Fritz.

Fare obrigou Fritz a mentir sobre os restos mortais, a dizer que os queimou, quando não o fez. Então ele deixou um fio de compulsão na mente do Ômega, que permitiu a Fare manter um vínculo, algo que Fritz só conseguia se lembrar quando Fare o ativava. Ou seja, toda vez que Fritz sonhava com Fare, suas memórias voltavam. Então ele se esquecia de tudo quando acordava.

— Ele não ativou o vínculo imediatamente — Cillian continuou. — Ele esperou alguns anos depois que Seamus destruiu seu ninho, garantindo que todos pensassem que ele estava morto. Só então começou a procurar Fritz em seus sonhos. Porém, como eu disse, sua compulsão tinha limites.

Ele quis dizer isso literalmente.

Como no caso de Fare, o controle mental de Fritz era frágil devido à distância física. O que significava que o vampiro precisava ter muito cuidado com o que obrigava Fritz a fazer.

Ele sabia que Kyra foi levada para algum tipo de casa segura, algo que ele pensava estar no Território Sangue. E quando ele tentava perguntar a Fritz sobre isso nos sonhos, Fritz acordava. Não demorou muito para Fare perceber que a lealdade de Ômega ao porto seguro era mais forte do que sua compulsão.

Então ele agiu de uma maneira diferente. Em vez de usar os sonhos para descobrir mais informações sobre as operações de Seamus, ele usou os principais jogadores. Elites.

Foi aí que Myon entrou em cena.

Os lobos do V-Clan eram conhecidos por seu sigilo, nossas identidades raramente eram conhecidas fora do nosso mundo. Preferíamos ser misteriosos para quem estava de fora. Desconhecidos. *Fantasmas.*

Mas Fritz deu a Fare detalhes suficientes nesses sonhos para que ele encontrasse outra fonte: *Myon.*

No entanto, infelizmente para Fare, a fonte a quem ele se apegou não sabia a localização do Santuário. Apenas que existia, porque e que estava protegido pela magia MacNamara.

Então Fare obrigou Myon a encantar o colar de Kiana. Seamus já havia colocado um feitiço localizador nele, algo que foi feito para proteger Kiana MacNamara. No entanto, só deveria acender em caso de emergência.

Mas Myon mudou o feitiço para rastrear cada movimento dela.

Ele também adicionou um código que faria com que

ele acendesse como um farol quando ela alcançasse a barreira mágica da ilha.

— Isso foi há mais de um século — Alfa Lykos concluiu, arregalando os olhos enquanto Cillian contava a história.

— Ele jogou longo um jogo — Cillian respondeu. — Também matou indiretamente os MacNamara.

Quinnlynn se encolheu, fazendo com que Kieran imediatamente passasse o braço sobre os ombros dela.

— Eles perceberam que o colar estava enfeitiçado e derrubaram o próprio avião.

— Fare encontrou Myon no local. — O tom de Cillian era amargo, principalmente porque foi ele quem revisou e validou a caixa preta há apenas uma semana. Que agora sabíamos que foi manipulada por Fare. — Ele obrigou Myon a pensar que foi um acidente e lhe deu a caixa preta como prova. Depois lhe entregou os diamantes MacNamara e lhe disse para adicionar um novo encantamento, um que faria com que as joias explodissem quando chegassem ao Santuário.

— Sim, e então o forçou a se esquecer de tudo — Kieran acrescentou.

Cillian assentiu.

— E disse a ele para trabalhar com Fritz sobre como lidar com a situação com Quinnlynn.

Ele continuou explicando como Fare usou sua conexão de sonho com Fritz para sugerir que os Alfas não eram confiáveis, para plantar sementes de dúvida sobre o que realmente aconteceu com os MacNamara, e o incentivou a garantir que Quinnlynn não arranjasse um companheiro rapidamente.

O propósito não era enviá-la em uma missão ao redor do mundo.

O objetivo era assustar Quinnlynn e fazê-la correr de

volta ao Santuário em busca de segurança, com a expectativa de que ela levasse os diamantes MacNamara consigo.

— Eles teriam explodido ao atingir a barreira, matado o último membro vivo da linhagem MacNamara e levado o encantamento junto — Cillian concluiu.

— Mas por que ir tão longe quando tudo o que ele realmente precisava era a localização da ilha? — Príncipe Tadhg perguntou com a testa franzida. — Ele era companheiro de Kyra, certo? Presumo que ela esteja morando no Santuário todo esse tempo?

Cillian não revelou seu nome durante a conversa, mas sua reputação como assassina de Fare a tornou infame nos círculos Alfa. Portanto, não fiquei surpreso que o Príncipe Tadhg conhecesse a identidade dela.

— Ele não conhecia os parâmetros da barreira mágica — Quinnlynn murmurou. — Ele achava que tinha que cair para ele passar.

Porque Fritz nunca contou nada sobre isso. Sempre que Fare perguntava sobre o Santuário, o Ômega acordava e se esquecia completamente do sonho. E Myon não conseguia detalhar nada sobre o encantamento.

Também parecia que, com o passar dos anos, Fritz começou a perceber que algo estava acontecendo em sua cabeça. Foi então que ele fez aquele vídeo pré-gravado e configurou um dispositivo de segurança para ativar um recurso de gravação automática em suas áreas pessoais, caso algum dia desligasse câmeras de segurança da ilha.

Porque ele sabia que nunca faria isso de boa vontade.

— O que aconteceu depois? — Príncipe Cael perguntou.

Kieran explicou como ele e Quinnlynn descobriram que os diamantes estavam drenando seu poder e como ele os tirou dela e através da barreira. Então ele os jogou no oceano pouco antes de explodirem.

— A única razão pela qual não detonou em sua chegada foi porque ela entrou originalmente no Santuário — Cillian acrescentou, explicando o que descobriu com Myon. — O feitiço foi lançado para ser ativado apenas se fosse fisicamente atravessado por um limite encantado, não levava em consideração a passagem pelas sombras.

— O que essencialmente salvou a vida de Quinnlynn — Kieran comentou. Então ele contou o que aconteceu na outra noite, como os vampiros escaparam do encantamento mágico e atacaram a ilha.

Houve quatro vítimas.

E mais de duas dúzias de feridos.

Tudo em questão de minutos.

Foi isso que exigiu essas reuniões. O Santuário foi comprometido, ainda estava e precisava de proteção.

— Há uma coisa que não entendo — Alfa Lykos falou. — Se o colar explodiu fora da barreira, então não foi retirado, certo? Os vampiros tinham a localização, presumo pela detonação, mas como eles entraram?

— Isso é algo que ainda não determinamos — Cillian admitiu.

— E por que Lorcan está lá em vez de aqui. — Kieran olhou para mim na tela antes de voltar seu foco para os Príncipes Alfas. — O Santuário está comprometido. É por isso que precisamos da sua ajuda.

Comecei a inclinar o queixo em concordância, mas tensionei quando o rugido de Kyra ecoou em minha mente.

Segurei minha cabeça, meu lobo rosnou em resposta à agonia de seu animal.

Kyra!

Seguiu-se uma sequência de palavras gemidas que não

consegui decifrar. Sua mente pareceu se fragmentar com o que quer que aquele cretino estivesse fazendo com ela.

— Puta merda — murmurei, caindo de joelhos.

Eu estava vagamente consciente de Kieran e Cillian dizendo algo através da tela. Mas não conseguia ouvi-los por causa dos uivos em minha mente.

Sua loba estava *chateada*.

Fale comigo, exigi. *Me diga o que está acontecendo*.

Ela ficou em silêncio por horas, nossa conexão parecendo ir e vir. Mas parecia particularmente forte agora.

Kyra. Forcei um ronronar para forçar minhas palavras, sentindo sua necessidade de conforto. *Estou aqui, pequena assassina. Estou aqui*.

V-veneno, ela sussurrou. *F-forçado... E-ele... calor...*

Engoli em seco. Ele está te forçando a entrar no cio. Eu não sabia o que ele estava fazendo com ela há dias, mas suspeitava que ele pudesse estar fazendo algo assim. Passei horas vasculhando mapas enquanto tentava determinar sua localização. Mas havia muitas ilhas desabitadas, *quentes* e *úmidas*. Eu poderia passar décadas pesquisando todas.

Cillian também questionou Myon e Fritz sobre onde Fare poderia estar, mas nenhum deles sabia.

Aparentemente, havia um Vampiro Alfa fornecendo informações de dentro quando derrubaram o ninho de Fare. Mas eles não tinham ideia de como alcançá-lo agora.

Ele provavelmente não seria útil.

Preciso que você revide, eu disse a Kyra. *Sei que você está com medo. Sei que você está ferida. Mas você é mais forte do que imagina. Sua mente é sua. Lute contra a compulsão dele. Se esconda nas sombras. Fuja dele.*

Ela choramingou em resposta. *N-não posso...*

Pode, retruquei, meu domínio reforçando essa palavra.

Sua loba choramingou, mas sua voz mental soou calma.

Vamos, pequena assassina. Se esconda nas sombras para vir para casa. Para o seu ninho.

Nenhuma resposta.

Kyra.

Silêncio.

Kyra, preciso que você saia dessa, exigi. *Você é mais forte que isso. Não deixe esse cretino vencer.*

Nada ainda.

Mas eu a *senti* se esforçar. Senti sua loba tentando se conectar. Ouvir seu Alfa.

Se esconda nas sombras para voltar para o seu ninho, repeti, meu domínio ecoando em cada palavra. *Se esconda nas sombras para voltar para o seu ninho agora mesmo.*

KYRA

VÁRIOS MINUTOS ANTES

TUDO ESTÁ QUEIMANDO.

Tão quente.

Tão doloroso.

Tanta necessidade.

Choraminguei, sentindo meus membros tremerem, com meu coração acelerado, meu mundo acabando. Era demais. Insuficiente. Tudo de uma vez. E nada ao mesmo tempo.

Ah, deuses, o que há de errado comigo?

Sensações demais.

Mais.

Por favor!

Minha loba interior rosnou, tentando inutilmente chamar minha atenção. Ela estava chateada, e eu não sabia por quê. Tudo que eu percebia era esse *desejo*.

Eu me virei de um lado para o outro. Os lençóis debaixo de mim eram ásperos em vez de macios. O tecido esfolava minha pele, me fazendo estremecer e gemer em protesto.

— Ômegas ruins não conseguem ninhos — disse uma voz cruel. — Em vez disso, elas são comidas no concreto.

Meu ombro bateu em algo duro, e o mundo desmoronou ao meu redor.

Vagamente, eu estava ciente de que tinha acabado de ser jogada no chão, e a pedra fria cravou na lateral do meu corpo.

Minha fera interior estalou as mandíbulas, furiosa com o tratamento. Não. Furiosa *comigo*.

Eu pisquei. *O que há de errado com você?*

Dedos frios apertaram meus quadris, me puxando de costas e forçando minhas pernas a se afastarem.

— Quase pronto, escrava. Apenas me dê o nome dele.

Nome de quem?, me perguntei, tonta. *Eu... eu não quero conversar. Eu quero...*

— Me dê o nome dele! — o Alfa gritou. Seu aperto deixou meus quadris na direção da minha garganta. Onde ele apertou mais. — Agora, Ômega.

Minha loba rugiu em resposta, se recusando a dar o que ele queria. Ela não se importava com quanta dor ele infligia, não abriria mão de seu controle para ele.

Tentei entender, me concentrar. Ela parecia ter tomado conta da minha mente. Controlando minha forma humana como eu poderia controlar sua forma de lobo.

Impossível, murmurei, delirando. *Como...? Por que...?*

Fare rosnou, o som indo direto para o ápice entre minhas coxas. Ele me mordeu várias vezes, me forçando a tomar seu veneno enquanto injetava repetidamente aquelas seringas em mim.

Ele ficava me dizendo para parar de lutar com ele. Para parar de lutar contra meu cio.

Eu... eu não sabia como parar.

Minha loba não permitiria isso. Não...

Engoli em seco quando suas presas morderam minha

coxa, fazendo minha loba uivar novamente, desta vez em agonia. Cada injeção de veneno ameaçava seu domínio sobre minha mente, tornando muito mais difícil permanecer no controle.

Kyra, aquela voz suave sussurrou.

Humm, Al... Lor...? Saiu em uma confusão. *Kn... humm?*

Fiz uma careta por dentro, sem saber o que estava tentando dizer. Algo sobre seu nó? Sua voz? Sua destreza Alfa.

Oh, Deuses, pensar nele acendeu um inferno em meu âmago. *Sim. Sim por favor.*

— Assim é um pouco melhor — a voz indesejada murmurou. — Mas eu quero mais molhada.

Ele rosnou com essas duas últimas palavras, forçando meu corpo a obedecer. Me deixando mais molhada. Mais necessitada. *Me preparando para... acontecer.*

Hum? pensei, confusa com a única palavra de outra voz. Aquela que está na minha cabeça. Aquela que eu ansiava. Eu perdi mais do que ele disse? Esperava que não. Eu gostava da voz dele.

Kyra, aquela voz ronronou. *Estou aqui, pequena assassina. Estou aqui.*

Minha loba choramingou, querendo que ele estivesse fisicamente aqui e não apenas na minha mente.

Porque estávamos entrando no cio.

Espere, não. Meu lado vampiro estava. Porque... porque...

V-veneno, pensei. *F-forçado... E-ele... calor...*

Tentei abrir os olhos, mas eles quase nem tremeram. Eu não podia... não tinha controle... eu...

Ele está te forçando a entrar no cio, Lorcan supôs.

Eu sei! tentei reagir. Mas tudo o que saiu foi um gemido. A porcaria de um gemido carente.

Seguido por um rosnado da minha loba.

E outra mordida de Fare, essa no meu quadril.

Estremeci, a dor rasgando meus sentidos e me fazendo vibrar com necessidade furiosa.

Merda. Merda. Merda.

Preciso... você está com medo... machucada. Mas você é... Sua mente... dona. Lute... Fuja...

Suas palavras vieram até mim em pedaços.

N-não posso... tentei responder. *Não consigo ouvir...*

Você...

Sua voz desapareceu, me deixando sozinha mais uma vez. Minha loba bufou, irritada e determinada, apenas para que outra dose de veneno disparasse em minhas veias.

Deuses!

Fare rosnou algo em meu ouvido, seu nó pressionando meu estômago.

Companheiro. Errado.

Não. É. O. Meu.

Não. Quero.

Uma explosão de compulsão ameaçou desfazer meus pensamentos, reescrever meus desejos.

Mas um grunhido interno baixo tomou conta da minha mente. O rosnado de um verdadeiro Alfa. Do *meu* Alfa.

Se esconda nas sombras para voltar para o seu ninho, ele exigiu. *Se esconda nas sombras para voltar para o seu ninho agora mesmo*.

Minha loba se animou, respondendo ao comando do Alfa escolhido.

Fare xingou.

E o mundo desapareceu ao meu redor.

Era um borrão de imagens, cheiros e cores. Então o perfume familiar de casa atingiu minhas narinas.

— Kyra — um homem murmurou.

Meu macho.

Meu companheiro.

Meu Alfa.

Eu me virei em seus braços, soluçando, sentindo minhas entranhas inflamarem com um fogo renovado. Eu precisava dele. De seu nó. Seu ronronar. Sua força.

Mas ele estava usando muitas roupas.

Muito tecido.

Meus dedos se transformaram em garras enquanto eu puxava seu suéter e depois pressionava o nariz na pele nua abaixo.

Sangue tingiu o ar. *Sangue Alfa.*

Eu o cortaria com minhas garras. Deixaria marcas de arranhões em seu peito e abdômen.

Meu, pensei, me inclinando para lamber sua essência. *Meu. Meu. Meu.*

Ele disse meu nome, mas eu estava ocupada demais com seu cinto para ouvi-lo.

Nó. Nó. Nó.

— Kyra — ele rosnou.

Alfa, pensei para ele quando cheguei ao botão de sua calça jeans.

Ele agarrou meu pulso, a outra mão indo até minha nuca para apertá-la de leve.

— Pare — ele exigiu.

Franzi a testa. *Alfa?* Ele estava me rejeitando? Rejeitando minha loba? *Por quê?*

— Você não quer isso de verdade. — Seu aperto aumentou um pouco no meu pescoço. — Eu não vou dar um nó em você assim.

O quê? Pisquei, sentindo minhas pernas tremerem com o esforço necessário para ficar de pé. Eu nem tinha certeza de como consegui ficar de pé, muito menos de como acabei aqui.

Tudo que eu sabia era que *o* queria. Meu Alfa. Minha fera.

Tentei afastar a mão da dele para retomar meus métodos. Mas ele me manteve em cativeiro.

Minha loba rosnou, irritada. Nó. Agora.

Me transportei nas sombras para suas costas e bati as garras em sua bunda vestida com jeans.

Ele rosnou em resposta. *Kyra*.

Alfa, respondi.

Você está drogada com veneno de vampiro.

Hum. Eu não me importava com o que estava drogada. Eu simplesmente sabia que precisava dele. Meu Alfa. Meu nó.

Puxei suas calças rasgadas, determinada, mas ele desapareceu e reapareceu atrás de mim. Girei, intrigada com seu jogo lúdico, e de repente me vi de costas.

No meu ninho.

Sim. Sim. Me arqueei em sua forma muito maior enquanto ele me segurava, com as mãos em meus ombros.

— Eu me recuso a te amarrar com meu poder. Não depois de tudo que você passou.

Minha loba o ignorou, e eu também. Tudo o que queríamos era o nó dele. Seu poder. Suas investidas. Envolvi as pernas na cintura dele, pronta para mais. Mas aqueles jeans ainda estavam no caminho, o tecido abrasivo contra a minha pele sensível.

Tire, eu disse a ele enquanto pressionava a protuberância escondida na calça jeans. *Tire*.

Não.

Agora, exigi. *Tire*.

Não, ele repetiu, a voz repleta de autoridade Alfa.

O que só fez com que me contorcesse ainda mais, porque *hummm*, domínio. Alfa. *Mais*.

Ele suspirou, apoiando a cabeça em meu pescoço enquanto inspirava profundamente. *Puta merda, Kyra. Você está me matando aqui.*

Dê seu nó para mim.

Seu grunhido vibrou em meu peito nu, tensionando meus mamilos e provocando uma nova onda de umidade entre minhas coxas.

Não vou te dar o nó, pequena assassina. Não posso. Ele deu um beijo em meu pulso trovejante, seu rosnado estrondoso se transformando em um ronronar. *Mas vou cuidar de você. Vou te curar. Te proteger.*

Suas palavras não faziam sentido. Por que ele não me dava o nó? Minha loba o queria. Eu o queria. Precisava dele.

Sem o nó dele... eu... eu... *sofreria*.

Queimaria.

Me perderia para o fogo.

Pisquei, confusa. Tonta mais uma vez.

Ouvi um rugido na minha cabeça, exigindo que eu... eu voltasse... mas eu não queria voltar. Queria ficar aqui. Ficar no meu ninho. Ficar com meu Alfa.

A menos que...

Eu...?

— Kyra. — O ronronar em meu nome me fez olhar para um par de íris pretas. Tão bonitas. Como pedras de obsidiana. Brilhando de fome. — Se concentre em mim, sim?

— Sim, Alfa.

— Lorcan — ele me corrigiu.

Franzi a testa, sem saber por que isso importava.

— Me dê o nó.

Ele pressionou o rosto no meu pescoço novamente, seu

peito vibrante, sedutor e reconfortante. Uma onda de calor se derramou de sua aura para a minha, a energia me fazendo ofegar e gemer ao mesmo tempo.

Era bom. Suave. *Curativo*.

Mas foi seguido por uma explosão em meu baixo ventre, que criou um turbilhão de sensações. Calor. Dor. Cólicas. Tremor.

Tremi, sentindo meu núcleo apertar ao redor do nada enquanto meu interior exigia algo mais. Algo mais intenso. Algo *duro*.

Agarrei seus ombros, apertando as coxas ao redor dele enquanto outra explosão de sua energia potente atingiu meus sentidos.

Um gemido escapou dos meus lábios e meu centro pressionou sua virilha enquanto mais daquele fogo queimava em minhas veias. *Alfa...*

Lorcan, ele corrigiu.

Companheiro, tentei novamente.

Ele estremeceu, seus lábios eram uma presença fantasmagórica contra meu pulso.

Me morda, pedi a ele.

Não.

Dê o nó em mim.

Não.

Choraminguei. Ele estava me rejeitando. Rejeitando minha loba. Não fazia sentido. Meu corpo foi feito para isso, para *ele*.

E tudo *queimou*.

Só ele poderia consertar. Só ele poderia ajudar a virar meu mundo de cabeça para baixo. *Por favor...*

Ele suspirou, mais do seu poder me envolveu enquanto sua boca se movia pelo meu pescoço, me beijando de leve, deixando para trás uma marca requintada de adoração.

Girei embaixo dele, amando a sensação de sua boca em mim e implorando por mais.

Mais pele. Mais língua. Mais *dentes*.

Mas tudo o que ele fez foi me banhar com sua essência, me atingindo com onda após onda de calor calmante. Durante todo o tempo, ele me manteve presa à cama, sua boca permanecendo em meu pescoço.

Ofeguei embaixo dele, essas preliminares muito lentas para o meu gosto.

No entanto, algo em seu toque... seu *poder*... me fez bocejar. Tentei manter os olhos abertos. Tentei falar. Pedir a ele... outra coisa...

Mas o mundo começou a desaparecer.

Empurrando-me para a escuridão.

Noite sem estrelas.

Sozinha.

Sofrendo... no frio.

Estou aqui, ele sussurrou depois de um instante, sua voz trazendo consigo uma explosão de calor. *Estou bem aqui.*

Onde?, perguntei.

Segurando você em seu ninho. Sua mão tocou meu abdômen, me confundindo. *Durma, Kyra. Isso vai ajudar.*

Ajudar no quê? murmurei, meu corpo parecia um inferno de necessidade. Presa neste abismo escuro. Incapaz de ver. *Alfa?*

Shh, ele me calou. *Vou te dar o que você precisa.*

Mais daquele calor tomou conta de mim, inundando meu interior com sensações estranhas. *Alfa...*

Está tudo bem, companheira, ele me garantiu. *Durma por mim. Só um pouco. Então eu vou te recompensar.*

Me recompensar?

Sim.

Minha loba pareceu gostar dessa ideia. Ela podia não entender o termo, mas entendia a voz dele. A promessa sensual nela. A causa e o efeito de agradar seu Alfa para conseguir o que precisava.

Foi o suficiente para acalmá-la.

Acalmar sua necessidade.

Só um pouco.

Tempo suficiente... para tirar uma soneca.

LORCAN

Puta merda.

Nunca estive tão excitado antes.

Os gemidos e palavras de Kyra ecoavam repetidamente em minha mente, me deixando quase louco de desejo.

Me morda. Me dê o nó.

Esses dois pedidos quase me destruíram.

Mas eu não poderia tomá-la assim, não quando ela não estava no controle de *si mesma.*

Ela estava severamente drogada. O que, por ironia, funcionava a meu favor, pois parecia que forçá-la a um falso cio fez sua loba ansiar pelo companheiro que ela mais desejava, permitindo assim quebrar o controle compulsivo que Fare tinha sobre sua mente.

Fiquei atordoado com sua chegada, além de excitado com seu cheiro e falta de roupas. Foi o mal cheiro do vampiro nela que me manteve com os pés no chão. E as marcas de mordidas nas coxas e na boceta me impediram de ceder aos meus desejos.

Ela precisava de um banho.

Uma longa noite de descanso.

Me ouvindo ronronar.

Recebendo cuidados adequados.

Sendo curada.

Eu a atingi com outra onda de poder, tentando aliviar sua dor. Sabia que ela devia estar ardendo de desejo, seu falso cio estava em pleno vigor graças à ação de Fare.

As Ômegas costumavam ficar loucas durante os ciclos de calor, desejando mais os nós do Alfa do que o próprio oxigênio. No entanto, Kyra deixou bem claro que não queria que eu a ajudasse durante seu cio. Ela poderia ter mudado de ideia agora que estava em um ciclo forçado, mas eu não tiraria vantagem de seu estado.

Quando eu transasse com ela, porque seria *quando*, não *se*, seria com sua mente totalmente intacta.

Seria com ela me implorando por razões totalmente diferentes.

Se contorcendo, excitada e disposta a *lutar*.

Porque eu queria a *minha* versão de Kyra. Minha pequena assassina. Aquela que não parou de planejar minha morte logo após nosso acasalamento.

Não essa versão ferida.

Ah, ela não perdeu seus instintos de sobrevivência. O fato de estar em seu ninho comigo enrolado nela agora provava isso. Ela lutou contra a compulsão de Fare e venceu. E agora, enrolei uma coleira telecinética ao redor dela, caso ele tentasse puxá-la de volta para si.

Se ele fizesse isso, eu a acompanharia.

E acabaria com ele.

Meu pulso vibrou, me alertando sobre uma mensagem recebida. Eu enviei uma mensagem para Cillian, para avisá-lo que Kyra retornou. Foi rápido, pois meu foco estava mais nela do que em minhas habilidades de digitação.

Ela está bem? foi sua resposta.

Não. Ela foi mordida pelo menos uma dúzia de vezes. E há marcas em seus braços. O cretino a forçou a ter um cio. Enviei o relatório completo a ele enquanto tensionava a mandíbula com fúria.

Minha essência de cura deveria ser capaz de tirar Kyra disso, mas levaria tempo. Horas, talvez até dias.

Mexer com o ciclo de uma Ômega pode ter impactos duradouros. E esses impactos eram bastante desconhecidos no momento, principalmente porque Kyra era híbrida. Ômegas do V-Clan tinham ciclos de um mês. Eu não tinha ideia de como era o ciclo típico de Kyra.

Merda. Alguma ideia de onde ele está? Cillian perguntou.

Não. Mas se ele aparecer aqui, vai se arrepender. Eu ficaria feliz em acabar com ele.

Cillian não respondeu de imediato, me dando um momento para enviar outra onda de poder de cura através da forma adormecida de Kyra.

Sua mente estava quase vazia, a não ser por alguns gemidos necessitados. Eu odiei fazer isso com ela. Mas era a única maneira de proporcionar uma aparência de conforto.

A energia brilhava nas proximidades, uma presença Alfa fez meu lobo rosnar baixo em alerta.

Ele desapareceu no instante seguinte, mas meus instintos permaneceram em alerta, e fera rondou sob minha pele.

Minha Kyra. Minha Ômega. Minha companheira.

Ela murmurou enquanto dormia, com o traseiro batendo contra meu nó latejante.

Xinguei baixinho, sentindo meus músculos tensos com uma necessidade mal contida.

Essa pequena Ômega se entranhou em meu ser. Abriu seu caminho para dentro do meu coração. Se fixou à minha alma.

Foi além da dança dos nossos lobos e diretamente para os nossos espíritos, esse vínculo nos uniu para a eternidade.

Cada dia que passava tornava mais difícil lembrar por que eu não queria isso. Por que nunca desejei uma companheira.

Me desculpe. A mensagem rolou pelo ar, o remetente era Kieran. *Não sabia que você seria... territorial.*

Ela é minha, digitei de volta, com meu lobo ainda agitado pela breve aparição de Kieran perto do ninho de Kyra. Sua partida imediata foi a única coisa que impediu meu animal de sair correndo para desafiá-lo.

Entendi, ele respondeu. *Vou manter distância. Mas estou aqui para te proteger enquanto você cuida das necessidades de Kyra.*

Engoli em seco, com meu lobo ainda muito perto da superfície. Provavelmente porque eu tinha uma Ômega deliciosa aconchegada a mim. Deixando de lado o cheiro de vampiro, sua essência era divina.

Laranjas de sangue picantes, maduras para serem degustadas.

Puta merda.

Pressionei o nariz em seu pescoço, inspirando profundamente.

Queria desesperadamente prová-la. Mordiscar cada centímetro dela. Beijá-la. Mordê-la.

Ela estava coberta com a colônia de outro Alfa. *Um vampiro*. Meu lobo rosnou, odiando seu cheiro nela. Odiando suas marcas. Suas reivindicações. Seu veneno poluindo o sangue dela.

Eu queria que ele sumisse.

Desaparecesse.

Essa Ômega era *minha*. E eu não a compartilharia com aquele psicopata.

Caramba, eu não tinha certeza se poderia compartilhá-la com alguém.

O que era um problema enorme, já que Kyra não queria um companheiro.

Pressionei a boca em seu pulso, observando a frequência cardíaca normal. Estava muito melhor que antes.

No entanto, agora meu coração estava acelerado. Eu queria massacrar seu companheiro vampiro. Matar qualquer um que sequer olhasse para ela. Destruir qualquer um que ousasse tirá-la de mim.

— Merda — murmurei, sentindo a necessidade visceral de me afogar em uma onda de intensa agressão.

Meu nó pulsou. Minha besta se enfureceu. Minhas entranhas arderam.

Minha, pensei. *Essa Ômega é minha.*

Ela só não sabia disso ainda.

Eu a envolvi em meu poder, acalmando-a tanto com minha habilidade de cura quanto com meu ronronar.

Ela se aconchegou em mim enquanto dormia, e seu suspiro de satisfação me agradou imensamente.

Kyra podia não querer um companheiro. Mas ela me tinha oficialmente para a eternidade.

Eu só teria que mostrar a ela o que isso significava.

No final, a escolha seria sempre dela.

Mas era meu papel ser a escolha certa para ela. O companheiro ideal. Aquele em quem ela podia confiar. Acreditar. Admirar. Talvez até amar.

E em troca, eu daria a ela tudo que pudesse.

Eu seria o suficiente. Seria o que ela precisava. A valorizaria. Ficaria ao seu lado. Até a deixaria liderar, dentro do razoável.

Tudo o que ela precisava fazer era me dar uma chance.

Talvez discutíssemos isso quando ela acordasse.

Ou talvez eu esperasse até um momento mais apropriado.

Independentemente disso, eu estava decidido. Não me importava se era o cio dela seduzindo meus pensamentos ou se os acontecimentos dos últimos dias alteraram fundamentalmente meus instintos.

A decisão estava tomada.

Ômega Kyra era minha.

E Alfa Fare era um homem morto.

KYRA

SEMPRE-VIVAS.

Lobo.

Alfa.

Rolei nos aromas, me deleitando com a maneira como cobriam minha pele nua. Estava por todo o meu ninho. Em cima de *mim*.

Mas havia um aroma subjacente de rosas mortas que contaminava tudo. *Rosas mortas cobertas de ferrugem.*

Estremeci, sem me importar com aquela colônia. Eu queria mais da sempre-vivas.

Minha loba cheirou, procurando até encontrar a fonte.

Duro. Quente. Macho.

Hum.

Acariciei seu peito, passando a mão pelos músculos firmes de seu abdômen e descendo até seus quadris.

Curvei os lábios, confusa com o tecido ali.

Era suave. Macio. Moderadamente aceitável. Só que eu o queria nu, não vestido.

Beijei seu peito, movi a língua para provar sua pele. Mas meus lábios encontraram uma sugestão de algo mais ali. Algo delicioso. *Sangue.*

Minha boca salivou, meu estômago revirou de *necessidade*.

Quando foi a última vez que me alimentei? me perguntei, delirante. *Onde estou agora?*

Ah, mas isso não importava. Este Alfa tinha o que eu desejava. O que eu precisava desesperadamente.

— Por favor — sussurrei, pedindo permissão, *implorando* para que ele me desse uma amostra.

Eu sabia que era melhor não morder sem pedir. Alfas eram territoriais. Eles só davam o que queriam. Se eu tentass...

— Pegue o que precisar, Kyra — ele disse, as palavras pontuadas por um ronronar baixo e estrondoso. — Meu sangue é seu.

Olhei para ele, notando a sinceridade em suas profundezas escuras. *Isso é uma fantasia?*, me perguntei.

Pode ser, se você quiser, ele respondeu, obviamente me ouvido.

Obrigado, Alfa.

Lorcan, ele respondeu.

Franzi a testa, sem entender sua correção. Mas eu estava com muita fome para pedir esclarecimentos. Precisava prová-lo. Mordê-lo. Me alimentar.

Mas onde?, me perguntei. Onde devo...? Parei quando uma memória incomodou meus pensamentos.

— *Agora, onde devo te morder?* — um Vampiro Alfa perguntou recentemente. — *Decisões, decisões.*

Engoli em seco, meu apetite se dissipou lentamente.

Fare.

Imagens de uma agulha passaram pela minha mente, seguida por sua boca. Aquele sorriso cruel. As presas em minha pele.

Me levantei, levei as mãos indo para meus quadris e depois para minhas coxas. As marcas desapareceram, minha pele estava clara. Mas eu ainda podia sentir seu toque ali. Seu toque ganancioso. Suas provocações.

Um suspiro me escapou e meu ninho de repente pareceu todo errado. Meu corpo o contaminou. *Os cheiros...* Rolei para fora da cama, desesperada para consertar, precisando... me livrar *dele*.

— Kyra. — O Alfa em meu ninho disse meu nome com um ronronar que fez meus joelhos ameaçarem se dobrar. Foi um som tão reconfortante. Tão perfeito. Tão... *hipnótico*. — Me diga o que você precisa e eu te darei.

— Eu... — Pisquei, procurando pelos cheiros desagradáveis. Uma visão de pétalas de rosa se repetiu em meus pensamentos, junto com uma nota... — As flores...?

— Eu as joguei fora — o Alfa disse, parecendo descontente. No entanto, seu ronronar permaneceu. Aquele som lindo e amoroso.

Quero mais disso, pensei sonhadora. *Entre minhas coxas. Contra minha garganta. Durante um beijo...*

Mas eu não poderia fazer isso agora. Precisava consertar meu ninho. Remover o cheiro mortal. O erro.

Está tudo errado.

Rosnei, furiosa com meus lençóis manchados. Minha pele marcada. A colônia feia e repelente.

Um banho, percebi. *Sim. Sim, é disso que preciso.*

Fui em direção ao banheiro, mas parei quando o ronronar atrás de mim ficou mais suave.

O Alfa não estava me seguindo.

Não, não. Ele tinha que vir também. Eu... eu precisava do ronronar dele. Seu aroma. *Seu sangue*.

Ele saiu do meu ninho, sua expressão sem emoção enquanto dava um passo à frente.

Será que ele discerniu minhas necessidades a partir de minhas ações? Ou ele leu minha mente?

Eu não tinha certeza. Nem me importava.

O que importava era a sua presença, sua proteção, sua fragrância sedutora.

Fui até ele para pressionar o nariz em seu peito, inspirando profunda e propositalmente enquanto me entregava à sua essência. Até aquele toque de sangue em sua pele era celestial.

Entrelacei a mão na dele, puxei-o comigo em direção ao banheiro adjacente e abri o chuveiro. A banheira era pequena demais para ele, mais ainda para nós dois. Então um banho teria que servir.

Ele não disse nada enquanto eu preparava a água, encontrando a temperatura certa. Então entrei e olhei para ele com expectativa. Ele precisava tirar aquela cueca samba-canção. Eu não tinha certeza de por que ele estava usando aquilo.

Quando ele vestiu isso?, me perguntei. *Ou... espere... ele não estava usando... jeans?*

Tudo desde os últimos... não importava quanto tempo tinha passado... estava confuso. Parecia um sonho.

Na verdade, ainda parecia um sonho agora.

Mas pelo menos eu não estava mais pegando fogo.

Apenas com fome. *Eu estava morrendo de fome.*

Sua mandíbula tremeu, seus olhos escuros encararam os meus com um turbilhão de emoções.

— Quem sou eu? — ele me perguntou depois de alguns segundos.

Baixei as sobrancelhas. A pergunta não fazia sentido para mim.

— Alfa.

Ele balançou a cabeça.

— Lorcan.

Aquela palavra de novo.

Ou melhor, o *nome* dele.

Lorcan, o Elite, pensei.

Minha loba grunhiu em aprovação, me lembrando de uma vez em que ela brincou com seu Alfa no gelo. Rolou. Bateu de lado. Se enrolou como uma bola para se aconchegar na caverna de gelo.

A água caiu ao meu redor enquanto as memórias giravam em minha mente.

Apenas para um momento mais recente assumir. *Eu na cama. Abrindo as pernas. Olhos vermelho-rubi. Presas.*

Estremeci e peguei o sabonete, sentindo de repente a necessidade de esfregar minha pele. *Errado. Errado. Errado.*

O Alfa entrou comigo, com a cueca samba-canção ainda no lugar.

Que provocação. Porque eu podia ver o contorno de seu nó impressionante e queria muito prová-lo.

Mas primeiro, precisava me livrar desse cheiro horrível.

Me limpar. Me banhar no perfume deste Alfa. *Mordê-lo.*

Ele pegou o sabonete de mim e ensaboou minha pele, me ajudando a afastar o odor do outro Alfa. O errado. Aquele que fazia meu estômago revirar de pavor.

Engoli em seco quando este Alfa se ajoelhou, com o olhar concentrado em minhas coxas, seu toque proposital, mas quente. Isso me fez querer levantar suas mãos, até o ápice entre minhas pernas.

Mas ele era metódico. Minucioso. Criava espuma e me lavava, depois repetia o movimento até, finalmente, pressionar o nariz na minha pele e inalar. Seus olhos encararam os meus o tempo todo, a fome ardia naquelas profundezas escuras.

A umidade imediatamente se formou em meu âmago, respondendo a esse olhar. Essa *necessidade.*

Porque *ah, sim, por favor.*

Passei os dedos por seus cabelos grossos, desejando senti-lo. Segurá-lo. Guiá-lo.

— Diga meu nome, Kyra — ele sussurrou, suas palavras soando quase dolorosas.

Alfa permaneceu em minha língua. Mas eu estava começando a entender o que ele queria. O que ele estava tentando garantir que eu sabia.

Ele.

Lorcan.

O Elite... com quem estou acasalada.

Olhei para ele, sentindo a língua engrossar na boca.

Ele me puxou de volta de Fare. Me salvou de um destino que eu nem queria pensar em enfrentar. Porque eu estava no cio.

Mas agora... agora eu ainda estava... no cio. Mas não exatamente. À margem disso, suponho. Saindo do coração do ciclo.

Daí a minha fome.

Na verdade, não. Isso era por causa de Fare. Ele tirou muito do meu sangue. Demais. Sem fornecer nada em troca.

Eu estava faminta.

Morrendo de sede.

Mas havia outras coisas que eu desejava também.

Como Lorcan. De joelhos. Com a boca na minha coxa.

Não mordendo. Apenas... beijando.

Ele sustentou meu olhar enquanto fazia exatamente isso, se inclinando para sentir o gosto da pele que acabou de ensaboar e enxaguar. Quase fechei os olhos de alegria, a sensação era tão intensa que quase me esqueci de como respirar.

Suas mãos subiram pela outra perna, seu toque repetiu os mesmos cuidados, removendo o cheiro ruim de Fare. Suas marcas. Sua existência.

Lorcan... o estava substituindo.

Me mostrando como era ser querida. Respeitada. *Acasalada.*

Eu estava no auge do meu cio e ele... me rejeitou. Mais ou menos. Eu sentia sua necessidade. Podia sentir o cheiro. No entanto, ele não tentou me dar o nó. Me colocou em algum tipo de estado de sono, seu poder de cura ajudando a afastar os restos do veneno de Fare.

Lorcan cuidou de mim.

Me abraçou.

Ronronou para mim.

Ele ainda estava cuidando de mim agora, com cada toque de seus dedos, afugentando Fare com carícias em minha pele.

Estremeci, apesar do calor do jato de água.

Lorcan estava me seduzindo. Talvez não de propósito, mas seu toque era... *hipnótico*. Perfeito. Exatamente o que eu precisava.

Apertei mais seu cabelo enquanto ele movia os dedos até os ossos do meu quadril, os polegares completando pequenos círculos na minha pele.

— Onde mais ele te mordeu? — ele perguntou com a voz baixa enquanto terminava com meus quadris, roçando o nariz quando terminou.

— Meus seios — eu disse a ele. — Meu... clitóris.

Suas narinas se alargaram, e seu olhar foi para meu monte depilado.

— Só o seu clitóris? Em nenhum outro lugar aqui?

Engoli em seco enquanto balançava a cabeça.

— Ele me mordeu em vários lugares lá embaixo.

A mandíbula de Lorcan tremeu, seus pensamentos fervilhavam com intenções assassinas.

Ele tinha que entrar na fila. Porque agora que eu sabia que Fare estava vivo, pretendia matá-lo novamente.

E, desta vez, eu me lembraria de levar a porra de um fósforo.

Humm, aí está a minha pequena assassina, Lorcan pensou em minha mente.

Quase bufei, mas seu toque... foi... para meu centro superaquecido. Ele aplicou sabonete com delicadeza e movimentos meticulosos enquanto ensaboava as marcas invisíveis de Fare.

E as substituiu pelas suas.

Minhas pernas tremeram, meus dedos apertaram seu cabelo.

Eu não ficava com um Alfa há mais de um século. Esses últimos dias com Fare não contavam. Ele não tinha me dado o nó. Só tinha me mordido. Ele estava esperando até que eu estivesse muito incoerente para poder transar comigo.

Seus amigos nem entraram no quarto.

No entanto, ainda havia centenas de memórias que eu desejava apagar. *Substituir.*

Poderiam ser os momentos residuais do meu cio impulsionando minhas necessidades, mas no fundo, eu sabia que era muito mais que isso.

Em algum lugar ao longo do caminho, Lorcan tocou um pedaço da minha alma. Talvez com aquelas corridas da tarde. A maneira como ele acariciou minha loba.

Ou talvez fosse só *ela*, meu animal, sabendo que isso estava certo. Sabendo que ele estava destinado a ser nosso. Escolhendo-o como seu companheiro, não porque fomos forçados a esse acasalamento de conveniência, mas porque ele provou ser digno dela.

Então ele provou ser digno de mim ao não *me* dar o nó quando poderia facilmente.

Ele me respeitou.

Me protegeu.

Ele me *curou*.

E agora, parecia estar me reivindicando.

A cada toque, eu me sentia como se pertencesse a ele.

Suas mãos alcançaram meus quadris novamente enquanto ele se inclinava para cheirar meu monte e chegar até meu clitóris, roçando seu nariz na minha pele pelo caminho. Sua expiração tocou minha umidade, provocando um arrepio pela minha coluna.

— Lorcan — sussurrei, com as pernas subitamente fracas.

— Humm — ele murmurou. — Diga isso de novo.

— Lorcan.

— Boa menina — ele sussurrou as palavras bem contra meu ponto sensível. — Quer que eu remova a mordida dele, pequena assassina? Substitua pela minha língua, talvez?

— Sim — admiti. — Sim, por favor.

— Me peça para te lamber.

— Me lamba — repeti automaticamente, o calor se espalhando pela minha pele. — Por favor.

LORCAN

Meu nó pulsava, minha virilha apertava de *necessidade*.

A presença daquele vampiro permanecia em minha Ômega, a memória dele contaminou sua mente, as presas deixaram marcas invisíveis por toda sua pele macia.

Eu queria que ele sumisse. Morresse. Desaparecesse.

Meu lobo rosnou em concordância. Fare não tinha lugar entre mim e Kyra. Nenhum propósito residia em nossos pensamentos.

Isso era sobre mim e ela. Nossos lobos. Nosso vínculo. Conveniente ou não, ele cresceu. Em quê, eu não tinha certeza.

Mas eu a queria.

Caramba, eu precisava dela.

Meu pau ficou duro por três dias enquanto ela se curava. Três dias tendo seu corpo nu pressionado contra mim. Três dias ouvindo seus gemidos baixos e sentindo o cheiro da sua umidade deliciosa.

Então ela acordou e me cheirou como se eu fosse seu perfume favorito.

E agora, ela estava molhada. Limpa. *Tão lindamente inchada.*

Segurei seu olhar enquanto me inclinava para lavar seu clitóris. Suas pupilas dilataram e sua loba olhou para mim com total aprovação.

Minha fera interior retribuiu o olhar, seu grunhido baixo ressoou em meu peito e fez as pernas de nossa companheira tremerem em resposta.

Um Alfa poderia usar esse som para deixar sua Ômega molhada, para ajudar a encorajar uma transa. Mas Kyra já estava encharcada, os lábios de sua boceta brilhando de excitação.

Passei a língua, me entregando a uma prova profunda.

Kyra apertou meu cabelo, seu corpo tremeu.

— Lorcan — ela murmurou.

— Tão bom — elogiei, satisfeito por ela continuar dizendo meu nome. Isso me mostrou que ela não estava mais perdida no cio, que ela estava ciente do que estávamos fazendo.

E significava que ela não estava pensando *nele*.

Fechei os lábios ao redor de seu clitóris, determinado a lhe dar gratificação sensual em vez de dor. Ela merecia ser adorada. Querida. *Amada*.

Sua boca se abriu em um suspiro, ela ondulou os quadris em minha direção enquanto eu sugava o clitóris duro.

Meu nome escapou de seus lábios novamente, desta vez ofegante enquanto ela se recostava na parede de azulejos. As duas mãos estavam em meu cabelo agora, seus dedos agarravam os fios com força enquanto ela se movia contra meu rosto.

Era excitante vê-la se contorcer. Tão atraente senti-la escorregadia contra meus lábios. E absolutamente perfeito experimentar o sabor dela na minha língua.

Eu queria mais. Muito. Muito. Mais.

Apertei a língua contra ela quando soltei seu quadril e

levei a mão até suas coxas. Arrepios encontraram meu toque, seu corpo tremeu sob minhas atenções.

Deslizei a mão para cima, provocando sua abertura com os dedos.

Ela se arqueou na parede, seu corpo parecia desesperado para que eu a possuísse. Reivindicasse. Marcasse-a por dentro e por fora.

Dei o que ela queria, penetrando dois dedos e os curvando de uma forma que eu sabia que a deixaria louca.

Ela deu um gemido longo e alto, aquele som que eu me lembraria para sempre. Porque *eu* fiz isso com ela.

E foi *meu* nome que rolou em sua língua.

Ela estava perto. Eu podia sentir isso na maneira como ela tensionou ao meu redor. A maneira como seu aperto se tornou violento. A forma como seus mamilos intumesceram.

Eu queria que ela gozasse. Que explodisse em minha língua. Me marcasse com seu perfume enquanto eu a reivindicava com a boca.

Grite meu nome, pequena assassina, murmurei. *Deixe todos saberem que seu Alfa está de joelhos por você.*

Seus membros tremeram, os dedos prenderam meu cabelo.

E então ela se desfez em um orgasmo que abalou nosso vínculo, fazendo meu nó doer por ela.

Ondas intensas de êxtase nos envolveram, seu clímax foi explosivo. Lindo. Positivamente divino.

Lambi sua boceta molhada, amando seu sabor cítrico.

Então sorri quando ela começou a gozar novamente, sua boceta Ômega preparada e pronta para seu Alfa. Ela precisava de mais do que apenas minha língua, apertando meus dedos em uma exigência silenciosa pelo meu nó.

Mas eu a forcei a desmoronar assim mais uma vez,

precisando remover todo e qualquer vestígio daquele vampiro de seu corpo.

Quando ela terminou de apertar meus dedos, seu corpo estava repleto de três orgasmos subsequentes.

Mas essa sensação de gratificação não duraria muito.

Agradá-la libertou sua loba. Que estava com fome. Assim como sua vampira.

Minha Ômega ainda precisava de sangue.

Ela também precisava do meu nó.

Deixei uma trilha de beijos por seu corpo, depois parei em seus seios enquanto me lembrava do que ela disse sobre a mordida de Fare.

Recuperando o sabonete que descartei quando minha atenção se voltou para lamber Kyra em vez de limpá-la, concentrei meus esforços em seu peito.

Seus mamilos eram pontinhos duros, implorando pela minha boca. Mas os lavei primeiro, três vezes com água e sabão.

Só então dei meus lábios e dentes àqueles pontos necessitados.

Eu não mordi. Apenas mordisquei. O corpo de Kyra merecia reverência. Provocação. *Amor*.

Chupei seus mamilos e os lambi. Ela gemeu, segurando meus ombros.

Assim que terminei com os seios, continuei a subir, meu nariz mostrando o caminho.

Fare deixou o cheiro em seu pescoço, a reivindicação por toda sua garganta.

Lavei com água e sabão. Então beijei cada mordida invisível, marcando Kyra como minha.

Quando cheguei à boca, ela era uma deusa sensual de necessidade e desejo. Seus olhos felinos brilharam com intenção, com os dedos cravados em meus ombros.

— Dê seu nó para mim — ela exigiu.

— Quem eu sou? — perguntei a ela, levando os dedos para minha boxer enquanto esperava por sua resposta.

— Meu companheiro inconveniente — ela retrucou, fazendo meus lábios se contraírem. — Lorcan. Um Elite. Um Alfa prestes a morrer se não colocar seu nó dentro de mim agora mesmo.

Eu ri, tirando a boxer em um piscar de olhos.

— Vou ter que tirar essa atitude de você.

— Você pode tentar — ela respondeu.

Levei as mãos para seus quadris, meu lobo rugindo em expectativa de vitória.

— Diga se for demais.

— Não vai ser.

— Você subestima o quanto te quero, pequena assassina. — Eu a levantei do chão. — Envolva suas pernas em mim.

Ela obedeceu, com movimentos complacentes e urgentes ao mesmo tempo. Suas coxas apertaram meus quadris, exigindo que eu a penetrasse. A comesse. A reivindicasse.

Me movi para alinhar meu pau em sua entrada. Li em sua mente que já fazia muito tempo que um Alfa não transava com ela. Então tentei me acalmar.

Mas a pequena megera ondulou os quadris e me forçou a ir mais fundo, mais rápido, se pressionando contra mim.

Um gemido escapou de seus lábios, e ela inclinou a cabeça para trás contra a parede enquanto fechava os olhos.

Nada disso, pensei, levando a mão para seu queixo. *Olhe para mim enquanto eu te como, Kyra.*

Seus cílios tremularam enquanto ela obedecia, seu olhar apaixonado drogou meus instintos.

Estoquei nela, adorando o jeito que ela soltou um suspiro baixo com meu tamanho e poder.

Eu poderia adorá-la e destruí-la ao mesmo tempo, algo que sua mente estava me encorajando a fazer.

Mais, ela estava exigindo. *Mais forte.*

Saí e a penetrei novamente, forçando-a a tomar tudo de mim, reivindicando-a de forma irrevogável, *acasalando com ela.*

Suas unhas arranharam minhas costas, seus quadris empurraram os meus.

Mas faltava uma coisa. Algo vital. Um pedaço dela que eu ainda precisava possuir.

Sua boca.

As narinas de Kyra se alargaram quando capturei seu olhar, suas pupilas pareciam enormes diamantes negros.

Segurei seu olhar enquanto roçava os lábios nos dela. Então os lambi. Ela me convidou para entrar com um suspiro, e seu corpo se abriu para mim de todas as maneiras.

Não hesitei em aceitar seu convite, em possuir cada parte sua.

Sua boca.

Sua língua.

Seus seios.

Sua boceta.

Reivindiquei cada centímetro seu, minhas estocadas punitivas marcando-a para sempre como minha. Meu beijo a devastou para futuros homens, dos quais não haveria nenhum. Minhas mãos deixando traços invisíveis por toda a sua pele.

Minha. Minha. Minha.

Meu lobo rosnou de acordo, exigindo que eu afundasse os dentes em seu pescoço para renovar nosso vínculo de acasalamento. Mas eu o segurei. Kyra já foi mordida o suficiente nos últimos dias. Eu cederia aos desejos da minha besta outro dia.

Porque haveria outro dia.

Caramba, haveria mais esta noite.

— Aperte sua boceta ao meu redor — eu disse a Kyra. — Me marque como se eu estivesse marcando você. Me faça te dar meu nó. Me faça te reivindicar.

Suas unhas se transformaram em garras contra meu ombro e seus lábios se curvaram contra os meus.

— Quero te fazer sangrar.

— Então faça isso — rosnei enquanto a estocava contra a parede. — Me destrua. Me morda. Faça o que você quiser.

Ela me apertou, claramente gostando dessa ideia.

Mas ela não passou as garras no meu peito como eu esperava.

Em vez disso, ela mordeu meu lábio. *Com força.* E acalmou a dor com a língua.

Um gemido a deixou enquanto ela bebia um pouco do meu sangue. Seguiu-se um ruído selvagem, e então ela fez de novo. Ainda mais forte.

Agarrei sua nuca, apertando para mostrar domínio. Mas não a impedi de me morder. Minha pequena assassina selvagem precisava de uma saída, e eu forneci isso a ela.

Nosso beijo ficou confuso, meu sangue se acumulou entre nós enquanto ela engolia com avidez.

Ela pulsou ao meu redor, seu orgasmo se aproximando. Estoquei nela, incitando-a, ciente de que sua explosão iminente me forçaria ao limite.

Meu nó pulsou em expectativa, minhas bolas apertaram.

Tão bom, pensei, adorando o jeito que ela me agarrou. *Tão bom.*

Kyra cravou as unhas no meu ombro, o seu corpo ficou tenso contra mim.

— Lorcan! — ela gritou enquanto desmoronava em uma onda poderosa, seu corpo me apertou e exigiu que eu a seguisse até o ápice.

Um rugido saiu da minha garganta quando meu nó avançou, me prendendo a minha Ômega e nos levou a uma violenta espiral de euforia.

Isso dominou todos os aspectos do meu ser, escurecendo minha visão, disparando fogo em minhas veias, arrancando grunhidos do meu peito.

Tão intenso.

Tão incrivelmente perfeito.

Kyra ofegou, seu corpo estremeceu com o ataque de prazer que drogava seu ser.

Sua testa se apoiou em meu ombro, sua língua acariciou com cuidado as marcas sangrentas que ela criou com suas garras.

— Beba de mim — sussurrei para ela. — Posso sentir sua sede.

Ela estremeceu, sua mente me dizendo o quanto estava grata por eu ter oferecido novamente. Kyra já tinha medo de tirar algo de mim antes. Mas eu disse a ela em pensamento que minha oferta era indefinida. Ela poderia me morder sempre que precisasse. Eu nunca a rejeitaria.

Seus incisivos morderam meu pescoço, seu gemido foi direto para minhas bolas e me fez querer dar o nó nela novamente.

Mas eu ainda não tinha terminado de gozar, e meu nó desatou minha reivindicação da maneira mais íntima que se podia imaginar.

Ela sentiria meu sêmen dentro dela por dias.

E quando essa sensação começasse a desaparecer, eu a encheria novamente.

Eu a queria encharcada com meu esperma. Saturada em minha essência.

Você é minha agora, pequena assassina.

Sim. Até que a morte nos separe, ela pensou, cansada, para mim.

Eu ri. *Isso é uma ameaça?*

Provavelmente.

Excelente, eu disse a ela. *Preliminares violentas são minhas favoritas.*

Então é bom que eu tenha muitas facas.

Hum. Uma coisa boa, de fato, sussurrei para ela. *Mas, primeiro, preciso dar um nó em você novamente.*

No meu ninho, ela me disse. *Eu preciso... do seu cheiro. No meu ninho.*

Pressionei os lábios nos dela, meu beijo mais suave que antes. *Eu ficaria honrado em espalhar meu cheiro no seu ninho, Kyra.*

Ela sorriu, o movimento um pouco tímido. *Obrigada, Alfa.*

Desta vez, não a fiz dizer meu nome. Ela falou o título como um elogio. Uma espécie de carinho. E eu acolhi o sentimento.

Assim como gostei da oportunidade de marcar seu ninho.

Várias vezes.

Até que nós dois estávamos exaustos demais para nos mover.

Só então a puxei para meus braços e sussurrei:

— Mudei de ideia. Eu quero uma companheira. Quero você.

Mas ela já estava dormindo.

Sua mente estava lindamente quieta.

— Bons sonhos, pequena assassina — eu disse a ela, meu ronronar acendendo em suas costas. — Não haverá pesadelos hoje. Ou nunca mais. Porque estou aqui. E estou aqui para ficar.

KYRA

Lorcan estava ao lado do meu ninho, seu nó era uma distração que tentei ignorar. Mas estava bem ali, grande demais para eu não perceber. Então ele não poderia me culpar por olhar para aquilo.

Em um comportamento típico de Lorcan, ele arqueou a sobrancelha.

— Está vendo algo que quer?

— Sim — admiti. — Mas ainda não terminei.

Me inclinei para pegar uma de suas camisas usadas recentemente e coloquei-a no canto do ninho.

Todos os vestígios de Fare desapareceram, sendo completamente substituídos por Lorcan. Pelo menos ali.

Em minha cabeça levaria tempo. Felizmente, passei a maior parte do século passado superando minhas experiências com Fare.

O que ele fez comigo na semana passada não era nada em comparação à nossa história. Eu poderia lidar com seu veneno. E parecia que também conseguia lidar com sua compulsão.

Algo me atingiu durante meu cio forçado. Algum tipo de interruptor que eu não sabia que possuía.

Contei a Lorcan sobre como minha loba pareceu assumir o controle, sua fúria me deu força para superar o controle mental de Fare.

Eu não conseguia senti-lo agora, provavelmente porque ele não estava tentando me envolver ativamente.

Isso não acabou. Mas me sentia mais confiante. Mais no controle. Mais viva.

Escapei dele.

Isso significava que eu poderia fazer isso de novo.

Embora Lorcan parecesse bastante determinado a não sair do meu lado até que Fare morresse. Ele não expressou essa opinião em voz alta, mas eu a ouvi em seus pensamentos.

Junto com várias outras proclamações que ele ainda não havia mencionado em voz alta.

Como aquela sobre ficar no Santuário. Indefinidamente.

As coisas estavam evoluindo entre nós. Eu não tinha certeza de como me sentia sobre isso, apenas parecia certo.

Nenhum de nós estava tentando rotular.

E eu gostei.

Minha loba também estava contente. Especialmente porque seu Alfa continuava ronronando para ela. Como agora. Toda aquela bondade estrondosa vibrou atrás de mim quando me inclinei para afofar um dos meus muitos travesseiros.

Embora eu não tivesse dito nada em voz alta, Lorcan sabia o quanto meu ninho era importante para mim. Principalmente porque Fare nunca me deixou fazer um.

Este foi meu porto seguro por mais de um século. Nunca permiti que um Alfa entrasse ali.

Lorcan foi o primeiro a nos seguir aqui depois do treino de luta lá fora.

Então Fare chegou e contaminou meu espaço, como sempre fez. Mas Lorcan limpou tudo na minha ausência.

Depois disso, ele ficou aqui enquanto protegia o Santuário.

Ele também estava tentando me encontrar, algo que percebi quando ele me mostrou o mapa que colocou na parede do corredor fora do meu ninho. Havia alfinetes por toda parte indicando locais potenciais para o ninho de Fare, tudo baseado no que eu disse a ele e em seus instintos.

Ele e Kieran também enviaram pedidos de informação aos seus aliados em outros territórios ao redor do mundo, esperando que alguém pudesse fornecer uma pista.

O ronronar de Lorcan se intensificou quando rastejei para fora do ninho para pegar mais roupas em sua cesta. Desta vez, peguei uma boxer e a usei para apoiar um dos meus travesseiros. Então voltei para pegar uma calça. Era preta e cheirava a sempre-viva intensificada por sensualidade masculina. Respirei com alegria e a adicionei à minha pilha crescente de itens com aroma de Lorcan.

Ele não se mexeu enquanto eu trabalhava, apenas ficou ali esperando para ser usado ou chamado.

Eu me esparramei em meu ninho e rolei, minha loba e vampira interior estavam satisfeitas de uma forma que eu não sentia há muito tempo.

Suspirando, deslizei para trás e olhei com expectativa para meu companheiro.

— Estou pronto para o seu nó, Alfa.

Seus lábios se curvaram quando ele apoiou um joelho no colchão.

— Onde você quer, Ômega?

Abri as pernas, com as coxas já escorregadias em antecipação.

— Aqui.

— Quer minha língua primeiro?

Pensei nisso por um momento, mordendo o lábio. Então balancei a cabeça lentamente. Porque, não. Eu o queria dentro de mim. Me dando o nó. Derramando seu perfume masculino por todo o nosso ninho.

Isso completaria meu projeto, nos completaria.

Ele rastejou sobre mim, seus olhos escuros me mantendo cativa debaixo dele enquanto se acomodava entre minhas pernas, o pau quente e pesado contra meu centro.

— Essas devem ter sido as três horas mais dolorosas da minha vida, ver você andando nua enquanto trabalhava em seu ninho.

— Ainda mais doloroso que meu cio? — perguntei, me arqueando para ele.

— *Falso* cio — ele corrigiu. — E essa experiência foi diferente. Eu não tinha permissão para tocar em você naquela época.

— E agora?

— Agora... — Ele me penetrou em um impulso medido, seu comprimento inchado me preencheu deliciosamente. — E agora você é *minha.*

Gemi quando ele saiu por completo e entrou em mim novamente, seu pau grosso me esticou a cada movimento de seus quadris contra os meus.

Foi diferente de qualquer um dos meus encontros anteriores, principalmente porque este foi muito consensual. Meus dois lados ansiavam por Lorcan, até mesmo minha metade vampira. Ele me fez sentir completa de uma maneira que eu não esperava, seu lobo aplacou a minha de uma maneira que não percebi que precisava.

Acasalamento por conveniência, pensei enquanto meu corpo subia para encontrar o dele. *Muito conveniente. Mais que conveniente. Incrível, na verdade.*

Espetacular, ele corrigiu, e sua boca reivindicou a minha.

Eu gemi quando sua língua deslizou entre meus lábios, os movimentos rivalizando com os do seu pau.

Pilhagem e adoração.

Receber e dar.

Possuir e nutrir.

Passei os braços em volta de seu pescoço, perdida em nosso abraço, amando a maneira como ele me tratava. Não era nada terno, seus métodos me tratavam como sua igual, em vez de algo quebrável. Era exatamente o que eu precisava.

Meu trauma ficou no passado. A única maneira de apagá-lo era estar fundamentada no presente.

Eu não queria ser vista como frágil. E seu ritmo me disse que ele sabia, respeitava e *gostava* disso.

Mordi seu lábio inferior, tirando sangue e permitindo que ele fluísse pela minha língua.

Ele rosnou, seu lobo satisfeito com minha marca. Continuou se curando, o que me fez querer mordê-lo com frequência, só para garantir que meu beijo vampírico nunca deixasse sua pele.

Este homem era meu.

Se alguma das outras Ômegas aqui pensasse em reivindicá-lo, enfrentariam um mundo de dor. Porque eu não o compartilharia. Nunca.

Ele gemeu, o som provocou arrepios na minha coluna. *Eu também não vou te compartilhar*, ele sussurrou em minha mente. *Você é minha.*

É o que você diz.

Então me permita provar, ele rebateu, aproximando a boca do meu pescoço.

Paralisei quando ele cravou os dentes na minha pele, com força suficiente para me fazer sangrar.

Mas ele não bebeu. Apenas deixou sua marca ali, o impacto estranhamente... reconfortante. *Outra memória afugentada*, percebi. *Substituída por Lorcan.*

Ele lambeu a ferida, sua fera interior rosnando em aprovação. No entanto, ele não me pressionou para aceitar mais. Não colocou nenhum veneno em minhas veias. Não me forçou a um cio relutante.

Porque ele não era vampiro.

Ele era lobo.

Meu lobo.

Meu Alfa.

E ele não acreditava em me tomar à força. Ele queria minha participação voluntária, meu prazer.

Empurrei os quadris contra seus, levando-o mais fundo, precisando sentir tudo. Seu nó. Seu arrebatamento. Seu *sêmen*.

Me preencha, Alfa, exigi. *Me marque como sua.*

Sua boca voltou para a minha, seu rosnado era todo de macho Alfa. Ele gostou da ideia de me possuir. Era um impulso que ele não se preocupou em lutar contra, apesar de seus sentimentos por ter uma companheira.

Eu entendi, porque sentia o mesmo.

Abracei meus instintos, adorando a sensação de ser tomada por tamanha virilidade. Por me sentir querida. *Possuída.*

Cravei as unhas em suas costas, minha loba precisava reivindicá-lo também enquanto eu lambia o sangue de seus lábios. Foi uma mistura de nossas essências, proporcionando um sabor sensual que intrigou minha vampira interior.

Pensei que apenas o sangue de um Vampiro Alfa poderia satisfazer minhas necessidades de Ômega, mas descobri que Lorcan era mais do que capaz.

Na verdade, ele era exatamente o que eu desejava.

Forte. Cuidadoso. Dominante.

Cada aspecto dele era desejável e sempre foi assim desde o início. Eu só não queria admitir.

Sua Mão envolveu minha nuca, sua destreza Alfa assumiu enquanto a mão oposta foi para meu quadril. Ele assumiu o controle em todos os sentidos, transando comigo em nosso ninho com uma força que me tirou o fôlego.

Não havia como se conter.

Sem movimentos suaves.

Apenas pura agressividade Alfa.

E eu adorei. Ansiava por isso. *Precisava* disso.

Cada impulso afastava ainda mais meu passado da mente, trocando-o por pensamentos sobre Lorcan. Novas memórias. Novas experiências. Expectativas redefinidas.

Ofeguei embaixo dele, apertando-o com minhas coxas enquanto me segurava. Meu centro pulsava por ele, esfregando o clitóris cada vez que ele se impulsionava para frente.

Foi intenso.

Perfeito.

Despertador.

Seu nó estava bem ali, pulsando contra minha carne, puro macho Alfa. Eu queria aquilo dentro de mim. Nos protegendo. Nos levando a novos patamares de prazer.

Por muito tempo, eu temi isso. fiquei aterrorizada em deixar outro Alfa entrar em mim assim.

Mas Lorcan era diferente. Ele era *meu*.

Seu, ele sussurrou. *Agora goze para mim, companheira. Aperte meu nó e me leve ao limite com você.*

Arqueei contra ele com um gemido, sua exigência ecoou através do meu espírito e puxou minhas terminações nervosas. Eu queria agradá-lo. Ganhar seu elogio. *Ganhar seu nó.*

Meus membros ficaram tensos quando o redemoinho

dentro de mim ameaçou explodir. Isso fez meu estômago revirar de necessidade. Intenso. Avassalador. Apaixonado.

A língua de Lorcan domou a minha, sua mente me incentivou a seguir em frente.

Agora, companheira, ele exigiu. *Goze para mim agora.*

Ouvi-lo dizer *companheira* repetidamente em minha mente acendeu um fogo em minhas veias. Isso me fez sentir valorizada. Respeitada. *Reivindicada.*

Meu coração falhou, minha respiração parou em meus pulmões. *Muito. Demais.* Foi esmagador. Quente. Me consumiu por inteira.

Me apertei ao redor dele, a parte inferior do meu corpo se curvou para fora da cama enquanto as chamas iluminavam minhas terminações nervosas da cabeça aos pés.

Seu nome ecoou em meus lábios, apenas para ser engolido por seu rosnado. De natureza animalesca. Feral. *Autoritária.*

O calor explodiu em meu interior quando seu nó disparou para frente, me reivindicando de uma forma que só um Alfa poderia fazer.

Vibrações arrebatadoras pulsaram através do meu ser, me tornando inútil debaixo dele. Imóvel. Perdida em meus gritos incoerentes. *Satisfeita.*

Ah, intensamente satisfeito.

Várias e várias vezes.

Prazer sem fim. Êxtase personificado.

Era assim que deveria ser o acasalamento com um Alfa, um profundo encontro de almas em um plano de inexistência. Uma experiência fora do corpo. Esquecimento. A reestruturação da realidade.

Eu me agarrei a ele durante tudo isso, me deleitando com as ondas eufóricas que lambiam meu núcleo, me fazendo entrar em uma espiral de felicidade sem fim.

Lorcan.

Kyra, ele respondeu, sua voz contendo uma reverência enquanto me beijava profundamente. *Companheira.*

Estremeci, envolvi os braços em seu pescoço mais uma vez. Eles caíram durante meu clímax, meu corpo passou por algum tipo de episódio espiritual. Foi como se eu tivesse morrido e voltado à vida, mas da melhor maneira.

Sua língua me firmou, me assegurando que eu nunca tinha ido embora, que tudo tinha sido apenas um caso prazeroso.

Nossos aromas misturados chegaram ao meu nariz, meu ninho parecia mais completo do que nunca.

Inspirei profundamente e suspirei. *Sempre-vivas. Alfa. Laranjas. Rosas mortas.*

Franzi a testa com o último.

Espere... abri os olhos, meus membros paralisaram.

— O que foi? — Lorcan perguntou, seu lindo rosto pairando bem acima do meu, seu nó ainda alojado dentro de mim.

Eu abri a boca. Então fechei.

E inalei novamente.

Rosas mortas.

Elas se foram. Eles não estavam aqui. *Como...?*

Procurei em minha mente, minha loba começou a andar, agitada.

— Eu... — Uma pontada aguda apertou meu coração, fazendo meu corpo estremecer sob Lorcan enquanto minha habilidade de me esconder nas sombras tentava atacar contra minha vontade.

Arregalei os olhos e apertei Lorcan.

Não! gritei, lutando contra a vontade de desaparecer. *Não, não, não!*

Lorcan rosnou, seu poder me envolveu em um abraço

telecinético que me forçou a permanecer ali. Mas minha mente era insistente.

Venha até mim, ouvi Fare sussurrar. *Venha até mim agora*.

Não, rosnei de volta para ele, minha mente se fragmentando sob seu comando e a incapacidade do meu corpo de obedecer.

Agora! Fare exigiu.

Tudo apareceu e desapareceu, ficou claro e escuro, meus olhos focaram e embaçaram.

Não, choraminguei, minha mente em guerra com meu corpo, em guerra com Fare e com minha própria existência.

Lorcan disse algo, mas não consegui ouvi-lo. Eu mal conseguia respirar. A necessidade de desaparecer nas sombras estava consumindo meu ser. Mas não conseguia. Lorcan não me deixava. No entanto, Fare exigia.

De repente, me senti tensa.

Presa entre dois Alfas em batalha.

Duas demandas conflitantes.

Duas personalidades fortes.

Dois seres antigos.

Me rasgando ao meio. Destruindo meus espíritos de loba e vampira.

A agonia se espalhou por dentro enquanto eu tentava lutar contra os dois para tomar minhas próprias decisões.

Meu ninho. Meu porto seguro. Meu Alfa. Isso era o que eu queria. O que eu precisava. *Isto é minha vida. Minha alma. Eu farei o que eu quiser!*

Risadas cruéis ecoaram em meus pensamentos, era Fare zombando de minha tentativa de recusá-lo.

Mas ele rosnou no momento seguinte, quando Lorcan enviou uma explosão de energia curativa direto para minha mente.

Eu me encolhi, sentindo o poder bloquear

momentaneamente Fare dos meus pensamentos. Mas eu sabia que não iria aguentar. Ele implantou algum tipo de âncora na minha cabeça. Uma porta dos fundos que permitia acesso para me controlar.

Ou, pelo menos, para ordenar que voltasse para ele.

Enterrei a cabeça no peito de Lorcan, inalando avidamente seu cheiro, precisando me sentir completa novamente. Precisando me lembrar que eu estava *aqui*, com *ele*.

Seus braços estavam ao meu redor, protegendo os meus.

Mas não duraria muito.

Eu podia sentir Fare abrir caminho.

Apenas para Lorcan me atingir com outra explosão de seu poder de cura.

Seu rosnado ressoou em meu peito, seguido rapidamente por seu ronronar.

Não, os dois ao mesmo tempo.

Minha mente girava, lutando para entender.

Ele está falando, percebi. *Ele está falando com alguém em um rosnado*.

Mas o ronronar era todo para mim.

Um farol. Outro tipo de âncora. Algo que apreciei. Que eu *precisava*.

A energia curativa lutava contra a compulsão em minha cabeça enquanto Lorcan me firmava na realidade, me permitindo olhar para ele mais uma vez.

Ele nos rolou para o lado, seu nó não estava mais preso a mim.

Sua mão estava no meu rosto, seus olhos nos meus.

— Vamos matá-lo — ele me prometeu. — Vamos encontrá-lo e matá-lo.

Pisquei, subitamente exausta. *Me conte como foi*, pensei sonolenta para ele, fechando os olhos.

Ah, não, companheira, ele sussurrou de volta para mim. *Vou me sentar na primeira fila. Porque vou te ver matá-lo. Então vou te entregar um fósforo para que você queime os restos mortais dele.*

Engoli em seco, gostando da imagem.

Matar Fare de uma vez por todas seria... um sonho muito bom.

O fato de ele querer que eu fizesse isso tornava tudo muito melhor.

Descanse, ele acrescentou. *Kieran vai estar aqui em breve para me ajudar a tirar Fare da sua mente. Então começaremos a caçar.*

LORCAN

KIERAN FICOU PARADO NO CORREDOR, focado no mapa enquanto sua essência de cura cercava Kyra.

— Ela já começou a desvendar a compulsão dele sozinha — ele disse ao chegar, com evidente admiração. — A menos que você tenha feito isso.

Balancei a cabeça. Porque não, eu não tinha feito. Tudo isso foi obra de Kyra.

Kieran assentiu e começou a desfazer a compulsão de Fare de sua mente, assim como fez com Myon e Fritz.

Seria mais rápido se pudesse tocá-la, mas ele sabia que não deveria tentar entrar em seu ninho. Especialmente comigo por perto.

Nosso acasalamento podia ter começado como uma transação comercial platônica, mas evoluiu para algo muito mais primitivo. Kieran sem dúvida percebeu isso pela maneira como meu lobo rondava logo abaixo da superfície.

— Ainda estou esperando algumas ligações de retorno — ele comentou. — Mas tenho informações suficientes de alguns de nossos aliados para riscar certos locais do seu mapa.

Ele listou os nomes das ilhas, me dando algo para ocupar minha mente enquanto Kyra se curava.

Então me informou sobre quais pares Alfa-Ômega seriam transferidos para o Santuário esta semana. Eram quatro, todos do Território de Sangue.

— Não posso ficar aqui por muito mais tempo — ele acrescentou. — Meu lobo sente falta de sua companheira grávida. Assim como eu.

Olhei pela porta, vendo a forma de Kyra deitada em seu ninho. A imagem dela grávida do nosso filhote flertou com meus pensamentos. Isso certamente não aconteceria tão cedo, mas talvez um dia. Se ela quisesse.

Porém, se esse dia chegasse, eu duvidava que teria forças para sair do lado dela.

O que foi uma constatação que me fez franzir a testa.

Kieran estava aqui por dever, a necessidade de proteger o Santuário de sua companheira provavelmente era o motivador que ele precisava para justificar seu afastamento de Quinnlynn.

Eu faria o mesmo por Kyra se fosse necessário. Mas não tinha certeza se poderia fazer isso por ele.

E essa era a causa da minha carranca.

Em algum momento, minha lealdade mudou.

Kyra agora era minha prioridade, não meu primo.

— Você não aprova minhas escolhas de Alfa-Ômegas? — Kieran perguntou, suas íris cor da meia-noite me examinando.

Balancei a cabeça.

— Não, esses pares são adequados. Presumo que a Quinnlynn já os aprovou.

— Já — ele confirmou. — Mas sua expressão demonstra dúvida.

— Porque o seu comentário sobre a falta da sua companheira me fez perceber que eu não poderia deixar a minha com facilidade — eu disse. Sempre fui franco com meu primo. Porém, raramente conversávamos. Bem, eu raramente falava. Principalmente porque nunca tive muito a dizer.

No entanto, isso mudou.

Por causa de Kyra.

— Eu posso entender isso. — Kieran passou seu olhar conhecedor sobre mim. — Você percebe que esta decisão vai tornar seu novo título permanente, certo?

— Sim. — Porque Kyra nunca ia querer sair do Santuário. Deduzi isso de seus pensamentos. Esta era a sua casa. Ela dedicou sua vida a essas Ômegas e nada a afastaria delas.

Eu nunca desejaria fazê-la mudar de ideia.

Se ela quisesse fazer seu ninho aqui, nós o faríamos. E eu a ajudaria a liderar, mantendo os Alfas na linha.

— Falou com ela sobre isso? — ele perguntou.

— Ainda não. — Contei algumas coisas durante o último dia, mas passamos a maior parte do tempo entre os lençóis. Ou em cima deles. Ou no chuveiro. E uma vez contra a porta.

— Ela sabe sobre o Fritz?

— Sabe que ele está vivo. — Ela também sabia da compulsão de Fare porque o vampiro se gabou disso. — A única coisa que ela não entendia era porque Fare nunca pediu informações sobre mim a Fritz. — Como Fare insistiu com Kyra para saber meu nome.

No entanto, ela nunca disse.

O que era uma coisa boa.

Porque se ela tivesse feito, ele provavelmente estaria fugindo agora. Era melhor para ele presumir que eu era um Alfa comum. Isso lhe daria confiança. Alimentaria seu ego. Se certificaria de mantê-lo parado por tempo suficiente para que pudéssemos encontrá-lo e matá-lo.

É claro que a demonstração de poder de hoje poderia ter servido como um aviso em relação à sua concorrência.

O que tornava ainda mais imperativo encontrá-lo em breve.

— Você explicou como os sonhos sempre terminavam quando Fare perguntava sobre algo relacionado ao Santuário?

Balancei a cabeça.

— Eu disse a ela que era por isso que ele não podia perguntar sobre ela... ela faz parte do Santuário. E não era como se ele pudesse implantar ideias aleatórias sobre ela que fizessem o Fritz falar.

Parecia que era assim que Fare controlava o Ômega, por meio de estimulação de ideias.

Como a ideia dele de desligar as câmeras de segurança.

E a de manipular Quinnlynn.

Embora, tecnicamente, seus pais tivessem sido mortos por um Alfa. Apenas não um Alfa do V-Clan.

Kieran murmurou, voltando seu foco ao mapa.

— Ela está quase totalmente curada.

— Obrigado.

— Não precisa me agradecer. Você faria o mesmo por mim se pudesse. — Seus olhos da cor da noite se voltaram para mim. — Você percebe que só porque é o novo Alfa do Território Santuário não significa que você não é mais um dos meus Elites, certo?

— Para sempre escravizado pelo Rei do Território de Sangue.

— Afinal, somos do mesmo sangue — ele falou.

Revirei os olhos, mas descobri que meus lábios se contraíam em um sorriso.

— Terminou de reparar o encantamento? — perguntei, ciente de que ele finalmente descobriu o problema ontem.

Ele inclinou o queixo.

— Sim, agora que finalmente dominei a magia, consegui consertar.

— Então a violação estava relacionada aos diamantes?

— Estava — ele confirmou. — Essa foi a verdadeira razão pela qual as joias tiveram que tocar na barreira. Finalmente descobri quando encontrei a porta dos fundos.

— Então não temos um traidor entre nós.

— Não que eu saiba, mas Jas ainda está examinando todo mundo de novo. Ela levou seus comentários a sério.

— Bom. — Só porque alguém tinha uma determinada designação não o tornava automaticamente inocente. — Mas sobre a barreira mágica, isso significa que a explosão não foi feita apenas para matar Quinnlynn, mas para criar a porta dos fundos?

Queria ter certeza de que cobrimos todas as nossas bases e que não tínhamos quaisquer outras preocupações potenciais de segurança na ilha.

— Sim. Parecia ser o plano alternativo, que Myon não conhecia. O feitiço que ele lançou foi o que Fare lhe deu, e não um que ele inventou de memória. Claro, isso me faz pensar em como Fare adquiriu essa informação.

É verdade, pensei, franzindo a testa.

— Ele é antigo. Podem ser vários velhos conhecidos. Mas quem quer que fosse deve ser um lobo do V-Clan. Porque apenas os membros do bando entendiam nossa magia.

— Sim — Kieran repetiu, levando a palma da mão para a nuca enquanto esticava as costas, o movimento me dizendo que ele estava mais exausto do que deixava transparecer.

Parecia que consertar o encantamento exigiu muito dele. Dado que era um feitiço de proteção que escondia uma ilha inteira, não fiquei surpreso.

— Ela está curada — ele murmurou, fechando os olhos. — Pode acordá-la agora.

Em vez de acordá-la, removi minha essência curativa de sua mente, concedendo-lhe a opção de se mexer sozinha.

Então me virei para o mapa enquanto esperávamos.

— Ander já entrou em contato com você? — perguntei, me referindo ao Alfa do Território de Andorra. Ele era um lobo do X-Clan que tinha acesso a algumas das melhores tecnologias do mundo.

Claro, não era tão boa quanto a nossa, mas ele tinha vigilância em áreas que nós não tínhamos.

— Sua última mensagem dizia que ele poderia ter uma pista, mas ainda não confirmou. Avisarei assim que tiver notícias dele. — Ele consultou o relógio. — Enquanto isso, acho que vou ligar para minha companheira e atualizá-la sobre as coisas aqui. Ela vai ficar satisfeita em saber que a Kyra está em boas mãos.

— Mãos muito boas — eu a ouvi murmurar do outro cômodo. — Excelentes mãos. Mãos alfa. Mãos de *Lorcan.*

Curvei os lábios com a alegria bêbada em suas palavras.

— Alguém está entusiasmada com magia de cura.

Ela murmurou alegremente em resposta enquanto Kieran sorriu.

— Divirta-se — ele me disse, saindo do corredor antes que meu lobo pudesse considerar o fato de que era da magia dele que Kyra estava gostando, não a minha.

Ela está curada, eu disse à minha besta. *Não comece a estalar as mandíbulas agora.*

Ele bufou, sua irritação era leve, mas uma olhada através da porta o fez se animar com interesse, a altercação esquecida. Porque sua Ômega estava sentada em seu ninho, parecendo perfeitamente amarrotada.

E muito nua.

Eu a cobri com cobertores antes de Kieran chegar, tomando cuidado para esconder sua bela forma.

Um conceito ridículo, na verdade, considerando que éramos metamorfos que precisávamos estar nus antes que pudéssemos mudar para o estado de lobo.

Mas isso não impediu que meus instintos possessivos brilhassem na presença dela.

— O que o Kieran fez comigo? — ela perguntou em tom sonhador. — Eu me sinto livre.

— Ele desfez todos os fios de compulsão que Fare já implantou em sua mente — eu disse enquanto entrava no quarto.

A porta se fechou atrás de mim, nos fechando em seu espaço seguro.

Ela esticou os braços sobre a cabeça, os seios se movendo com sensualidade com a exibição. Não importava que eu tivesse dado o nó nela há uma hora. Meu pau estava duro e pronto para mais.

E seu cheiro me disse que ela sentia o mesmo.

Fui em direção a ela, meu jeans desaparecendo no caminho. Não me preocupei em vestir camisa ou calçar sapatos, sabendo que meu primo já tinha me visto em vários estados de nudez milhares de vezes ao longo de nossas longas vidas juntos.

Kyra se deitou de volta em seu ninho enquanto eu subia nela, seus olhos brilhando com promessa.

— Precisamos conversar sobre todas as mudanças que estão acontecendo por aqui — ela disse. — Incluindo esse papel de *Alfa do Território Santuário* que ouvi Kieran mencionar. Mas eu quero que você me coma primeiro.

— Você nos ouviu conversar?

— Ouvi. Mais ou menos. Como um sonho, mas não um sonho. — Ela franziu a testa. — Isso foi real, certo?

Você estava dizendo a ele que... não pode deixar sua companheira com facilidade? — Havia um toque de insegurança em sua voz, que rivalizava com seus pensamentos.

Porque eu a deixei antes.

No jato com Quinnlynn e Kieran.

E enquanto eu estava fora, Fare a levou.

Ela não me culpava. Entendia porque parti com meu primo e sua companheira. Mas isso a deixou se perguntando o que mudou.

Então eu a deixei ouvir minha mente. As conclusões que tirei depois de ouvir Kieran falar sobre sua companheira grávida. Como percebi que não poderia deixar Kyra. Como minha lealdade mudou.

Não tenho certeza de quando isso aconteceu, admiti. *Talvez... quando acasalamos. E evoluiu lentamente a partir daí. Mas sei como me sinto agora. Estou aqui para ficar, se você me quiser.*

Garanti que ela pudesse ouvir que não a forçaria a me aceitar. Que eu estava bem em não rotular isso por enquanto. Que entendia que era muito para nós dois. Uma mudança significativa em relação ao nosso acordo inicial.

Mas não se tratava mais de conveniência para mim.

Este acasalamento era real.

A paixão do meu lobo estava decidida.

E meu desejo de ser dela era incondicional.

Eu a queria. Fim de discussão.

A pergunta era: *você também me quer?*

Sim, ela sussurrou de volta, seus olhos verdes intensos e não mais sonhadores. *Eu te quero, Lorcan. Como meu companheiro.*

Tem certeza?

Sua cabeça se moveu de leve. *Não tenho certeza do que isso significa. Não tenho certeza de onde isso vai levar. Mas minha loba... ela escolheu você. E... e eu também.*

A hesitação em sua mente parecia ser sobre encontrar as palavras certas para explicar seus sentimentos, e não sobre sua incerteza em me manter.

Ela não era uma pessoa que articulava frequentemente as emoções, algo que eu entendia muito bem. Porque eu era igual.

Mas por ela, eu tentaria.

E eu senti a mesma determinação dentro dela.

Estávamos nisso juntos. Conveniente ou não, estávamos acasalados para a eternidade.

Até que a morte nos separe, ela murmurou, um sorriso alcançando seus olhos.

Você realmente gosta dessa frase, eu a provoquei. *Ainda conspirando para me matar?*

Provavelmente.

Então é melhor você se preparar para o meu nó, companheira. Sua propensão para a violência me deixa duro.

Você já está duro, ela apontou.

Hum. Então acho que você vai receber meu nó mais cedo ou mais tarde.

As preliminares são superestimadas, ela respondeu.

Eu ri. *Então você não está fazendo certo, pequena assassina. Mas não se preocupe, temos uma eternidade para resolver isso.*

Vou afiar minhas lâminas.

Que tal começarmos com suas garras?

Ah, isso eu posso fazer. Ela cravou as unhas em meus ombros. *Assim?*

Sim, bem assim, sussurrei. *Agora segure firme, companheira. E não tenha medo de me fazer sangrar.*

LORCAN

KYRA BOCEJOU, seu corpo nu se aconchegou firmemente ao meu lado.

Ela era insaciável, sua mente curada a libertou de vários gatilhos do passado. As memórias ainda estavam lá, mas a influência de Fare desapareceu.

Não havia mais pesadelos.

Pelo menos, nada que eu tivesse ouvido desde que ela voltou.

Mas eu suspeitava que tivessem desaparecido para sempre. Conhecendo Kieran, ele implementou algum tipo de salvaguarda para impedir que Fare acessasse o subconsciente de Kyra.

Beijei sua testa enquanto ela bocejava novamente, com as pernas entrelaçadas às minhas. Eu poderia me acostumar com isso. Dormir em um ninho. Abraços. Ter um Ômega nua pressionada contra mim dia e noite.

Ela acariciou meu peito como se dissesse que concordava. Ou talvez estivesse apenas gostando do meu ronronar. Ela parecia bastante satisfeita com o som suave, e foi por isso que estive ronronando para ela nas últimas horas enquanto ela dormia.

Kieran e Cillian continuaram a me enviar atualizações, o que me impediu de adormecer. Parecia que poderíamos ter uma pista sobre o paradeiro de Fare, e eu estava esperando que os últimos detalhes surgissem.

Lembra como aquele jato de Ômegas caiu no Território Exilado? Cillian perguntou há uma hora.

Sim. Era algo que só ouvimos recentemente.

Quinnlynn tem ajudado um grupo de Ômegas a sobreviver ao inferno no Território Bariloche durante o último século. Kieran, Cillian e eu ajudamos um bando de Alfas do X-Clan a desmantelar a hierarquia e matar o Alfa do Território alguns meses atrás.

A maioria das Ômegas feridas foram enviadas para o Território Andorra.

Mas um avião não conseguiu.

Um avião pilotado por um dos Alfas com quem trabalhamos para desmantelar o Território Bariloche.

*Enrique sobreviv*eu, Cillian me informou logo após minha resposta. *Ele está na Ilha Venom e manteve contato com Ander.*

As Ômegas sobreviveram? perguntei, franzindo a testa para o meu relógio.

Algumas, sim, ele digitou de volta. *Elas escaparam em cápsulas por todo o Território Exilado.*

Fiz uma careta. Esse era possivelmente o pior lugar para Ômegas caírem aleatoriamente do céu.

O Território Exilado abrigava alguns dos piores tipos de Alfa. Todos os seres de lá foram expulsos de seus próprios territórios por crimes ou atos hediondos.

Como Enrique conseguiu entrar em contato com Ander era um mistério para mim. A tecnologia nessas ilhas não existia. Pelo menos, não que eu soubesse. Os Alfas de lá eram selvagens, vivendo em florestas cobertas de vegetação como animais, e não como humanos.

Enrique vai verificar as outras ilhas, ver se consegue encontrar

Fare, Cillian acrescentou. *A localização corresponde à descrição de Kyra. Também parece o tipo de lugar que um suposto homem morto se esconderia.*

Concordei.

E agora eu estava esperando para ouvir mais.

Em vez de tentar descansar, comecei a percorrer alguns dos pares de candidatos que Kieran e Quinnlynn encaminharam para o Santuário. Estavam começando a chegar de outros territórios agora, os Príncipes Alfas selecionaram com cuidado alguns de seus Alfas mais confiáveis para se candidatarem.

Neste momento, o Santuário ainda era um segredo. Mas todos reconhecemos que não permaneceria assim por muito mais tempo.

O Príncipe Cael sugeriu uma festa de apresentação, dizendo que poderia ser uma boa maneira de ajudar a apresentar algumas das Ômegas à vida do Território V-Clan.

Quinnlynn ainda estava pensando na ideia. Pelo que Kieran me contou, ela estava conversando com algumas Ômegas no Santuário para saber a opinião delas sobre o assunto.

Muitas mudanças estavam por vir.

Algumas seriam mais fáceis de abraçar que outras.

Mudar pares Alfa-Ômega para cá seria o primeiro passo.

Transmitir sua presença para os territórios do V-Clan seria o segundo.

Infelizmente, isso vinha com o objetivo de adicionar proteção aos muros de fronteira. Não se podia proteger algo que não se conhece. E eram necessários mais que alguns Alfas para proteger adequadamente um território, especialmente um cheio de Ômegas cobiçadas.

Passei os dedos pelos cabelos escuros de Kyra, sorrindo

enquanto ela se aconchegava em mim novamente. Meu olhar estava na tela, lendo o aplicativo sobre dois companheiros do V-Clan. O Alfa tinha habilidades telepáticas, embora não no mesmo nível que Cillian. Ainda assim, isso seria útil.

E sua companheira era armeira.

Isso poderia ser uma boa opção. *Kyra provavelmente vai gostar dela.*

Ah, com certeza vou, ela respondeu, me fazendo olhá-la.

Ela estava lendo comigo. *Comprando uma nova Ômega?*

Contraí os lábios. *Não, gosto bastante daquela com quem fui acasalado à força.*

Ela bufou e levantou o dedo para voltar ao Alfa. *Ele não é feio.*

Um grunhido retumbou em meu peito. *Cuidado, Ômega.*

Sua risada ecoou ao nosso redor, suas íris verdes se iluminaram com malícia. *Ou o quê?* ela provocou.

Ou eu vou...

Meu telefone começou a tocar, interrompendo minha ameaça brincalhona... ou talvez não tão divertida.

O nome de Cillian brilhou na tela, fazendo com que eu atendesse com o vídeo desligado. Minha Ômega estava nua e não era para seus olhos.

Seu rosto apareceu na nossa frente enquanto a tela voltada para ele ficaria preta. Se isso o incomodava, ele não comentou. Ele foi direto ao ponto.

— Fare está na Ilha dos Exilados — disse. — Aparentemente, ele é o equivalente a um Alfa do Território.

Meu queixo tremeu.

— Isso vai torná-lo mais difícil de matar.

— Mas não impossível — Cillian apontou.

— Não, certamente não é impossível. — Mas íamos precisar de ajuda.

— E eu conheço alguns Alfas do X-Clan que nos devem favor — acrescentou.

— Quando estariam disponíveis para ajudar? — perguntei.

— Não sei, mas vou perguntar.

— Faça isso — respondi. Então olhei para minha Ômega. — É melhor você começar a afiar aquelas lâminas. Temos um Alfa para matar.

CAPÍTULO VINTE E SETE: KYRA

KYRA

Três dias depois

Havia um estranho tipo de ironia na minha posição, sentada em um jato furtivo, pairando a algumas centenas de metros da costa.

Principalmente porque Fare e seus amigos vampiros estavam fazendo exatamente isso há menos de duas semanas, só que o jato deles estava sobrevoando o Mar frio da Groenlândia em vez das ondas tropicais do Mar do Caribe.

Lorcan estava ao meu lado, um Elite letal vestido com camuflagem verde da cabeça aos pés. Eu usava uma roupa parecida, só optei por regata, enquanto ele estava de mangas compridas. Meus braços estavam cobertos de tinta de guerra, assim como meu rosto. O de Lorcan também.

Todos nós estávamos preparados para desaparecer e reaparecer na Ilha dos Excluídos, uma famosa ilha do Território dos Exilados, conhecida por seus habitantes selvagens.

Parecia que os vampiros tomaram conta deste

território específico, e foi por isso que escolhemos a luz do dia para atacar, não a noite.

O sol podia não prejudicá-los, mas estava muito claro. E vampiros não gostavam de luzes brilhantes.

Verifiquei minhas pernas em busca das facas. Era um hábito que fez com que o canto da boca de Lorcan se curvasse ao meu lado. Porque sim, fiz isso cerca de sete vezes desde que chegamos. Mas eu queria ter certeza de que estava com todos os meus brinquedos.

Ele só tinha uma machadinha, algo que estava trazendo para lidar com a vegetação alta. Ele estaria usando sua telecinesia como sua arma principal.

Talvez suas presas e garras também.

O objetivo era matar Fare e qualquer um que estivesse em nosso caminho.

— Pelo que descobri, Fare é o Alfa do Território. Mas ele não tem muitos leais — Enrique nos disse quando chegamos. Ele não se juntou a nós na missão, algo sobre ter outras prioridades com as quais precisava lidar na Ilha Venom.

Seu cheiro me disse que essas prioridades poderiam ter a ver com uma companheira Ômega grávida.

Alfa Ander não se juntou a nós por motivos semelhantes. Em vez disso, enviou seu irmão Sven. O Alfa loiro e corpulento deu uma olhada em Kieran e suspirou:

— Você de novo.

A diversão de Lorcan passou pela minha mente mesmo enquanto ele permanecia estoico.

Qual é o problema? perguntei.

Essa história não é minha, ele respondeu.

Mas peguei pedaços de sua mente.

Parecia que Kieran se ofereceu para ajudar a vingar a companheira de Sven enquanto estava no Território Bariloche. Mas ele era bastante *paquerador* para os padrões de Sven, fazendo com que ele não tivesse gostado de Kieran à primeira vista.

Jonas, o Alfa do X-Clan com Sven, parecia ter sentimentos semelhantes. Ele olhou carrancudo para Kieran quando nos encontramos na costa da Ilha Venom.

— Como está a minha querida Riley? — Kieran perguntou ao Alfa.

— Vá se foder — Jonas retrucou.

— Isso é bom, certo? — Kieran falou lentamente. — Hum. Talvez eu faça uma visita a ela em breve. Comparar notas.

Jonas rosnou.

Lorcan e Cillian não reagiram, nenhum deles pensou no outro Alfa como uma ameaça. Mas ouvi novamente um fio de diversão na mente de Lorcan.

Meu primo é muito bom em fazer amigos, ele me disse, com sarcasmo evidente.

Estou vendo, respondi.

— Devemos ir? — Kieran perguntou aos Alfas do X-Clan.

— Achei que você nunca fosse perguntar — disse o terceiro e último membro do grupo. Seu nome era Kazek, o Alfa do Território de Inverno.

De todos os Alfas visitantes antes de nós, ele era aquele que Lorcan identificou como nossa maior ameaça.

Eu era a única Ômega. Mas nenhum dos Alfas questionou minha presença aqui. Na verdade, eles pareciam me respeitar.

Seis de nós estávamos agachados no jato enquanto Sven pilotava na cabine.

— Da próxima vez que fizermos isso, quero um jato furtivo como pagamento — Sven disse quando Lorcan examinou os controles.

— Próxima vez? — Kieran perguntou.

Kazek sorriu, confirmando a avaliação que Lorcan fez dele.

— Deveríamos convidá-los para ir à Copenhague na próxima vez?

— Deixá-los cair no meio de um ninho? — Sven perguntou. — Sim, eu adoraria isso.

Cillian e Lorcan bufaram. Kieran parecia levemente intrigado.

No entanto, todos os sinais de diversão desapareceram quando examinamos a Ilha dos Exilados.

— Preparados? — Jonas questionou.

— Sempre — Kazek respondeu, com várias armas presas ao corpo. — Quem quer me seguir até a costa?

Os lobos do X-Clan não tinham habilidades de teletransporte ou de se esconder nas sombras, o que significa que um de nós teria que levá-los daqui para a ilha.

Kieran segurou o pulso de Kazek, os dois desapareceram em um piscar de olhos.

Lorcan olhou para mim e acenou com a cabeça na direção de Jonas.

— Eu vou levá-lo. Me encontre na costa. Não entre sozinha.

— Sim, Alfa — eu disse a ele. Mas por dentro, senti um frio no estômago.

Estamos fazendo isso. Estamos realmente fazendo isso.

Estamos, sim, Lorcan concordou, agarrando Jonas. *Me encontre na costa. Agora*.

Ele desapareceu com as palavras.

Cillian foi até a cabine atrás de Sven. O jato estava pairando, escondido. Teríamos que voltar, mas isso não seria difícil de fazer.

Deixei-os resolver os detalhes e segui até a costa, exatamente como Lorcan exigiu.

Minhas botas baixas tocaram a areia a poucos metros

de onde ele estava. Jonas, Kazek e Kieran já haviam desaparecido.

Lorcan e eu logo os seguimos, disparando para a vegetação coberta de mato que margeava a costa da praia. Não conseguia me lembrar do nome original desta ilha. Mas era uma das ilhas do Caribe. Praia de areia branca. Palmeiras. Vegetação exuberante. Úmida. *Quente*.

Meu nariz contraiu quando senti os aromas familiares. Com certeza foi para onde Fare me trouxe.

Você acha que sua loba pode rastreá-lo?

Assenti. *Sim*.

Esse era o plano. Porque todos nós suspeitávamos que Fare sentiria minha chegada como sua companheira. Então a questão era que eu fosse caçar com Lorcan enquanto os outros desapareciam. Eles eram o suporte. Eu era a isca.

Isso deveria me assustar, mas eu estava muito chateada para sentir medo.

Minha loba estava no comando agora, sua energia furiosa forçou minhas pernas a se moverem enquanto ela me conduzia pelo nariz.

Eu ainda estava no controle. No entanto, dei a ela rédea solta, semelhante à forma como normalmente operava na forma animal. Era uma maneira diferente de existir, algo que só fiz uma vez antes: quando escapei de Fare. Mas fazia sentido tentar novamente agora.

Eu confiava nela para me manter segura.

Para proteger minha metade vampira.

Para *lutar*.

Nos aprofundamos na vegetação rasteira, as folhas verdes tocaram minha pele pintada e me confundiram com a ilha. Isso não ajudaria muito a disfarçar meu cheiro, algo que Lorcan temia que pudesse me denunciar antes que Fare pudesse agir.

Estávamos em uma ilha cheia de Alfas selvagens. Uma lufada do meu perfume Ômega faria com que todos corressem.

Eles não se importariam que eu estivesse acasalada. *Duas vezes*. Eles iam querer um pedaço da minha carne, as necessidades animalescas prevaleceriam sobre o pensamento humano básico.

Era por isso que eles moravam aqui.

Eles eram selvagens demais para os territórios de origem.

Se me cercassem, eu teria que desaparecer nas sombras. Supondo que eu pudesse.

Kyra. Lorcan fez uma pausa, as narinas dilatadas enquanto olhava lentamente para a esquerda. Paralisei ao lado dele, esperando para captar o que quer que ele tivesse sentido.

Então ouvi o estalo sutil de ossos quebrados, seguido por um suspiro de dor.

Lorcan estava com um vampiro em suas garras, e o estava quebrando com seus poderes telecinéticos.

As folhas farfalharam quando o Alfa caiu no chão, momentaneamente incapacitado. Momentaneamente, porque Lorcan não arrancou sua cabeça. Ele estava reservando sua força para ameaças maiores.

Ele inclinou a cabeça depois de um momento, gesticulando para que eu continuasse.

Minha loba acelerou o passo novamente, os aromas da ilha florescendo ao meu redor. Havia muitos Vampiros Alfas nesta ilha. Mas eu estava tentando encontrar um em particular.

Onde você está?, me perguntei enquanto uma videira perdida tocou meu braço. *Em que caverna você está se escondendo?*

Achei que você nunca fosse perguntar, uma voz respondeu.

Franzi a testa. *Fare...*

O mundo ao meu redor sumiu, minha habilidade de desaparecer nas sombras acendeu sem minha permissão. O grunhido de Lorcan ecoou em minha mente, mas seu poder não conseguiu me manter no lugar.

O que...? Ele me prendeu. Eu não deveria poder...

Pisquei, o mundo ficou claro mais uma vez, minha visão obscurecida por um peito masculino.

Oh.

Foi então que percebi que não tinha desaparecido nas sombras.

Fui teletransportada.

Por Fare.

Não foi uma videira que acariciou meu braço, mas um Vampiro Alfa.

Puta merda.

Estou indo, Lorcan me prometeu.

Depressa, respondi enquanto Fare dava um passo para trás para revelar meu novo ambiente.

Não era a caverna para onde ele me levou da outra vez, mas algum tipo de recipiente de metal.

Mas, não. Isso não estava certo.

Estávamos cercados por água aqui.

Eu podia ouvi-la bater nas paredes de aço.

Um barco, percebi. *Ele me teletransportou para um barco.*

— Estou tão feliz que você voltou — Fare arrulhou. — Mas é muito ruim aparecer com seu novo companheiro.

Imitei a atitude de Lorcan e levantei uma sobrancelha para ele.

— Ah. Agora você não quer compartilhar?

Um pouco da diversão em suas feições desapareceu, seus olhos vermelhos brilharam com uma emoção sombria.

— Eu disse que você poderia falar?

— Não. Não percebi que precisava de permissão para ter voz.

Aquelas íris de rubi fumegavam.

— Vejo que precisamos voltar ao treinamento básico. — Sua mão envolveu minha garganta enquanto ele me empurrava contra a parede do navio, seu aperto esmagou minha traqueia à medida que olhava em meus olhos.

Minha loba rosnou. *Não*, ela parecia estar dizendo. *Não. Nos. Curvaremos. A. Você.*

Ela não se submeteria.

E eu também não.

E ele respondeu apertando ainda mais.

Eu não conseguia respirar. Mas isso não importava. Minha loba e eu nos recusamos a nos curvar.

Fare rosnou, demonstrando a emoção que raramente vi nele. O psicopata geralmente era todo charme e graça. Mas parecia que ele não gostou de sua Ômega desafiá-lo.

Um grunhido retumbou em seu peito, aquele som teria me deixado de joelhos há apenas algumas semanas. No entanto, tudo o que fez agora foi me irritar. Porque aquele rosnado não era o certo. Não pertencia ao *meu* companheiro.

Pertencia a um monstro do meu passado.

Uma relíquia que não consegui queimar.

Um vampiro que eu desejava matar.

Ele me afastou da parede, só para bater minhas costas contra ela mais uma vez. O impacto causou dor na minha coluna, meus pulmões implorando para respirar.

Kyra. A voz de Lorcan continha um tom de urgência.

Mas não conseguia me concentrar nele. Eu tinha que prestar atenção ao vampiro diante de mim. O ser furioso a apenas alguns centímetros do meu rosto.

— Você está me desagradando, escrava — ele avisou.

Bom, pensei.

— Não sei o que aconteceu com sua mente, mas vou consertar. — Seu nariz encostou em minha bochecha enquanto ele desenhava seu toque até minha orelha. — Não importa quanto tempo leve. — Seus lábios desceram até minha pulsação, a intenção era clara.

Meu animal se arrepiou, sua ira fervendo em meu sangue. *Não*, ela estava repetindo. *Não!*

Desapareci nas sombras atrás dele por instinto, fazendo-o rugir de raiva.

— *Pare de desaparecer nas sombras.* — Sua compulsão perfurou minha mente como uma faca, a necessidade de fazer exatamente o que ele disse me deixou momentaneamente sem fôlego.

Minha fera interior rugiu, sua mandíbula apertou a coleira mental e a destruiu. Ofeguei, meus pulmões queimaram diante do súbito influxo de ar.

Eu posso respirar.

Eu posso desaparecer nas sombras.

Eu posso... me transformar.

Todas aquelas lâminas enfiadas na minha calça não pareciam mais importar. Elas eram afiadas. Eram divertidas. Mas não eram nada comparadas às minhas garras.

Fare disparou para frente, com a intenção de me agarrar mais uma vez, mas segui para o lado oposto dele, esticando meus dedos em garras.

Ele não pareceu notar, muito obcecado em me pegar. Sua boca estava praticamente salivando, seus olhos selvagens de indignação.

Usei isso a meu favor, dançando ao redor dele como fiz com Lorcan durante nossa primeira aula de luta.

Essa é quem sou, pensei. *Uma Ômega poderosa. Metade loba. Metade vampira. Forte. Independente. Uma assassina de Alfas.*

Fare girou comigo, suas mãos me agarrando, apenas para eu escapar novamente.

Este era um Alfa que adorava seus jogos, mas apenas quando estava no comando. Ele odiava que eu estivesse brincando com ele agora, irritando seu temperamento, forçando aquela fachada encantadora a desaparecer.

Esquerda. Certo. Frente. Para trás.

Ele me pegou pelos ombros, sua agressividade inundou a cabine do navio. Eu o segui antes que ele pudesse me jogar contra a parede ou no chão novamente.

Deixei que ele me agarrasse na próxima fase de propósito, com minhas garras prontas.

Ele gritou quando as golpeei em seu peito, minha loba uivou em vitória.

Mas não dei a ela chance de comemorar, em vez disso, segui atrás dele para agarrá-lo novamente.

Desapareci de vista para rasgar minhas próprias roupas, os movimentos rápidos e mascarados por minhas habilidades furtivas.

Então me transformei completamente para a forma de loba e ataquei o enfurecido Vampiro Alfa.

Ele tentou me agarrar pelos ombros, mas não eram os ombros humanos que ele esperava.

Seus olhos se arregalaram quando prendi sua garganta entre minhas mandíbulas.

Os braços de Fare me envolveram, sua força ameaçou quebrar meus ossos, mas não soltei seu pescoço. Tinha que destruí-lo. Matá-lo. Acabar com ele.

Lorcan estava gritando em minha mente.

Mas eu não conseguia ouvi-lo por causa da fúria do meu animal.

Ossos se quebraram enquanto Fare lutava com seriedade, seu tamanho usado a seu favor. Mas eu tinha um aperto mortal em sua garganta e não o soltava. De jeito nenhum.

Minha loba balançou a cabeça, tratando seu pescoço como um brinquedo enquanto ele esmagava a lateral do corpo dela. Eu não conseguia respirar, mas ele também não. O sangue jorrou em sua garganta, sufocando-o de forma audível.

Costelas perfuraram meus pulmões.

Minha coluna ameaçou se quebrar.

Mas meu animal e eu resistimos, determinadas.

Até que finalmente ouvimos um *estalo*.

Algo que terminou com os braços de Alfa Fare caindo lentamente do nosso corpo. Tudo doía. Eu ainda não conseguia respirar. Minha visão estava escurecendo. Mas tinha que remover a cabeça dele. Tinha que cortar o pescoço. Precisava *acabar com isso.*

Soltei sua garganta só para mordê-lo novamente. E de novo. E de novo. Até que não pude mais ver. Não tinha mais foco. Não sentia mais.

É melhor que ele esteja quase morto, pensei, delirando. Sozinha. Afogando em... sangue. Seu sangue. De morder sua garganta. Eu só precisava queimá-lo.

Acender um fósforo.

Afundar o navio.

Matá-lo.

Estremeci, e o mundo esfriou ao meu redor. O oposto de um incêndio.

Porque não há ar aqui. Tentei piscar e abrir os olhos para processar o que estava ao meu redor. Mas não havia nada para ver. Nada para sentir.

Nada mesmo.

LORCAN

Kyra! gritei, meu lobo furioso.

Ela não estava respondendo.

Tem muitos barcos aqui fora, Cillian rosnou em minha mente. *Vai levar uma eternidade.*

Eu o ignorei, já observando cada um deles, meu nariz mostrando o caminho.

Kieran seguiu meu exemplo, fazendo o mesmo, deixando os Alfas do X-Clan investigando a pé. Levaria muito tempo para segui-los.

Pulei entre os navios, furioso quando encontrava as cabines vazias.

Estava prestes a verificar o décimo ou décimo segundo quando Jonas gritou:

— Vem aí! — Uma arma apareceu em sua mão ao mesmo tempo em que Kazek abriu fogo, e um ninho de Vampiros Alfas correu para a areia em modo ataque total.

Fare deve ter iniciado algum tipo de alarme.

Meu lobo rosnou, furioso com o influxo de cheiros perto da nossa Ômega ferida.

Onde você está?, pensei para ela, ciente de que Kyra não estava consciente o suficiente para responder.

Entrei em mais seis navios, sem sucesso. *E se não estiver no oceano?* perguntei a Cillian. *E se for em uma das lagoas?*

Vá procurar. Continuaremos procurando por aqui.

Corri para o interior, optando por seguir a sombra em vez de correr, pois era mais rápido.

Mas cada lagoa que encontrei estava vazia. Sem barcos. Não havia nenhum sinal da minha companheira.

Mas ela não poderia estar tão longe. Fare era um vampiro. Eles não podiam se teletransportar por mais de alguns quilômetros.

Ainda procurando, Cillian falou.

Não respondi, minha falta de comentários confirmou que eu estava fazendo o mesmo.

A cada poucos minutos, ele fornecia uma atualização inútil.

Nenhum sinal de Kyra ainda.

Os lobos do X-Clan estão resistindo aos vampiros, apesar de sua falta de habilidades mágicas.

Segui em frente, meu lobo determinado. Mas todos os cantos estavam vazios.

Com um suspiro frustrado, parei no meio da vegetação e apenas... fechei os olhos. Minha companheira estava por perto. Eu podia senti-la. Só precisava encontrá-la.

Ela fez a transição para sua forma de lobo. Eu senti a mudança.

Tirando as roupas, optei por fazer o mesmo e libertar minha fera. Ele farejou, com movimentos cautelosos e curiosos.

Então suas orelhas se contraíram.

Seguido por seu nariz.

E decolamos com as quatro patas, correndo pela ilha em velocidades impossíveis. Eu não estava certo do que ele percebeu, mas o deixei liderar, confiando nele para encontrar nossa companheira.

Assim como Kyra confiou em sua loba para defendê-la contra Fare.

Minutos se passaram, meus pulmões queimaram de tanto correr em alta velocidade. Mas eu tinha que encontrá-la. Ajudá-la. Protegê-la.

Ainda não há sinal dela, Cillian me disse. *Kieran teve que se juntar aos lobos. Tem muitos vampiros.*

Meu lobo subiu uma colina em direção a uma cachoeira. Então parei na beirada, mudando meu foco para a caixa surrada lá embaixo.

Não era exatamente um navio.

Mas um contêiner antigo.

Segui por instinto, pousando na caixa de metal com um baque. E imediatamente senti o cheiro do sangue de Kyra.

Ela está aqui, eu rosnei.

Claro, eu não poderia dizer onde era *aqui*. Entrei na caixa e encontrei sua forma perto de uma parede. Ela voltou à forma humana, o corpo nu estava coberto por uma série de hematomas. *Kyra*! Corri, apenas para parar quando notei a pilha mutilada de carne de vampiro ao lado dela.

Ela não apenas mordeu o pescoço de Fare, mas também fez um estrago em seu rosto.

Mas dada a nossa história, claramente não foi suficiente para acabar com ele de vez.

Minha mandíbula tremeu quando voltei à forma humana. Eu queria dar a Kyra a honra de incendiar seu corpo, mas não tínhamos tempo de desfrutar de uma fogueira. Eu precisava curá-la e dar o fora daqui, como evidenciado pelos comentários crescentes de Cillian em minha mente sobre a existência de muitos vampiros nesta ilha.

Me agachei ao lado dela, minha capacidade de cura

agindo por instinto. Ela mal respirava, sua caixa torácica foi quebrada por aquele cretino que a esmagou.

Eu estava disposto a apostar que ele fez isso com os braços.

Mas ela certamente retribuiu na mesma moeda com os dentes.

Seu rosto estava coberto de sangue.

Se ela não tivesse sido espancada, eu quase chamaria seu estado feroz de atraente.

Eu a puxei para meus braços enquanto a envolvia com minha essência de cura, forçando-a a aceitar o máximo que pudesse, sem causar muita dor.

Às vezes, a cura muito rápida podia ser angustiante. Era um equilíbrio delicado.

Lor-Lorcan? ela sussurrou, sentindo minha presença, apesar de ainda estar inconsciente.

Estou aqui, pequena assassina, eu disse a ela. *Você está bem.*

F-Fare? ela perguntou. *M-morto?*

Sua cabeça foi arrancada, respondi. *Mas ele precisa ser queimado.*

Ac-acende o f-fósforo, ela sussurrou. *A-acabe com ele. P-por mim.*

Ela sabia que eu queria vê-la acabar com ele.

Mas devia ter percebido em minha mente a urgência de sair desta ilha esquecida por Deus. Ou talvez ela não quisesse arriscar que ele se recompusesse.

Vou queimá-lo, eu disse enquanto a segurava contra o peito com um braço e puxava um isqueiro com a mão livre. Eu pretendia oferecer isso a ela como presente, mas não houve tempo.

Ele precisava morrer. Para o nosso bem.

Me ajoelhei ao lado dele com o isqueiro e o acendi na camisa. Não seria suficiente. Precisávamos de um acelerador.

O tecido começou a queimar, carbonizando rapidamente e se espalhando enquanto eu procurava por algo inflamável.

O contêiner parecia estar quase vazio.

Desapareci nas sombras com Kyra e saí, colocando-a com cuidado em cima da caixa, depois fui procurar gravetos na área de floresta.

A maioria das folhas estava molhada. Os galhos também.

Preciso de algo inflamável, rosnei para ninguém em particular. Com um grunhido baixo na garganta, me virei para a caixa.

E paralisei quando Cillian apareceu com Kazek.

— Ouvi dizer que você pode precisar de ajuda — Kazek falou. Ele estava coberto de sangue e parecia bastante satisfeito com isso. — Cabelo é bastante inflamável. — Ele jogou um saco de cabeças aos meus pés. — Use isso. E a coisa no fundo.

Cillian não disse nada.

Eu apenas pisquei para eles, então peguei o saco e o coloquei na caixa para despejar os restos em Fare.

Meus lábios se curvaram quando uma lata caiu por último.

Propano.

Eu não tinha ideia de onde Alfa louco do X-Clan o encontrou, mas não me importei. Abri o conteúdo e encharquei os restos, sorrindo enquanto queimavam.

Então saí, peguei Kyra e encontrei Cillian no topo da cachoeira. *Como você me achou?*, perguntei a ele.

Feitiço localizador, ele falou, olhando para minha machadinha.

Arqueei as sobrancelhas. *Você colocou um feitiço localizador em mim?*

Não confiei em você para não agir por conta própria.

Quando eu agi por conta própria?, questionei.

Ele deu de ombros. *Recém-acasalado e tudo mais. Os instintos são estranhos. Aprendi isso observando Kieran nos últimos meses e imaginei que você seria tão difícil quanto ele.*

Meu queixo tremeu.

Mas considerando como eu fugi pela floresta sozinho para encontrar Kyra... ele podia não estar errado.

— Precisamos ir — Cillian declarou em voz alta, seu tom entediado.

Kazek assentiu, estendendo a mão.

Eles desapareceram, me deixando com Kyra.

Enrolei sua forma nua contra meu peito, só agora percebendo que nós dois estávamos nus na floresta. Felizmente, havia cobertores no jato.

Fui com ela diretamente para o quarto em vez de para o centro do jato, e procurei no armário algo para vestir.

Uma camisa grande para ela.

Jeans para mim.

Então a deitei na cama e me concentrei em sua cura.

Kieran se juntou a mim no segundo seguinte, com a roupa intacta, sem uma única mancha de sangue.

Típico, pensei.

— Me ajude — sussurrei.

Ele assentiu, sem dizer nada enquanto sua mão pairava sobre minha companheira.

Me deitei na cama ao lado dela, segurando-a enquanto ele trabalhava.

Sua respiração quase imediatamente se acalmou, fazendo meu lobo ronronar em aprovação. Fechei os olhos, ignorando todos os outros no jato, me concentrando em minha companheira.

Meu futuro.

Minha Ômega.

Eu estava apenas vagamente consciente da saída de

Kieran depois que ele terminou, toda a minha atenção voltada para o corpo fortalecido de Kyra.

Você se saiu muito bem, eu disse a ela baixinho. *Estou muito orgulhoso de você. Minha pequena assassina.*

Seu bufo ecoou em meus pensamentos, sua mente consciente enquanto seu corpo continuava a se curar. *Pequena.*

Você prefere Matadora de Alfas? questionei.

Na verdade, prefiro.

Certo, minha Assassina de Alfas. Beijei sua têmpora.

Talvez apenas companheira, ela sussurrou em um bocejo mental.

Companheira, repeti.

Sua companheira.

Minha companheira, concordei.

Meu Alfa, ela respondeu, ainda sonolenta. *Você vai ronronar para mim?*

Sempre. Pressionei o nariz em seu pescoço. *Você quer que eu nos leve de volta ao seu ninho? Em vez de ficar no jato?*

Fare está morto? ela perguntou.

Está, confirmei. *Para sempre desta vez.*

Então, sim, ela murmurou de volta para mim. *Por favor, me leve de volta ao nosso ninho.*

Eu sorri. *Nosso ninho*, repeti.

Sim.

Gosto disso, admiti.

Eu também, ela concordou. *Alfa.*

Ômega, respondi enquanto ativava minha habilidade de desaparecer nas sombras para nos levar para casa.

Para o Santuário.

Para o nosso futuro.

Para o nosso *ninho*.

KYRA

Lorcan olhou para mim com uma mistura de emoções, com seu lobo andando em seu olhar. Excitação misturada com fúria e orgulho em sua mente, a fera impressionada com a minha vitória e ao mesmo tempo chateada por eu estar coberta com o sangue de outro Alfa.

Suas narinas se dilataram enquanto a água jorrava ao nosso redor, as gotas girando em listras vermelhas sobre minha pele pálida. Pensamentos de me comer contra a parede surgiram através do nosso vínculo, Lorcan dividido entre me dar o nó e me dar banho. Talvez os dois ao mesmo tempo.

Mas a ideia de provar outro Alfa na minha boca o fez se conter.

Não tenho medo da sua fera, eu disse a ele.

Você deveria ter. Ele está furioso.

Eu sei. Isso está intrigando a minha loba. Meu animal estava praticamente pulando em antecipação, pronta para se curvar e apresentar o traseiro para o nó.

Caramba, ela estava assim desde o momento em que ele nos seguiu de volta ao meu ninho. Mas uma olhada no sangue que cobria minha pele fez com que Lorcan me arrastasse primeiro para o chuveiro.

Onde ele começou a me encarar com todas aquelas emoções cintilando em seu olhar sombrio.

Seus músculos flexionaram enquanto ele tentava se conter, com as mãos fechadas em punhos ao lado do corpo. A adrenalina corria em nossas veias, a luta era muito recente.

O poder de Kieran me curou rapidamente, mas eu ainda estava me recuperando por dentro. Essa era a razão da hesitação de Lorcan agora. Ele não queria correr o risco de me machucar.

No entanto, eu não era quebrável.

Talvez estivesse um pouco machucada. Dolorida também. Mas ainda era capaz de lidar com seu lobo faminto.

Passei os dedos pelos cabelos úmidos enquanto ele me observava, suas íris cor de obsidiana arderam com um interesse sombrio.

Ele queria agarrar meu cabelo e me puxar para seu peito. Capturar meus lábios. Me punir com sua língua. Então me forçar a ficar de joelhos e estocar em minha boca até que ele gozasse com tanta força que seu sêmen cobrisse meu rosto. Ele queria apagar a essência de Fare. Garantir que apenas seus próprios fluidos marcassem minha pele.

Mas outra parte sua queria ficar de joelhos, pressionar a boca no meu clitóris e me lamber até que eu não pudesse mais ficar de pé.

Minha guerreira. Minha deusa, esse lado dele estava sussurrando. *Ela precisa ser adorada. Elogiada.*

Eu não tinha certeza de qual fantasia me atraía mais. Eu queria as duas. Queria tudo.

Lorcan pigarreou e pegou um frasco de shampoo,

depois passou espuma no meu cabelo. Seus movimentos eram gentis. Muito gentis. Especialmente quando ele passou os dedos pelos fios molhados, o toque hesitante em vez de dominante.

— Eu não vou quebrar — eu disse a ele.

— Você ainda está se curando — ele respondeu. — E ainda há sangue em seu pescoço.— Um grunhido acariciou as duas últimas palavras.

Ele agarrou o chuveiro e o reposicionou para lavar a marca ofensiva. Então assistiu enquanto a espuma deslizava pelo ralo.

Seu lobo via o sangue como uma espécie de troféu. Um prêmio pela minha bravura.

No entanto, ele precisava removê-lo, o cheiro de outro macho o enlouquecia.

Seus músculos flexionaram novamente, chamando minha atenção para seu abdômen nu e a deliciosa demonstração de força musculosa. Eu queria traçar todas aquelas linhas definidas e planos com a língua.

O resto do sangue desapareceu, mas a colônia do outro Alfa permaneceu, algo que a mente de Lorcan me disse mais do que a minha, já que seu lobo desprezava o cheiro.

Ele pegou o sabonete e começou a lavar meu rosto e pescoço. Quatro rodadas de ensaboamento e enxágue depois, ele ainda não estava satisfeito.

Terminei de enxaguar o cabelo enquanto ele trabalhava, suas mãos percorrendo meu corpo com uma determinação sombria. Ele precisava que eu estivesse limpa. Não marcada. *Sua*.

No entanto, nada satisfez a ele ou ao seu lobo.

Sua frustração cresceu, a agressividade aumentou a cada segundo que passava.

Minha loba dançou lá dentro em antecipação.

Mas o macho conteve sua besta interior, se recusando a ceder aos seus desejos possessivos.

Porque ele não queria correr o risco de me machucar no meu estado delicado, como se eu fosse uma espécie de boneca frágil que precisava ser manuseada com cuidado.

Semicerrei os olhos quando Lorcan levantou o sabonete pela quinta vez, como se achasse que isso resolveria o problema.

O cheiro desapareceu. O que ele precisava fazer era substituí-lo pelo seu próprio.

Segurei seu pulso, interrompendo os movimentos antes que a espuma pudesse atingir minha pele.

— Me dê o nó — exigi.

Ele me olhou com aquela sobrancelha arqueada.

— Você precisa terminar a cura primeiro.

Eu zombei.

— O que eu preciso é do nó do meu Alfa. — Eu precisava de sua reivindicação. Seu sêmen. Suas mãos ásperas em meu corpo. Seus dentes em minha carne. — Meu. Nó.

Ele agarrou minha nuca com a mão livre, seu aperto dominante.

— Ainda não. — *Eu vou te machucar neste estado.*

Eu bufei. *Eu vou me curar.*

Kyra.

Lorcan. Seu pau duro encontrou minha barriga quando me aproximei dele.

— Me dê o nó.

— Não.

Minha loba rosnou de aborrecimento. Ela não gostava que ele negasse suas necessidades, especialmente quando seu animal compartilhava seus desejos.

Eu também não gostava.

Eu poderia lidar com sua agressividade. Na verdade, eu ansiava por isso.

Kyra, ele repetiu, parecendo cansado. *Você foi atacada por um Alfa sádico. Não vou soltar meu lobo enquanto você ainda está se curando.*

Talvez seja isso que eu queira, retruquei. *Talvez seja disso que eu precise.*

Seu animal queria apagar o cheiro de Fare do meu corpo e eu precisava que ele ajudasse a apagar Fare da minha mente. Toda a nossa história. Todas essas memórias. Todas as coisas terríveis que ele fez. Eu queria que desaparecessem. Fossem removidas. Substituídas por Lorcan.

Suas reservas estavam todas ligadas ao fato de eu ter sido ferida, de ele ter lutado para me encontrar na Ilha dos Exilados depois que minha mente ficou em silêncio.

Mas eu estava aqui. Viva. *E perfeitamente bem.*

Me reter era quase um insulto a tudo o que passei. Eu era forte. Uma lutadora. E mais do que capaz de enfrentar a fera de Lorcan.

No entanto, parecia que ele precisava de um lembrete disso.

Um lembrete de que eu não era uma Ômega destruída vivendo com medo dos Alfas. Eu nunca fui esse tipo de fêmea. Sempre lutei, mesmo quando drogada com veneno de vampiro.

E não ia parar agora.

Me afastei para olhar para Lorcan, erguendo a sobrancelha para combinar com sua expressão favorita.

Então saí do chuveiro e fui até onde guardava uma das minhas facas favoritas no outro quarto. Não me importei se ia jogar água em todos os lugares. Eu limparia isso mais tarde. Neste momento, precisava que meu Alfa me visse como igual. Sua parceira. Sua *companheira*.

Seu grunhido de resposta vibrou pela minha coluna, excitando meu animal interior.

Venha me pegar, ela pareceu pensar nele.

Ele apareceu no quarto, sua expressão cautelosa.

— Kyra...

Não o deixei terminar, optando por desaparecer nas sombras com minhas habilidades furtivas intactas, e tentei apunhalá-lo na lateral. Ele se moveu com uma velocidade impossível, contrariando minha ação antes que eu pudesse atacar. Sua mão agarrou minha adaga, o metal afiado cortou sua pele como manteiga. Mas isso não o impediu de arrancar a arma da minha mão.

Em vez de fazer uma pausa, segui em frente e procurei outra faca escondida em meu ninho. Joguei essa bem nas costas dele.

Ele girou a tempo de pegá-la, seu rosnado de resposta indo direto para o meu âmago. Meu nome ecoou enquanto eu procurava uma terceira lâmina, sua ordem para que eu parasse apenas me encorajava a pressioná-lo mais.

Eu não sou um brinquedo frágil, gritei para ele. *Sou uma assassina de Alfas*. Procurei a quarta faca antes de me aproximar, com a intenção de tirar sangue.

Mas me vi presa em meu ninho com um Alfa faminto me pressionando contra os lençóis.

— *Pare* — ele ordenou.

— *Não* — respondi, pensando em sua resposta no chuveiro quando exigi seu nó.

Seu peito roncou enquanto eu tentava sair de debaixo dele, seu poder telecinético me manteve no lugar enquanto suas mãos seguravam meus pulsos sobre minha cabeça.

Mas o sangue cobriu suas mãos, tornando seu aperto escorregadio.

Eu me contorci de propósito, a sensação de sua essência em minha pele aplacou minha loba furioso.

Aroma novo. Nova marca. Meu Alfa.

No entanto, precisávamos de mais.

Sua boca. Seu nó. Seu *sêmen*.

Não esperei por permissão. Não me incomodei em perguntar novamente. Eu simplesmente levantei a cabeça e agarrei seu lábio entre os dentes.

E mordi.

Seu grunhido de resposta vibrou contra meus seios, fazendo com que meus mamilos se tornassem pontiagudos. Umidade se acumulou entre minhas pernas, meu estômago apertou com expectativa.

Sim, sim, pensei, minhas coxas envolveram seus quadris nus. *Mais*.

Balancei em sua ereção enquanto lambia o sangue de sua boca.

Não foi suficiente.

Eu precisava de *mais*.

Mordi novamente, mas desta vez movi meu rosto para o lado para pressionar a bochecha contra seu lábio sangrando. Minha loba ronronou por dentro enquanto a essência de seu Alfa marcava sua pele.

Estávamos fazendo uma bagunça. Uma linda bagunça.

Lorcan sussurrou meu nome, seu controle estava por um fio.

As facas ainda estavam em minhas mãos, apesar de ele segurar meus pulsos. Deixei-as cair nos lençóis acima da minha cabeça e tentei desaparecer nas sombras novamente.

Seu controle mental era resoluto, sua estrutura muito mais forte me mantinha presa embaixo dele.

Mas suas mãos ensanguentadas tornaram possível

deslizar meus pulsos para cima e para baixo. Sua essência pintou minha pele, me agradando imensamente.

— Segure minha garganta — eu disse a ele. — Substitua o toque e o cheiro dele. Me *reivindique* de novo.

Lorcan emitiu um som baixo, que me envolveu, tocou meus sentidos e incendiou meu sangue.

Então, muito lentamente, ele obedeceu.

O calor acariciou minha pele, seu perfume natural me engolfou em uma floresta de sempre-vivas. Suspirei feliz, minha metade inferior se esfregou contra ele de verdade.

Se ele não ia me comer, então eu usaria seu nó para meu próprio prazer.

Ele gemeu quando meu calor escorregadio encontrou a base de seu pênis, meu clitóris pulsava com a necessidade de gozar. O cretino insultou a mim e a minha loba com a suposição de que eu poderia me destruir, que não poderia lidar com sua fera.

Claro, ele só queria me proteger. O que era um conceito nobre. Um que eu normalmente respeitaria em um Alfa.

Mas não *meu* Alfa.

Ele deveria saber.

Você mal respirava há apenas trinta minutos, ele retrucou na minha cabeça.

Estou respirando bem agora, respondi enquanto me arqueava em direção a ele. *Cuide de mim ou eu mesma farei isso.*

Sua besta se enfureceu, seu aperto aumentou em minha garganta. *Cuidado, Ômega.*

Não, repeti. *Eu não quero cuidado. Eu quero você, Alfa.*

Sua testa encontrou a minha, sua expiração aqueceu meu rosto.

— *Isso é foda*, Kyra.

— É isso o que eu quero, sim.

Ele bufou uma risada sem humor em resposta, balançando um pouco a cabeça contra a minha. Mas não foi tanto uma negação, e sim uma resignação.

— Me diga para parar se eu te machucar.

KYRA

Lorcan não me deu chance de discordar. Mas eu não diria para ele parar, mesmo que doesse um pouco. Ele capturou minha boca com a sua.

Sangue e luxúria temperaram nosso beijo, alimentando meu desejo e aprofundando minha fome por ele. *Mais, mais, mais*, minha loba ofegou. *Nó, nó, nó*.

Mas Lorcan parecia decidido a dedicar seu tempo explorando minha boca com a língua. Quando tentei exigir que ele seguisse em frente, sua mão apertou minha traqueia, me forçando a aceitar seu ritmo, seu toque, seu *domínio*.

Eu estava começando de baixo, ou foi isso que sua mente me disse. E ele estava prestes a corrigir esse comportamento com sua forma de punição sensual.

Porque ele era o Alfa aqui.

Embora ele me deixasse liderar quase qualquer lugar, ele se recusava a se submeter no quarto. Mesmo quando eu estava fazendo *exatamente* o que ele desejava: lutar com ele.

O enigma em sua mente me deixou tonta de fúria, me incentivando a lutar ainda mais.

Seu peito vibrava tanto com descontentamento quanto

com aprovação, a mistura excitou meus instintos. Pressionei contra ele, meu interior doendo por seu pau. Suas investidas. Seu *nó*.

— *Lorcan* — rosnei contra sua boca.

— Acalme-se, Ômega. — Ele me beijou novamente, ainda mais devagar do que antes, sua língua me penetrou tão profundamente que quase esqueci meu próprio nome.

E ainda assim, me deixou ofegante. Necessitada. *Desejosa*.

Ele estava tentando me matar com a boca, apertando minha garganta de forma implacável, com a outra mão ainda em volta dos meus pulsos.

Cada parte de mim queimou. Meus pulmões. Minhas veias. Meu núcleo.

Um gemido deixou minha loba e o som escapou dos meus lábios.

Eu me senti tão impotente, tão excitada que não consegui formar palavras. Apenas sons. Rosnados. Lamentações. *Gemidos*.

Seu polegar traçou a base do meu pescoço, parando sobre meu pulso acelerado enquanto ele pressionava a virilha na minha.

— Você se submete tão lindamente — ele elogiou contra minha boca. — Cada parte sua anseia por mim, cedendo ao meu toque, obedecendo ao meu comando. O tempo todo, sua mente ultrapassa os limites do meu domínio, seu desejo de se rebelar é absolutamente excitante.

Seus lábios sussurraram em minha bochecha até meu ouvido, onde ele mordiscou o lóbulo.

Estremeci quando ele mordeu, com força suficiente para tirar sangue.

Doeu, mas então sua língua acalmou a dor, a falta de veneno me deixou estranhamente relaxada embaixo dele.

Seus dentes foram para o meu pescoço, sua boca substituiu o polegar no meu pulso.

Outra mordida fez minhas pernas apertarem em volta de sua cintura e um gemido saiu dos meus lábios.

Desta vez, ele puxou minha essência para a boca e engoliu.

Isso me fez paralisar debaixo dele, memórias assaltaram minha mente, apenas para serem substituídas pelo toque suave de sua língua.

Sem veneno.

Porque ele não é vampiro.

Ele é um Alfa do V-Clan. Meu Alfa do V-Clan.

Sim, eu sou, ele confirmou em minha mente, sua boca cobrindo meu pulso mais uma vez. *Você tem um gosto incrível, companheira.*

Tremi, meu corpo reacendendo com outra onda ardente de necessidade. *Lorcan...*

Ele puxou minha veia, sua mordida se imprimiu em meu espírito. *Minha*, ele dizia a cada gole. *Minha Ômega. Minha companheira.*

Seu aroma perene tomou conta de mim, a colônia era uma mistura do nosso sangue e da minha umidade. Isso criou uma fragrância inebriante que me deixou me contorcendo embaixo dele. Se ele não me desse o nó logo, eu entraria em combustão.

Por favor, implorei enquanto ele devolvia sua boca à minha.

Ele me silenciou mais uma vez, me torturando com lentas lambidas de sua língua contra a minha enquanto seu pênis pulsava no meu calor úmido.

Demais. Eu o pressionei. *É muito. E não o suficiente. Por favor, Lorcan...*

Ele mordeu meu lábio, com as palmas das mãos em volta do meu pescoço. Eu estava presa embaixo dele, seu poder garantindo que eu não pudesse seguir em frente, seu corpo possuindo o meu da maneira mais deliciosa.

Um Alfa precisando domar sua companheira. Repreender sua loba por ultrapassar seus limites.

Recompensá-la por ser corajosa o suficiente para desafiá-lo, ele me corrigiu enquanto seus quadris se moviam de encontro aos meus.

Eu ofeguei quando ele me preencheu com um impulso forte.

Lembrá-la de que ela é sua companheira, acrescentou, voltando para a ponta.

Seu aperto cortou meu grito enquanto ele penetrava de novo com ainda mais força. *Puta merda*, murmurei, a plenitude diferente de tudo que já senti. O que não fazia sentido. Eu já o senti antes. E ainda assim, ele parecia incrivelmente mais grosso agora.

E muito mais no controle também.

Garantir que ela saiba que ele a respeita como igual, Lorcan continuou, seus quadris punindo os meus. *Mas é responsabilidade dele cuidar dela. Protegê-la. Nunca pressioná-la.*

Ele relaxou seu aperto, me permitindo respirar fundo. *Me pressione*, argumentei. *Eu posso lidar com você.*

— Sei que você pode — ele sussurrou em meus lábios. — Mas não significa que você deva fazer isso, Kyra.

Eu quero, retruquei. *Você é meu companheiro tanto quanto eu sou sua. Minha fera quer aceitar a sua. Vamos fazer isso, Lorcan. Deixe-nos ter cada parte de você.*

Ele rosnou no fundo do peito, seu animal exigindo que ele aceitasse nossa oferta.

Minha loba podia sentir seu desejo de ser livre, seu desejo de liberar a agressividade, sua necessidade de possuir sua companheira.

Seria selvagem. Intenso. *Lindo.*

Lorcan xingou, perdendo o controle. *Kyra...*

Pare de lutar contra nós, exigi. *Me dê tudo. Por favor, Alfa. Pare de se conter.*

Outro estrondo o deixou, a corda que prendia seu controle pareceu se romper.

Gritei enquanto o mundo mudava, meu estômago bateu de forma abrupta no colchão enquanto ele me girava. Eu nem tinha certeza de como ele fez isso, só que de repente meu traseiro foi pressionado em sua virilha e as palmas das mãos dele estavam em meus quadris, me puxando para cima até que não tive escolha a não ser me equilibrar de quatro.

E então ele estava dentro de mim.

Me preenchendo.

Me dominando.

Me possuindo.

Sua boca foi até minha nuca, me subjugando de imediato.

Tão dominante. Tão Alfa. Tão meu.

Ele mordeu, seu lobo conduziu a ação selvagem. Meu animal respondeu na mesma moeda, se curvando, se submetendo, o tempo todo o incitando a seguir em frente, o pressionando.

Foi uma dança de companheiros.

Um encontro selvagem de nossos quadris enquanto nossas almas se uniam como uma só.

Eu não percebi o quanto me sentia pesada. Meu espírito foi dividido em dois, com uma metade pertencente a um Vampiro Alfa e a outra metade desejando se conectar a um Alfa do V-Clan.

Mas agora... agora eu era simplesmente Kyra.

Uma Ômega híbrida com um companheiro. Lorcan.

O companheiro *certo*.

O Alfa certo.

Eu me apertei ao redor dele, exigindo que ele me preenchesse, me completasse, me desse o nó.

Ele ronronou no meu pescoço, ouvindo aquela exigência e achando impossível negar. Principalmente porque ele não queria. Lorcan deixou claro seu ponto de vista com aquele beijo lento.

Agora era hora de transar.

Sua necessidade primordial combinava com a minha, seus impulsos carnais atingiram aquele ponto profundo dentro de mim, aquele que pedia mais habilidade, mais gemidos, mais paixão.

Gritei seu nome, dizendo ao mundo inteiro de forma descarada a quem eu pertencia.

Ele gemeu da mesma forma, anunciando sua intenção possessiva e garantindo que todos soubessem que eu era dele e ele era meu.

Este parecia ser o verdadeiro começo para nós, o nosso verdadeiro acasalamento, aquele que não era motivado pelos nossos votos aos outros, mas pelos votos que queríamos fazer um ao outro.

Não havia mais laços com meu passado. Fare não existia mais. Chega de pesadelos.

Só há o presente. Com Lorcan. E sonhos do nosso futuro.

Cravei os dedos em meus lençóis, arqueando as costas enquanto cada uma das minhas terminações nervosas se iluminavam em alerta.

Tão quente.

Quente demais.

Perto

Ah, tão perto...

Lorcan mordeu minha nuca novamente, seu nó pulsando enquanto ele me pegava violentamente por trás. Eu não precisava de nenhum outro estímulo, nenhum toque no meu clitóris ou as mãos dele nos meus seios. Sua boca e seu nó eram suficientes, a posição dominante me dava exatamente o que eu desejava.

Minha visão escureceu quando meu mundo explodiu, meus membros tremiam com um clímax repentino que senti até os dedos dos pés.

Lorcan ronronou em minha mente, seu lobo satisfeito com minha reação.

Então aquele ronronar se transformou em um estrondo profundo enquanto ele acelerava ainda mais o ritmo.

Meu interior se apertou em torno dele.

Eu ainda estava aproveitando a onda do meu primeiro orgasmo e rapidamente se formou outro.

As palmas das mãos de Lorcan queimaram meus quadris, sua boca estava quente contra minha nuca e seu pau... *Ah, seu pau.* Estava pulsando. Estocando. *Espesso.*

Pulsei ao redor dele, abri os lábios em um grito distorcido contra meus lençóis enquanto Lorcan explodia dentro de mim.

Puta merda, ele rosnou em minha mente.

Sim, sibilei de volta, gozando com ele.

Nossos corpos se uniram, seu nó nos prendeu e nos jogou em uma espiral eufórica que durou minutos. Talvez até horas.

Eu não tinha certeza.

Tudo que eu conseguia sentir era prazer.

Muito. Prazer.

Oh, deuses... esqueci como respirar. Como piscar. Meus pulmões estavam em chamas. Minha visão estava escura. Meu corpo... repleto. Saciado. Exausto.

Lorcan desabou sobre mim, sua forma musculosa embalando a minha enquanto nos virava para o lado. Ele passou um braço em volta da minha barriga, sua virilha estava confortavelmente pressionada em minha bunda enquanto ele continuava a gozar dentro de mim. Cada jato quente me levava para outro redemoinho orgástico, as sensações faziam meu estômago apertar enquanto pulsos arrebatadores disparavam em minhas veias.

Murmurei, gemi, suspirei e sussurrei seu nome. Várias e várias vezes. Foi como estar envolvida em um tornado de felicidade.

Lorcan beijou meu pescoço, seu ronronar retornou com força total enquanto ele sussurrava elogios em minha mente. Ele me disse que eu era forte. Uma lutadora. Sua companheira perfeita. Depois me elogiou por aceitar seu lobo, me dizendo como era bom liberar sua força, o quanto ele adorava me dar o nó e me morder.

Retribuí. Embora minhas palavras tenham sido um pouco confusas. Talvez nem mesmo coerente.

Caramba, eu mal estava acordada quando seu nó diminuiu.

Meus olhos estavam fechados, meus membros frouxos. Eu também poderia estar roncando um pouco.

Pelo menos, até ouvir Lorcan dizer:

— Só estou atendendo porque você me ligou três vezes seguidas.

Franzi a testa e abri os olhos. Hum?

Cillian, ele respondeu. *Não se preocupe, o vídeo não está ativo.*

— Sim, de nada por voar até o Caribe e enfrentar um ninho raivoso de vampiros enquanto caçava seu equivalente ao Alfa do Território — Cillian falou.

Lorcan grunhiu atrás de mim.

— Como se você não tivesse gostado do caos.

— Não tenho certeza se gostei tanto quanto Kazek e Sven pareceram gostar, mas esse não é o motivo da minha ligação.

— Então sugiro que você tente chegar a um ponto rapidamente antes que eu desligue — Lorcan respondeu.

— Você deixou a mim e a Kieran no jato, Lorcan. Então Kieran pegou uma página do seu *Manual para companheiros enlouquecidos* e voltou para o Território de Sangue. Agora estou a uma hora do Território de Andorra em um jato que devo levar para casa magicamente. — Cillian fez uma pausa. — Talvez vocês dois tenham se esquecido, mas não sou piloto. E não posso simplesmente deixar o jato furtivo para Sven.

— Talvez você possa. Ele pareceu gostar do avião — Lorcan murmurou, sua mente me dizia que a última coisa que ele queria fazer era seguir para o Território Andorra, apenas para levar o jato de volta ao Território de Sangue. — Seria uma maneira muito legal de agradecer por nos ajudar com esse problema dos vampiros.

Cillian zombou.

— E o que eu ganho com isso?

— Não ter que esperar no Território Andorra que eu vá salvar sua pele? — Lorcan ofereceu.

O outro Alfa bufou.

— Sabe de uma coisa? Não estou mais me sentindo mal pelo verdadeiro motivo pelo qual liguei.

— Você quer dizer que ainda não chegamos ao ponto? — Lorcan perguntou, parecendo irritado.

— O Kieran quer fazer uma reunião oficial com Ander e os outros Alfas do X-Clan em noventa minutos — Cillian falou. Seu tom era totalmente profissional e não mais brincalhão. — Ele e a Quinnlynn vão contar sobre o Santuário, e ele quer que você e a Kyra participem por teleconferência.

Lorcan praguejou quando a linha ficou muda.

E, de repente, eu não estava mais cansada.

— O Kieran o quê? — questionei. — Ele não pode fazer isso.

— Parece que ele e a Quinnlynn já decidiram —

Lorcan murmurou, seu nó escapando de mim. — Precisamos estar nessa ligação.

— Não brinca — concordei, saindo do ninho para ficar de pé.

Mas meus joelhos cederam no instante seguinte e me vi nos braços do meu Alfa, com a cabeça em seu peito. Ele devia ter antecipado meus movimentos, provavelmente por causa da nossa ligação mental.

— Precisamos de outro banho — ele disse, com o olhar no meu pescoço. Seu lobo soltou um grunhido baixo de aprovação enquanto suas narinas dilatavam. *Minha*, eu o ouvi pensar. *Definitivamente minha.*

Porque eu estava coberta de sangue, suor e esperma.

Meu animal se envaideceu em resposta, satisfeita com sua reivindicação física.

Mas a minha parte humana concordou que eu precisava de um banho. Especialmente se íamos participar de uma videochamada.

Claro, tínhamos noventa minutos.

O que significava que tínhamos tempo mais que suficiente para brincar no chuveiro.

Eu só precisava ser capaz de andar primeiro. Ou talvez me ajoelhar.

Sim, me ajoelhar parece bom, decidi. Porque isso significava que Lorcan poderia substituir o que restava do cheiro do Vampiro Alfa em meu rosto... por sua própria essência.

As pupilas de Lorcan dilataram. *Você está se oferecendo para colocar sua boca no meu nó?*

Estou prometendo fazer muito mais que isso, eu disse a ele, curvando os lábios. *Agora, nos leve até o chuveiro, Alfa. Quero aproveitar meu tempo explorando você com a língua.*

Depois nos encontraríamos com Kieran e os outros.

E falaríamos sobre o Santuário...

KYRA

Minhas pernas balançavam com energia nervosa, meu estômago estava embrulhado. Foi estranho me deparar com tantos Alfas discutindo sobre um lugar que mantive em segredo por tanto tempo.

Alfas não pertencem ao Santuário, pensei. *É a nossa ilha sagrada.*

No entanto, Quinnlynn não parecia tão desconfortável com isso, sua expressão era neutra e profissional.

Não estive a par das conversas desde o ataque dos vampiros, principalmente porque estive com Fare na Ilha dos Exilados, mas parecia que Quinn tomou algumas decisões na minha ausência.

Como Rainha do Território de Sangue e feiticeira da magia do Santuário, eu confiava nela implicitamente. Só queria saber mais sobre o que ela estava pensando e planejando.

Especialmente porque eu era sua segunda em comando.

Precisaríamos ter uma longa conversa sobre o futuro após essa chamada, apenas para ter certeza de que eu entendia meu papel em tudo isso e para garantir que concordava com os planos dela. Porque se não o fizesse, não seria mais uma segunda muito boa.

Lorcan segurou minha mão e a apertou enquanto se concentrava nas telas diante de nós.

Estávamos em seu antigo quarto de hóspedes no Santuário, pois precisávamos de um espaço privado para a chamada e não queríamos usar nosso ninho. Aquele era o nosso lugar privado, que nunca compartilharíamos com o mundo.

Então optamos por ficar aqui, sem saber para onde ir. O Santuário não tinha salas de conferências. No entanto, eu suspeitava que isso estava prestes a mudar.

Na verdade, muitas coisas estavam prestes a mudar.

Uma tela mostrava Cillian sentado em uma mesa de vidro no Território Andorra com Kazek, Sven, Jonas e Ander, um Alfa intimidador de cabelos escuros que parecia não saber sorrir.

Um quinto Alfa do X-Clan permanecia em segundo plano. *Elias*, pensei ter ouvido. Dada a sua posição logo atrás de Ander, suspeitei que ele fosse algum tipo de tenente. Ou talvez fosse o segundo em comando do Território Andorra.

Independentemente disso, ele permaneceu quieto.

O que podia ser porque Kieran era quem falava mais no Território de Sangue. Ele estava na outra tela com Quinnlynn, os dois explicando sobre o Santuário e o que ele significava para o mundo.

Engoli em seco, desconfortável com esse desenvolvimento. Principalmente porque eu sabia que os Alfas do X-Clan não eram como os Alfas do V-Clan. Eles tinham a tendência de pegar o que queriam, sem fazer perguntas.

Mas estes foram os Alfas que derrubaram o Território

Bariloche no início deste ano. Os Alfas que cuidaram das Ômegas escravas que foram resgatados no processo.

Kieran, Lorcan e Cillian ajudaram.

Embora eu soubesse que o objetivo principal deles era capturar Quinnlynn. Ela esteve lá ajudando a curar Ômegas da melhor maneira que pôde.

Aquelas Ômegas deveriam ter voltado para cá, como Quinnlynn e Kieran estavam começando a negociar agora.

Eles não foram capazes de resolver o problema anteriormente sem revelar o Santuário. Mas decidiram que era o momento de partilhar este segredo com o mundo.

Eu não tinha certeza de como me sentia sobre isso.

Não será com o mundo, Lorcan sussurrou em meus pensamentos.

Eles estão falando em anunciar nossa presença a todos os territórios do V-Clan.

Sim, e acredita-se que os lobos do V-Clan estejam quase extintos. No entanto, nós dois sabemos que isso não é verdade. Ele olhou para mim, seu olhar cor de obsidiana continha um toque de calor. *Nossa espécie sabe guardar segredos, companheira.*

Estamos nos encontrando com lobos do X-Clan, apontei. *Não são lobos do V-Clan.*

Estamos nos reunindo com aliados, ele respondeu. *Aliados que têm tudo a ganhar mantendo este segredo seguro.*

Sua mente elaborou um pouco mais sobre isso, me deixando saber que a população Ômega do Território Andorra era notoriamente baixo. Eles não gostariam que mais ninguém soubesse sobre o Santuário, principalmente porque desejariam ter acesso potencial a companheiras Ômega.

Fiz uma careta para a última parte.

A maioria das Ômegas aqui não quer um companheiro Alfa, eu disse a ele. *É por isso que estão buscando refúgio.*

A maioria das Ômegas aqui só experimentou a agressão Alfa, ele rebateu. *Dadas as histórias delas, não é surpreendente que evitem a perspectiva de acasalar. Mas isso não significa que o Alfa certo não as intrigue a reconsiderar.*

Ele me deu um olhar aguçado, me fazendo bufar. Mas foi mais um bufo divertido do que qualquer outra coisa.

Porque ele estava me usando como estudo de caso.

Fui forçada a esse acasalamento, lembra?, perguntei a ele.

Hum. E como funcionou para você, Kyra? Um leve ronronar acariciou meu nome, fazendo minha loba suspirar por dentro.

Não é justo, murmurei de volta para ele.

Você não quer oferecer as outras Ômegas a chance de encontrar algo semelhante, caso elas desejem? ele pressionou, não deixando o fio da conversa passar. *No mínimo, elas merecem a oportunidade de ver que nem todos os Alfas são monstros.*

Ele pensou em Ashlyn e algumas das outras, como elas timidamente o abordaram sobre aulas de lutas e outras questões relacionadas ao Alfa.

Elas estavam curiosas a respeito dele, para minha irritação.

Meu Alfa, pensei, e minha loba bufou em concordância.

O polegar de Lorcan traçou um pequeno círculo em meu pulso. *Sua possessividade agrada minha besta.*

Você pensar em outras Ômegas não agrada minha fera, retruquei.

Vai me acusar de fazer compras de novo?

Talvez.

Ele soltou minha mão para passar o braço em volta da parte inferior das minhas costas, levando a palma da mão para o meu quadril para apertá-lo. *Quando esta chamada terminar, vou tirar esse pensamento ridículo da sua cabeça, companheira. E não vou parar até estar convencido de que isso acabou para sempre.*

Minhas coxas apertaram. *Isso pode demorar um pouco.*

Sou paciente, ele respondeu, apertando cada vez mais. *E minucioso.* Um grunhido baixo sublinhou a última palavra, despertando todo tipo de ideias em minha mente.

Eu de joelhos. Ele de joelhos.

Seu nó pulsando contra minha língua.

Ele segurando meus quadris e me tomando por trás.

Gozando em nosso ninho. *De novo.*

Meu corpo coberto com seu sêmen.

Marcada por seus dentes. Reivindicando-o com minhas presas.

Engoli em seco, minha pele praticamente em chamas. Eu estava a segundos de exigir que voltássemos para o quarto quando o Alfa do Território Andorra pigarreou.

Paralisei, certa de que ele estava prestes a me repreender por causa dos meus pensamentos sórdidos. Porque certamente estavam escritos na minha expressão, o que era totalmente inapropriado para esta reunião.

Ainda bem que eles não estão fisicamente aqui, pensei, sentindo as bochechas queimando ainda mais.

Porque se estivessem, sentiriam o cheiro da minha umidade.

E isso... isso seria embaraçoso.

Eu nunca permitiria esse prazer, Lorcan prometeu em minha mente. *Sua boceta é minha, companheira. Só minha.*

Aquele grunhido delicioso ressaltou suas palavras, acendendo uma nova onda de necessidade dentro de mim. *Lor...*

— Tenho uma sugestão — o Alfa do Território Andorra interveio, com um tom profundo e autoritário. Ele não falou muito desde o início da chamada, sua expressão era contemplativa enquanto ouvia a explicação de Kieran sobre o Santuário e os acontecimentos recentes.

— Somos todos ouvidos — Kieran falou, seu

comportamento indiferente contrastando fortemente com o domínio silencioso do Alfa do X-Clan.

— Recentemente, recebemos dez Lobas Ômegas Ash em nosso Território. Como vocês podem imaginar, elas estavam nervosas. Especialmente porque vieram do Território das Terras Sombrias, que não tem nada a ver com o Território Andorra.

Sim, posso imaginar que passar de uma vida essencialmente selvagem no Território das Terras Sombrias para a atmosfera de alta tecnologia do Território Andorra seria um choque cultural.

Sem mencionar as diferentes hierarquias de alcateias e as regras que as acompanhavam.

Aquelas Ômegas devem ter ficado apavoradas, pensei. *Os Alfas do X-Clan não são conhecidos por sua paciência ou gentileza.*

Lorcan não fez comentários, sua mente me dizia que ele concordava com essa avaliação.

— Realizamos uma festa de boas-vindas para as Ômegas conhecerem os Alfas do nosso território — Ander continuou. — O objetivo era apresentar as Ômegas à nossa sociedade e lhes dar controle sobre seus próprios destinos. Portanto, nossos Alfas só foram autorizados a cortejar as Ômegas que desejassem o cortejo.

E se eles não quisessem?, me perguntei.

— Alguma das Ômegas optou por não ter companheiro? — Quinn perguntou, obviamente seguindo uma linha de pensamento semelhante à minha.

— Sim — Ander respondeu. — Duas ainda não encontraram um companheiro adequado.

— E elas não serão forçadas a isso? — ela pressionou, a questão que ponderei também.

— Elas estão sendo encorajadas, mas não forçadas. E por "encorajadas" quero dizer que estão recebendo ofertas de Alfas que podem aceitar ou recusar.

Quinn arqueou uma sobrancelha.

— E se elas preferirem viver no Santuário sem um companheiro?

— Como não sabíamos sobre o seu Santuário até uma hora atrás, não posso responder a essa pergunta.

— Você consideraria oferecer isso como uma opção para elas?

Ele olhou para a tela, suas íris douradas brilhando.

— Fazer isso exigiria que eu informasse ao meu conselho Alfa sobre a existência do Santuário. Até que você e seu companheiro decidam o caminho a seguir, minhas mãos estarão atadas.

Os lábios de Quinn se separaram, claramente pronta para falar algo. Provavelmente protestar sobre a ideia de ele contar ao conselho Alfa. Ou talvez o fato de que sua resposta pareceu uma desculpa.

No entanto, Ander ergueu a mão, dizendo a ela com um olhar que ainda não havia terminado.

— Mas — ele continuou, seu olhar intenso enquanto pronunciava a palavra. — Se decidirem incluir o Território Andorra na sua revelação, então sim, acredito que poderíamos oferecer essa opção. O mesmo acontece com as Ômegas que estamos cuidando do Território Bariloche.

Quinn fechou a boca e sua expressão ficou pensativa.

— Também estaríamos interessados em oferecer alguns pares Alfa-Ômega para proteção do Santuário — Ander acrescentou. — Supondo que vocês estariam inclinados a aceitar os Alfas do X-Clan como Protetores. Podemos não ter magia, mas não somos fracos.

— Isso foi provado no Território Bariloche e na Ilha dos Exilados — Cillian murmurou, sua atenção foi momentaneamente para Kazek e Sven antes de se fixar na tela. — Certamente vale a pena considerar.

Kieran assentiu.

— Temos muito o que pensar no que diz respeito ao Santuário. — Seu foco foi para nós. — O que você acha, Lorcan?

— Acho que a Quinnlynn e a Kyra precisam pedir a opinião das Ômegas do Santuário — Lorcan respondeu sem perder o ritmo. — Elas precisam confiar em seus Protetores. Caso contrário, será um ponto discutível.

Se eu pudesse ronronar, eu o faria agora. Porque a resposta de Lorcan demonstrou seu respeito não apenas por Quinn, mas por mim também.

Apesar de seu domínio Alfa, ele não estava tentando tomar nenhuma decisão em nome do Santuário. Nem Kieran, aliás.

Na verdade, nenhum dos Alfas à mesa parecia estar nos dizendo o que fazer. Eles estavam apenas fornecendo opções e ideias.

Como a festa de boas-vindas.

O conceito de transmitir nossa existência para a espécie V-Clan, e talvez até mesmo para parte da espécie X-Clan, ainda me deixava desconfortável. Mas no fundo, compreendi que o objetivo era reforçar a nossa proteção aqui.

Infelizmente, a violação provou que a barreira nem sempre seria suficiente. E, embora eu ainda não tivesse falado com as Ômegas impactadas, ouvi através dos pensamentos de Lorcan que algumas delas não estavam aceitando bem.

Elas estavam assustadas. Inquietas. Inseguras. Todas as coisas que eu não queria que ninguém sentisse aqui.

Trazer pares acasalados poderia ajudar. Isso permitiria que as Ômegas achassem ter alguns Alfas aqui mais seguros, aqueles que não estavam interessados em ter uma companheira porque já tinham as suas.

Alfas como o meu, pensei, ganhando um aperto do macho ao meu lado.

— Podemos perguntar sobre a adição de diferentes tipos de Protetores — Quinn falou. — Já conversei com algumas Ômegas. Também perguntarei a elas como se sentem sobre possíveis opções de cortejo.

Ergui a sobrancelha, assumindo uma das expressões favoritas de Lorcan.

A escolha de palavras de Quinn me fez pensar se alguma das Ômegas com quem ela conversou já havia manifestado interesse em conhecer candidatos a companheiros Alfa.

Precisaríamos ter uma conversa após o encerramento desta reunião.

— Vocês poderiam mudar o nome do Santuário. Tornar menos óbvio o que a ilha realmente é e apenas reivindicá-la como um novo território do V-Clan.

Todos na sala de conferências do Território Andorra olharam para Kazek, aparentemente surpresos com sua sugestão.

Franzi a testa.

Lorcan ficou em silêncio ao meu lado enquanto considerava as palavras do outro homem.

— O quê? — Kazek olhou ao redor antes de focar no que presumi ser a tela representando Kieran e Quinn. — Certamente vocês já consideraram essa opção. É o que eu faria nesta situação: reivindicar o território, colocar um Alfa poderoso no comando e não contar a ninguém além dos aliados o que realmente existe lá.

Silêncio.

— Não é como se realizássemos reuniões com frequência ou algo assim — acrescentou. — Ninguém esperaria ser convidado e apenas um Alfa desafiador apareceria sem avisar, o que acontecerá de qualquer maneira se alguém quiser tomar o Santuário. Pelo menos, assim é menos atraente. Que Alfa vai querer governar uma ilha no meio do Círculo Polar Ártico?

Ele tem um argumento muito bom, eu disse lentamente. *Você ou Kieran já discutiram isso?*

Não. Não tínhamos pensado em mudar o nome da ilha. Nosso foco estava mais em como revelá-lo.

— A festa de revelação poderia ser sobre a formação do território em vez de transmitir notícias sobre um porto seguro de Ômegas. Também poderia ser uma forma de apresentar qualquer Ômega que esteja procurando por um companheiro. — Kazek deu de ombros. — Isso é o que eu faria. Bem, isso e eu enviaria uma mensagem para garantir que ninguém me desafiasse.

A última parte parecia ser dirigida a Lorcan.

Sven bufou.

— Você provavelmente construiria um monte de poços infectados ao longo da fronteira para manter todo mundo fora.

— Naturalmente — Kazek falou, seu comportamento casual me lembrando um pouco de Kieran. Embora os dois os homens possuíssem tipos muito diferentes de auras perigosas.

Quinn pigarreou e seus olhos encontraram os meus na tela.

— Acho que temos muito o que conversar.

— Sim — concordei. — Temos.

— Bem, esta foi uma conversa esclarecedora — Kieran murmurou. — Acho que todos nós temos muito a considerar.

— Queremos discutir o que aconteceu na Ilha dos Excluídos? — Ander interveio, com a sobrancelha escura levantada de uma forma que me lembrou de Lorcan. — Ou devemos adiar essa discussão para mais tarde?

— Acho que Cillian pode lidar com esse interrogatório — Kieran disse a ele. — Era principalmente um bando de Alfas selvagens que precisavam ser abatidos.

— E encontramos muitas pessoas sãs na masmorra — Sven acrescentou, fazendo com que minhas sobrancelhas baixassem.

Uma masmorra?, perguntei a Lorcan.

Mas ele estava se perguntando a mesma coisa. *Eles devem ter descoberto isso quando estávamos procurando por você.*

— Havia algum Ômega na masmorra? — perguntei, sentindo meu coração disparar. Fare tinha outro brinquedo que chamava de companheira? Uma que eu não conhecia?

Sven balançou a cabeça.

— Não. Apenas alguns Vampiros Alfas. Não ficamos para fazer muitas perguntas, apenas os libertamos e observamos enquanto eles começavam a massacrar sua própria espécie.

Ah, pensei, franzindo a testa. Eu não tinha ideia de quem poderia ser, mas também não tinha certeza se queria saber.

Kieran pigarreou.

— Se não houver mais nada, entraremos em contato assim que tomarmos algumas decisões. — Ele fez uma pausa, esperando que alguém falasse. Como ninguém o fez, ele acrescentou: — Ouvi dizer que estamos deixando um jato furtivo. Considere isso como um sinal de nossa gratidão. — Seu olhar foi para Lorcan enquanto dizia isso, então sua tela ficou preta.

Cillian bufou na outra tela e balançou a cabeça, mas estava sorrindo.

— *Manual para companheiros enlouquecidos* — ele murmurou. — Me lembre de nunca tomar uma companheira Ômega.

— Vou lembrá-lo de que você disse isso quando

finalmente ceder às necessidades de Ivana — Lorcan rebateu, com o dedo pairando sobre o botão *Encerrar*. — Nos falamos em breve.

As telas escureceram, as últimas palavras me fizeram pensar se ele quis dizer que emitiria aquele lembrete para Cillian em breve ou se apenas quis dizer de forma genérica.

Dado o que ouvi em sua mente sobre a persistência de Ivana no que dizia respeito a Cillian, ele se referia à primeira opção.

Acho que quero conhecer essa Ômega corajosa, eu disse a ele.

Talvez você a conheça durante a próxima corrida de sangue, ele respondeu, seu olhar contendo uma centelha de alegria enquanto olhava para mim. *Acredito que ela foi designada para ajudar a prepará-la para você.*

Minha testa enrugou. *O quê?*

— Acha que não sei sobre sua propensão a roubar nossos suprimentos, companheira? — ele perguntou, aquela sobrancelha subindo lentamente. — Foi uma das primeiras coisas que ouvi em sua mente depois de te morder.

— Oh. — Apertei os lábios. — Não vou me desculpar.

— Eu não pedi que você fizesse isso. — Ele roçou a boca na minha bochecha. — Mas já tomei providências com Cillian para preparar uma remessa trimestral para o Santuário. Portanto, chega de ataques furtivos ao Território de Sangue.

— E se eu gostar dessas corridas furtivas?

— Então iremos juntos — ele respondeu. — Posso mostrar alguns dos meus lugares favoritos para correr. Talvez até encontrar uma ou duas cavernas de gelo para nos aconchegar.

Minha loba se sentou com a expectativa dessa ideia, provavelmente entendendo a promessa em sua voz.

— Eu gostaria disso.

— Eu também. — Ele acariciou meu pescoço e se afastou. — Mas primeiro, devemos ligar de volta para Kieran e conversar com ele e Quinnlynn sobre o Santuário.

— Sim — concordei. — Eu tenho perguntas.

— Eu sei. — Ele digitou na tela criada por seu relógio e apertou *Ligar* quando encontrou o nome de Kieran.

Tocou uma vez antes de atender, ele e Quinn ainda na mesma sala de conferências de momentos atrás.

— Achamos que você poderia querer conversar — Kieran falou. — Vou dar a palavra a Quinnlynn. Ela pode te contar tudo.

LORCAN

Duas semanas depois

Encontrei Kyra parada em meu antigo escritório, com os lábios curvados diante de seu reflexo no espelho.

Ela usava um vestido preto, cujo decote se abria até a base da coluna.

Era sexy pra caramba.

Mas tudo o que ela usava era sexy para mim. Principalmente porque eu gostava de fantasiar sobre tirar tudo dela.

Jeans. Suéteres. Toalhas. Agora vestidos...

Meu nó pulsou, pronto para brincar. Já fazia algumas horas desde a última vez que estive dentro dela, já que ela passou o início da noite com Quinnlynn se preparando para o evento desta noite.

— Eu estou ridícula — Kyra murmurou. — Por que essas coisas sempre exigem traje formal?

Me aproximei por trás dela, apoiando as mãos em seus quadris enquanto olhava em seus olhos no espelho.

— Você está deslumbrante, Kyra — eu a corrigi. — E,

honestamente, não sei. Acho que é o aspecto da realeza nisso tudo.

Kyra bufou.

— É idiota. — Ela se virou em meus braços, pousando as mãos no meu peito enquanto seu olhar dançava sobre mim. — Embora eu não esteja reclamando de como você fica bem neste terno.

Contraí os lábios.

— Isso é um elogio?

— Você quer um?

— Não — eu menti.

— Então não é — ela respondeu, os olhos verdes brilhando com conhecimento de causa. *Em vez disso, vou apenas permitir que minha habilidade diga o que sinto por você nesse terno,* ela acrescentou mentalmente, seu aroma cítrico provocando meus sentidos.

Pressionei meu pau já duro em seu abdômen enquanto segurava sua nuca com uma mão, a outra ainda em seu quadril. *O sentimento é mútuo, companheira.*

Ela começou a sorrir, mas eu a interrompi beijando-a profundamente, sentindo de repente a necessidade de marcá-la como minha. Lábios inchados serviriam perfeitamente, assim como meu cheiro em sua forma esbelta.

Uma risadinha escapou de sua boca enquanto eu esfregava o queixo em seu pescoço e depois subia por sua bochecha. *Vai mijar em cima de mim também?* ela brincou.

Não me tente.

Faça isso e eu realmente te matarei, Alfa.

E agora, você está me provocando com preliminares de novo, suspirei em sua mente. *Vou andar por aí com uma ereção a noite toda na frente de todas aquelas Ômegas ansiosas...*

Kyra agarrou meus ombros, cravando as unhas no tecido do paletó preto. *Não haverá compras esta noite.*

Eu ri e beijei seu pescoço. *Já adquiri minha Ômega desejada, companheira. Não tenho sanidade ou desejo de tomar outra.*

Ela murmurou, o som contendo um tom provocador.

Está pronta para hoje à noite?, perguntei a ela, levando nossa conversa para um assunto mais sério. *Porque não há como voltar atrás depois disso.*

Depois de várias conversas com Kieran, Quinnlynn e várias Ômegas do Santuário, tomamos a decisão de renomear a ilha e seguir a abordagem recomendada por Kazek: criar um território com um novo nome, que o exterior veria como qualquer outro Território do V-Clan. No entanto, aqueles dentro do círculo saberiam o verdadeiro propósito da ilha.

Eu deveria estar te fazendo essa pergunta, Kyra murmurou. *Você está prestes a ser coroado como Príncipe Alfa.*

Com você como minha Princesa Ômega, contra-ataquei.

Ah, eu só posso ser o ornamento chique. Você é quem tem que defender seu título.

Eu bufei. *Tenho certeza de que você vai me ajudar a defendê-lo, companheira.*

Sim, mas o mundo não sabe disso. Sou apenas uma bonequinha que existe para receber o nó do seu Alfa. Ela piscou com recato para mim, o olhar era tão exagerado que não pude evitar outra risada.

Qualquer pessoa que já tenha te conhecido saberia imediatamente que isso é mentira, Kyra.

Sim, mas aqueles que nos conhecem não serão nossos inimigos, ressaltou. *Para o mundo exterior, sou uma pequena Ômega dócil e flexível. A arma perfeita, realmente. Porque eles nunca esperarão que eu mostre minhas garras.*

É verdade, admiti. Embora seu status como assassina de Alfa possa ser conhecido entre os Alfas do V-Clan, não era necessariamente conhecido fora de nossa espécie. Ela realmente era uma arma ideal para ajudar a proteger nosso novo território. E eu não poderia estar mais aliviado por tê-la ao meu lado.

Especialmente esta noite.

Não porque eu precisasse dela como uma arma secreta agora, mas porque eu precisava que ela fosse minha companheira. Para me ajudar a navegar nos círculos sociais e aceitar meu novo papel como Príncipe Alfa.

Passei um milênio sendo um Elite, me escondendo nas sombras e protegendo meu primo.

Esta noite, eu sairia das sombras direto para os holofotes.

Felizmente, eu não precisaria ficar ali por muito tempo.

Depois que o novo território do V-Clan fosse introduzido, Quinnlynn e Kieran subiriam ao palco para fazer um anúncio muito mais profundo. Um que roubaria o show e o manteria longe de mim pelo resto da noite.

Todos os Alfas sabiam que isso estava por vir, os rumores começaram no início desta semana, depois que o Príncipe Cael deixou alguns detalhes importantes escaparem para as pessoas certas.

Foi feito propositalmente.

E agora, todos clamavam por detalhes sobre as doze Ômegas que poderiam ou não estar no mercado em busca de companheiros.

Quando Quinnlynn e Kyra voltaram ao Santuário para debater opções, várias Ômegas se animaram com a noção de *cortejo*. Muitas delas não estavam prontas, mas algumas manifestaram interesse em testar o terreno.

O que resultou na criação das Companheiras Ômega Elegíveis, um programa de namoro que Kieran concordou em liderar no Território de Sangue. Quinnlynn estava tecnicamente no comando, com Kieran gerenciando a segurança do evento.

Alfas poderiam se candidatar a companheiras Ômega.

E as Ômegas poderiam decidir se esses Alfas se qualificariam para o cortejo.

As Ômegas também poderiam deixar o programa a qualquer momento, decidindo, em vez disso, permanecer solteiras. Assim como os Alfas também poderiam optar por deixar o grupo de candidatas se não estivessem mais interessados em ter uma companheira.

Não invejei Kieran e Quinnlynn pela tarefa de executar o programa. É claro que Kyra e eu provavelmente estaríamos envolvidos em certos pontos, já que o propósito de tudo isso era trazer a maioria desses casais de volta para a ilha, ajudando assim a reforçar a população Alfa e ao mesmo tempo garantindo o conforto das Ômegas envolvidas.

— As Ômegas do Santuário te aceitaram mais rapidamente, porque você é meu companheiro, e elas me conhecem — Kyra apontou durante as discussões. — Embora seja uma boa ideia trazer pares acasalados, tanto Ômegas quanto Alfas são novos para nós.

Isso foi mencionado depois que falei sobre a recepção morna a alguns dos Alfas que se mudaram para o Santuário com suas companheiras, muitas das Ômegas não pareciam tão receptivas à presença deles.

— Vai demorar mais para confiar neles e vê-los como nossos — Kyra continuou. — Mas se uma Ômega como... ah, não sei, uma Ômega como Jas, digamos, trouxesse um Alfa para casa, ele seria confiável mais rapidamente porque todo mundo já confia em Jas.

Essa linha de pensamento levou Quinnlynn a mencionar os comentários de Ander sobre o cortejo e o fato de que alguns Ômegas já haviam revelado interesse em conhecer Alfas, então ela e Kyra levaram a ideia de volta para mais membros do Santuário.

E aqui estávamos, prestes a anunciar ao Território de

Sangue, a vários membros de outros territórios do V-Clan e a um punhado de lobos do X-Clan.

No entanto, os lobos do X-Clan presentes não estavam pessoalmente interessados no programa. Todos já tinham companheiras. Mas eles poderiam sugerir que alguns de seus Alfas de confiança se inscrevessem, o que Kieran havia aprovado.

Kyra passou as mãos pelo meu paletó, seus olhos verdes segurando os meus.

— Preparado? — ela perguntou.

Assenti, com a mão ainda em volta de sua nuca enquanto nos conduzia até o salão de baile no coração do palácio do Território de Sangue. Era o mesmo onde estive semanas atrás para a coroação de Kieran. Mas desta vez não me escondi perto de uma parede nem fiquei ao lado dele.

Em vez disso, fui direto para a plataforma superior, fora da vista das portas principais.

Kieran e Quinnlynn já estavam lá, aguardando nossa chegada. O primeiro usava um terno todo preto, igual ao meu. Enquanto isso, Quinnlynn usava um vestido marrom profundo, que revelava a leve protuberância em seu abdômen: a futura herdeira ou herdeira do Território de Sangue.

— Ah, coube! — Quinnlynn disse, com os olhos no vestido de Kyra.

Kyra curvou os lábios para o lado.

— Infelizmente. — Ela encarou a melhor amiga. — Só estou usando isso por você, você sabe.

— Eu sei.

— Assim como eu só estou no Território de Sangue por você também — Kyra pressionou. — Agora e antes, quero dizer. — Ela olhou de forma incisiva para Kieran.

— Eu sei — Quinnlynn repetiu.

— E só acasalei com ele — ela apontou para mim com o polegar por cima do ombro — por você também.

— Eu sei — Quinnlynn disse, mais exasperada desta vez.

— Portanto, nunca diga que não fiz coisas por você. Eu fiz. Muitas coisas. Como usar este vestido.

Quinnlynn revirou os olhos.

— Sim, sua vida é muito difícil.

— É mesmo! — Kyra disse a ela. — Sabe o quanto aquele Alfa gosta de me dar o nó? E com que frequência? E o quanto isso é difícil?

Kyra, murmurei.

Eu não acabei. — É muito conveniente, Quinn. *Conveniente* pra caramba.

A Rainha do Território de Sangue balançou a cabeça.

— Eu nem sei o que fazer com você.

— Bem, você poderia me agradecer — Kyra se esquivou.

— Por qual parte? — Quinnlynn perguntou. — O vestido? O companheiro que você claramente adora? Por me trazer o companheiro que eu amo?

Kyra considerou por um momento e assentiu.

— Sim, todas as opções.

Quinnlynn olhou para ela.

— Que tal te dar um território totalmente novo e fazer de você uma princesa?

— Isso com certeza — Kyra falou. — Vai dar muito trabalho, você sabe.

— Na verdade, sei — Quinnlynn respondeu. — Sendo eu mesma uma ex-princesa. Agora uma rainha...

Kyra assentiu.

— Viu? Ômegas ficaram quietas por um momento, então Kyra riu e puxou sua melhor amiga para um abraço.

— Sério, eu te amo — ela sussurrou no ouvido de Quinnlynn. — Você também sabe disso, certo?

— Sei.

— Bom. E estou muito feliz por você.

— Eu também — ela respondeu baixinho, seu olhar indo de mim para Kieran. — Eu te amo, Kyra.

— Eu também te amo. — Kyra a abraçou com mais força por apenas um segundo, depois a soltou. — Tudo bem. Acho que é agora ou nunca.

— Definitivamente agora — Kieran concordou, passando o braço ao redor da parte inferior das costas de Quinnlynn, desviando o olhar para o grupo de Ômegas paradas nas proximidades. Todas seriam apresentadas esta noite como Ômegas em busca de companheiros.

Olhei para elas, minha necessidade de proteção ganhando vida.

Essas Ômegas faziam parte do meu território, tornando-as assim de minha responsabilidade.

No entanto, elas residiriam temporariamente no Território de Sangue para o processo de acasalamento. Portanto, imaginei que elas estavam atualmente sob os cuidados de Kieran mais do que os meus.

— Vamos — ele disse para sua companheira. Ele avisaria a Kyra e a mim quando estivesse pronto para nós.

Quinnlynn deu um pequeno aperto no ombro de Kyra, então se moveu com Kieran para passar pelas portas principais e sair para a plataforma. Eles caminharam graciosamente em direção ao corrimão que dava para a sala, levantando os braços para formar um aceno majestoso.

Olhei para Kyra, levando a mão para a parte inferior de suas costas. *Pronta para levar esse acasalamento de conveniência a um novo nível?*

Seu olhar felino brilhava na iluminação baixa da sala, semelhante à luz de velas. *Estou.*

Bom, respondi, inclinando a cabeça na direção de Kieran e Quinnlynn. *Porque estou prestes a fazer de você minha verdadeira companheira.*

Seu nó já não fez isso?

Meus lábios se curvaram em diversão. *Várias vezes, companheira. Várias vezes.*

Então, o que há de diferente agora?

Agora? Vou garantir que todos os Alfas naquela sala saibam que você é minha. Porque esse vestido é pecaminoso.

E as Ômegas?

Ah, elas já sabem, garanti. *Meu lobo está apaixonado por você desde o momento em que você se virou e me mordeu enquanto planejava meu assassinato. Ninguém mais teve chance. Uma única olhada no meu rosto quando estou te olhando confirma isso. Meu lobo não se esconde. E eu também não.*

— Bem-vindos! — Kieran cumprimentou a sala. — A Rainha Quinnlynn e eu estamos muito satisfeitos por vocês poderem se juntar a nós esta noite, pois temos vários anúncios a fazer. O primeiro delas é sobre a formação de um novo Território V-Clan.

Ouvimos Kieran explicar a reivindicação do novo território no Ártico, meu primo evitando cuidadosamente dar a localização exata ou como ele foi fundado. Ele simplesmente declarou a sua existência e a necessidade de dar a mim – seu primo muito poderoso – um novo território para liderar.

A arte de criar territórios ou alcateias era uma prática comum quando os Alfas rivalizavam entre si em força. Em vez de tentarem compartilhar a mesma alcateia, eles frequentemente divergiam e criavam novas.

A explicação de Kieran deixou pouco espaço para perguntas e deixou claro que me desafiar era uma péssima ideia. Porque ele estava essencialmente dizendo que não queria lutar comigo pelo Território de Sangue, então estava me ajudando a iniciar um novo.

O que não era exatamente verdade, já que o Santuário já existia, mas apenas os Príncipes Alfa, alguns Alfas do X-Clan e alguns Alfas que foram recebidos como Protetores conheciam os segredos da ilha.

Esperançosamente, continuaria assim.

— Bem, imagino que vamos direto ao ponto, então, certo? — Kieran disse enquanto dava um passo para o lado, Quinnlynn se movendo com ele. — Lorcan, Kyra, podem se juntar a nós, por favor?

Agora ou nunca, pensei para Kyra enquanto aplausos soavam pela sala.

Agora, ela disse. Seus saltos ecoaram enquanto passávamos juntos pela porta e aparecíamos.

Sua mão começou a se levantar em um aceno, mas eu não estava pronto para cumprimentar a sala. Em vez disso, pressionei a boca contra seu pulso, mordiscando-a para que todos vissem. Porque essa Ômega era minha, e eu queria que o mundo soubesse disso.

Mas isso não foi suficiente para Kyra.

A pequena megera agarrou meu paletó e imediatamente ficou na ponta dos pés para repetir a ação contra meu pescoço, sua loba bem em seu olhar o tempo todo. *Eu também não me escondo, Alfa*, ela me disse, brincando com meu comentário anterior sobre não esconder meu interesse. *Você é meu.*

E você é minha, respondi. *Minha companheira muito conveniente.*

Conveniente demais, ela retornou, com os olhos brilhando de alegria. *Meu verdadeiro companheiro.*

Sim, concordei, me inclinando para encostar o nariz no dela. *Meu amor.*

Amor? ela repetiu, seus olhos presos nos meus. *Acho que gosto disso.*

Eu também, admiti. *Melhor que "Assassina de Alfas"?*

Sim.

Melhor que "companheira"?

Talvez o mesmo que "companheiro", ela respondeu.

Que tal... eu te amo, companheira. Não expressei isso como uma pergunta, mas como uma afirmação. Porque não era uma pergunta. Eu sabia como me sentia. Esta fêmea era minha. Para sempre e eternamente.

Eu realmente gosto disso, ela sussurrou. *Eu também te amo... companheiro.*

Curvei os lábios então, o fundo e o público não importavam mais. Eu a beijei. Profunda. Intensa. Carinhosamente.

Certa vez, pensei que não queria uma companheira.

Eu estava errado.

Foi preciso encontrar e conhecer Kyra para me fazer perceber isso.

Ela era a companheira ideal. Minha companheira. E eu não aceitaria de outra maneira.

A risada de Kieran mal perfurou meus pensamentos, meu foco inteiramente em minha companheira.

Mas então ele anunciou:

— Quero apresentar os novos Príncipe e Princesa coroados do Território Noturno. — Suas palavras ecoaram pela sala, seguidas por uma série de uivos que enfatizaram a importância de sua declaração.

Porque ele acabou de anunciar meu futuro.

Nosso futuro.

Como Príncipe e Princesa do Território Noturno.

EPÍLOGO

CILLIAN

Bebi meu vinho de sangue nas sombras, meus lábios ameaçando se curvar.

Príncipe Lorcan, pensei, respondendo ao anúncio de Kieran sobre o novo Príncipe e Princesa do Território Noturno. Soa bem, não é?

É verdade, Kieran concordou. *Assim como o Príncipe Cillian.*

Eu bufei. *Não, isso não.*

Humm, Kieran murmurou. *Veremos.*

Não veremos, retruquei, examinando a sala para perceber a reação de todos à notícia do novo território de Lorcan.

Dois lobos em particular mereceram meu escrutínio mais do que os outros: Myon e Fritz. Eu não queria deixá-los comparecer, mas Quinnlynn solicitou. Ela disse que eles não podiam ser culpados pelo que Fare fez com eles.

Eu discordava.

Foi por isso que os mantive sob uma rédea mental apertada.

Os pensamentos superficiais pareciam bastante agradáveis. Por agora. Mas eu não estaria longe, meu talento telepático estava totalmente enraizado nas mentes deles.

Eu não confiava nos dois.

Caramba, eu não confiava na maioria dos lobos nesta sala.

Mas isso era normal para ser um leitor de mentes. Eu podia ouvir seus desejos. Suas verdades. A inveja deles. Seus medos.

Tudo.

Isso me deu uma terrível dor de cabeça.

Infelizmente, era meu trabalho ouvir, e foi o que fiz quando Kieran anunciou o programa de Companheiras Ômegas Elegíveis para a sala.

A intriga dos Alfas aumentou cerca de mil por cento, alguns de seus pensamentos se tornaram tão vulgares que não tive escolha a não ser pegar outra taça de vinho. Bebi metade antes que as duas primeiras Ômegas fossem apresentadas à sala.

Quinnlynn preparou apenas algumas declarações para cada candidata Ômega, principalmente focadas em seus nomes e designações. A maioria eram lobas do V-Clan, mas também havia uma vampira, uma loba do Z-Clan e uma do W-Clan.

Peguei a terceira taça de vinho de uma bandeja quando a última candidata foi revelada.

Doze Ômegas.

Todas desejando companheiros Alfa.

Seria um inferno supervisionar isso. Mas entendi porque Kieran se ofereceu para abrigar o programa aqui. Tínhamos os melhores recursos para isso. E não poderíamos hospedá-lo no Território Noturno.

— Nossa décima terceira Ômega e última candidata é uma adição tardia — Quinnlynn falou, fazendo minha testa franzir quando olhei para a plataforma.

O quê? perguntei nos pensamentos de Kieran. *Não fui informado sobre a décima terceira adição.*

Não, ele concordou. *Você não foi.*

Eu estava prestes a perguntar por que quando Ivana subiu na plataforma, seu cabelo loiro platinado brilhando na iluminação fraca.

— Ivana é uma Ômega do V-Clan do Território de Sangue. Seus interesses estão em análises, tecnologia avançada e armamento. — As palavras de Quinnlynn flutuaram pela sala, a introdução me fez cerrar a mão ao redor da taça de vinho.

Que merda é essa? questionei. *Que merda é essa, Kieran?*

O quê? ele rebateu. *Eu disse que abrimos a opção para Ômegas aqui no Território de Sangue. A Ivana manifestou interesse, então a Quinnlynn a adicionou ao programa. Isso é um problema?*

Sim, é um problema, pensei. Mas as palavras foram para mim, não para Kieran.

Cillian? ele me chamou.

Terminei o vinho e o coloquei na mesa. *Tudo bem.*

Não estava nada bem.

Como eu deveria ajudar a proteger o programa com Ivana como candidata?

Esperei a cerimônia terminar, as sombras ao meu redor eram tão escuras quanto meus pensamentos.

Ivana é candidata. Uma candidata Ômega. Procurando um companheiro Alfa.

Era... inesperado. E totalmente esperado ao mesmo tempo.

Ela era deslumbrante. Tão linda que doía olhar para ela. Principalmente porque ela não escondia que me queria. E foi necessária toda a minha contenção física e mental para recusá-la.

Ela merecia coisa melhor. Um Alfa que poderia dedicar sua vida a ela e somente a ela.

Esse Alfa não era eu.

Kieran era minha prioridade. Sempre.

Ivana precisava de um Alfa que pudesse colocá-la em primeiro lugar.

Ela encontrará isso no programa? Existe mesmo um homem digno dela?

Ela tinha uma mente tão tranquila. Sempre pensativa, mas nunca falando alto. Ela era uma das poucas que parecia ser capaz de mascarar seus pensamentos ao meu redor também.

Isso tornava fácil conviver com ela. E difícil ao mesmo tempo.

Observei-a se mover pela sala, suas longas pernas carregando-a com uma facilidade que muitos outros admiravam.

É aquele vestido, pensei, olhando as fendas até o meio da coxa. *Revela muito e não o suficiente.*

Seus longos cabelos brancos também estavam presos, os cachos eram uma provocação que fazia meus dedos coçarem para sentir se aqueles fios eram tão macios quanto pareciam.

E os olhos dela.

Puta merda, seus olhos.

Azul prateado. *Como gelo.*

Deuses, a mulher era divina.

E estava se colocando em um programa para ter um companheiro.

Que merda, pensei novamente. *Por que ela não me contou?*

Ela sempre me contava coisas, mesmo quando eu não queria. No entanto, ela estava... distante ultimamente.

Fiz uma careta. Na verdade, ela estava distante desde a coroação. Não aparecia para conversar ou zombar dos meus esconderijos.

Eu não tinha percebido isso até agora. Mas ela não

tentou me envolver nenhuma vez desde aquela noite, que foi há quase um mês.

Por quê?, me perguntei, indo em direção a ela.

A última vez que a vi, ela estava um pouco indisposta, com os ombros estranhamente curvados.

Mas não estavam curvados no momento. Eles estavam retos e confiantes, como sempre. Então, o que quer que tenha acontecido naquela noite, ela claramente superou.

Tentei segui-la para descobrir o que havia acontecido, mas ela desapareceu antes que eu pudesse alcançá-la. Eu não tocaria no assunto agora.

Não, em vez disso perguntaria a ela:

— O que é que você está fazendo?

A sobrancelha de Ivana estava franzida quando ela se virou para mim.

— O quê?

Tudo bem, certo. Isso... não era isso que eu queria perguntar.

— Você se inscreveu no programa de Companheiras Ômegas Elegíveis. Por quê?

Seus braços delgados estavam cruzados.

— De que outra forma eu poderia encontrar alguém mais *do meu nível*? — ela questionou, me fazendo franzir a testa.

— O quê?

— Você sabe, um Alfa que pode apreciar minha... o que era mesmo? Ah, certo. Minha *confiança equivocada* entre outras *qualidades desagradáveis*.

Pisquei para ela.

— Desculpe, o quê? — Eu não tinha ideia do que ela estava falando.

— Vamos, foi você quem disse que eu precisava começar a procurar um companheiro mais apropriado, alguém que não se importasse com a minha... — Ela olhou para cima e estalou os dedos. — Minha tendência de dizer aos Alfas o que fazer. Talvez eu encontre esse Alfa através do programa de cortejo. Talvez ele também goste dos meus *jogos infantis*.

Certo, espere...

— Ivana...

— Está tudo bem, Cillian. Eu já disse a Quinnlynn que ficaria feliz em me mudar para o Território Noturno. Em breve, você não terá mais que se preocupar com minha companhia desagradável. — Ela me deu um tapinha no braço e saiu antes que eu pudesse dizer uma palavra.

Não que eu soubesse o que dizer.

Porque, puta merda.

Ela ouviu tudo o que eu disse a Lorcan na coroação.

Aquela mulher estava sempre à espreita, sua habilidade para desaparecer nas sombras quase rivalizava com a minha. Era assim que ela sempre encontrava meus esconderijos favoritos.

Certa vez, eu disse a ela que ouvir a conversa dos outros a colocaria em apuros. Mas parecia que não era ela quem estava com problemas. Éramos eu e minha boca imprudente.

Merda.

Uma visão dela na coroação passou pela minha mente, seus ombros curvados de uma forma que me disse que alguém a machucou.

Eu ameacei matar quem ousasse aborrecê-la ou rejeitá-la.

E Lorcan respondeu: *Tecnicamente, você a rejeitou. Você a rejeita o tempo todo. Vai se punir?*

Tensionei a mandíbula.

Caramba.

Fui *eu* quem a machucou naquela noite.

E agora, ela estava entrando no programa de cortejo para encontrar um novo Alfa.

Porque ela finalmente desistiu de mim.

Esse tem sido meu objetivo há anos: querer que ela encontre um companheiro mais apropriado. Mas a realidade disso... a percepção de que finalmente iria perdê-la para sempre...

Era uma merda.

O cabelo loiro de Ivana chamou minha atenção do outro lado da sala, seus lábios estavam curvados em um sorriso educado enquanto o príncipe Cael se inclinava para beijar as costas de sua mão. Seus olhos brilharam com um interesse que eu conhecia muito bem. Um interesse que antes era reservado exclusivamente a mim.

Não, pensei. *Merda. Não.*

Eu a afastei. Eu a machuquei. Eu a *rejeitei*.

Eu não a merecia.

Mas isso nunca impediu meu lobo de desejá-la.

Ele se enfureceu dentro de mim, exigindo que eu a reivindicasse *como minha. Morda ela. Dê o nó nela. Tome-a.*

Engoli em seco, domando o desejo.

Mas ele aumentava a cada segundo que passava enquanto eu observava o Príncipe Cael fazê-la rir. Meu animal interior parecia rosnar. *Essa fêmea é minha.*

Só que ela não era.

Ela era uma Companheira Ômega elegível.

Parte de um programa que eu deveria supervisionar e proteger.

Você parece pronto para matar o Príncipe Cael, Kieran murmurou enquanto se aproximava de mim. *Ele fez algo que eu deveria me preocupar?*

Cerrei os dentes enquanto semicerrava o olhar para Kieran. *Ele está flertando com a Ivana.*

E?

E nada, rebati. *Ela é uma Ômega elegível, certo?*

Certo, ele concordou. *A menos que ela não seja...*

Eu não disse nada.

Bem, as próximas semanas devem ser divertidas de observar, Kieran refletiu. *Me avise se você desejar ser adicionado à lista de pretendentes. Você tem até amanhã para decidir...*

A história de Ivana e Cillian é a próxima em *Território Eclipse...*

TERRITÓRIO ECLIPSE

Amei um Alfa no passado.
Um Elite inatingível.
Um ex-Príncipe do V-Clan.

Achei que tínhamos uma conexão.
Um vínculo único baseado em nossos valores e aspirações compartilhados.
Então ele partiu meu coração com algumas palavras bem escolhidas.

Ele não me quer? Certo. Vou encontrar um Alfa que queira.
É assim que acabo no palco sendo apresentada como a Candidata Treze do programa de companheira ômega elegível.

Só há um probleminha: o Alfa que partiu meu coração é o responsável por supervisionar as atividades de acasalamento. O que significa que ele está a par de todas as entrevistas. Cada encontro. Cada beijo.

Como vou encontrar um companheiro apropriado quando ele está me observando com aquelas íris acinzentadas?
Ronronando comentários possessivos em meu ouvido...
Rosnando para cada homem que olha em minha direção...
Rondando meu ninho…

Não ajuda que alguém esteja atacando as Ômegas do programa.
Agora meu Alfa está ainda mais territorial, sua natureza selvagem está muito mais potente.
Porque ele se recusa a sair do meu lado.
E ele prometeu fazer o que for preciso para me proteger.
Mesmo que isso signifique me reivindicar.

Nota da autora: Este é um romance independente de metamorfo sombrio, com temas do Ômegaverso, com dinâmica A, B, O com nó, ninho e mordida. Verifique os avisos de gatilho na introdução para saber mais detalhes.

Lexi C. Foss é uma escritora perdida no mundo do TI. Ela mora em Chapel Hill, na North Carolina, com o marido e seus filhos de pelos. Quando não está escrevendo, está ocupada riscando itens da sua lista de viagem. Muitos dos lugares que visitou podem ser vistos em seus textos, incluindo o mundo mítico de Hydria, que é baseado em Hydra nas ilhas gregas. Ela é peculiar, consome café demais e adora nadar.

https://www.lexicfoss.com/Inicio

MAIS LIVROS DE LEXI C. FOSS

Série Aliança de Sangue

Inocência Perdida

Liberdade Perdida

Resistência Perdida

Rebeldia Perdida

Realeza Perdida

Crueldade Perdida

Eternidade Perdida

Universo da Aliança de Sangue

Desejo

Dia de Sangue

Rainha dos Elementos

Livro Um

Livro Dois

Livro Três

O Próximo Reinado

Rainha dos Vampiros

Livro Um

Livro Dois

Livro Três

Livro Quatro

Outras séries sobre o universo Fae:

Rainha Fae do Inverno

Série X-Clan

A origem

Território Andorra

O experimento

A Flecha de Winter

Território Bariloche

Série V-Clan

Território de Sangue

Território Noturno

Território Eclipse

Outros Livros

Ilha Carnage

Reivindicação

www.ingramcontent.com/pod-product-compliance
Lightning Source LLC
Chambersburg PA
CBHW020212260626
47156CB00002B/341